*Zona Frigida*

Anne B. Ragde

# *Zona Frigida*

Traduit du norvégien
par Hélène Hervieu et Eva Sauvegrain

Jean-Claude Gawsewitch Éditeur

Titre original : *Zona Frigida*


130, rue de Rivoli
75001 Paris
ISBN : 978-2-35315-105-9

Merci
à l'équipage du M/S Origo en 1994,
à Per Engwall, capitaine,
Christian Mide, guide,
et à Helmer Kristensen, pilote des glaces.

Helmer a été tué par un ours polaire
sur l'île de Kiepert, le 31 août 1995.

Ce livre lui est dédié.

*La vieille femelle phoque somnole sur son banc de glace, clignant des yeux. Par moments, elle bouge un peu pour trouver une position plus confortable. Couchée sur une plaque de quatre mètres de large seulement, elle se sent parfaitement en sécurité. L'eau noire, profonde, là où personne ne peut l'atteindre, n'est pas loin. Elle pourrait plonger jusqu'à trois cents mètres si elle voulait, et rester longtemps dans ces hautes eaux. L'oxygène se fixerait à l'hémoglobine de son sang, irriguant sa musculature, et remonterait dans son cerveau, lui donnant la capacité de réfléchir, de bouger, d'examiner ce qui l'entoure sans avoir besoin de ses poumons.*

*Elle a vu beaucoup de choses dans sa vie, les a enregistrées, sans trop réfléchir. Plusieurs de ses petits sont morts. Des bébés phoques à la truffe noire. Disparus dans les crevasses, juste après leur naissance, avant de savoir nager seuls. D'énormes bancs de glace qui paraissaient aussi sûrs que de la terre ferme ont basculé en position verticale, envoyant les blanchons désemparés dans les profondeurs. D'autres ont été pris par des chasseurs de phoques. Le crâne fracassé, la tête crochetée, ils ont été traînés sur la glace, leurs cris stridents n'attendrissant personne.*

*Mais les bébés qui ont survécu l'ont tétée longtemps, ont grandi, grossi, appris à attraper des poissons avec elle, fait des concours de nage, sont devenus indépendants et ont mené leur propre vie.*

*À présent elle est toute seule sur une plaque de glace flottante, au large des îles du Nord-Ouest, sous un soleil de minuit juste au-dessus de la ligne d'horizon qui donne aux nuages et à la mer une teinte miel doré. Pour l'instant, elle ne fait pas attention au bateau. Elle n'a pas peur des bateaux, ni des petits ni des grands, qu'ils fassent du bruit ou pas. Ils passent, c'est tout. Et disparaissent.*

*Celui-ci, pourtant, commence à s'approcher dangereusement. Elle tend les muscles de ses nageoires, remet non sans peine son corps lourd en position assise, observe avec attention ce drôle de mur pointu qui fend les vagues, entraînant le corps du bateau.*

*La proue ne tardera pas à atteindre sa plaque. Elle s'appuie sur ses nageoires, penche son corps en avant, se laisse glisser. Elle est maintenant entourée d'eau glacée. Elle ouvre les yeux, plonge verticalement. De sa fourrure se libèrent des milliers de bulles argentées. À cinquante mètres de profondeur, elle s'arrête, remonte vers la surface, un peu à l'écart du fond colossal du bateau propulsé par des hélices, qui fouettent l'eau en produisant une abondante écume blanche.*

*Ses moustaches arrivent à la surface. Ensuite son regard. Elle cligne des yeux, fixe le côté du bateau. Des mouvements attirent son attention. Quelque chose bascule au-dessus de la paroi bleue verticale. Un objet tombe à l'eau. Elle entend un plouf, sent une odeur, se met à nager. Ce qu'elle découvre ne fait que confirmer son pressentiment.*

*Curieuse, elle tourne autour de la chose qui coule au fond de l'eau, en prenant garde de ne pas s'approcher trop près. Elle guette une secousse, un mouvement, un envol de bulles d'air, quelque chose qui lui prouverait que l'objet est en vie et remontera bientôt à la surface. Il n'y a qu'elle et ses égaux qui puissent nager et chasser à une telle profondeur. Mais elle n'enregistre aucun mouvement de résistance, juste une lente rotation d'un corps dont les membres flottent sans force.*

*Deux cents mètres plus bas, elle abandonne sa course, remonte, d'un mouvement de queue, comme une flèche vers la lumière, tandis que sous elle, les eaux noires et glacées se referment sur ce corps qui continue de sombrer.*

*Ses moustaches rompent à nouveau la surface de l'eau. Elle cligne des yeux à plusieurs reprises pour les réhabituer à l'air. Le bateau est déjà à plusieurs centaines de mètres de là. Sa plaque de glace est détruite. La surface de l'eau, toute cuivrée par le soleil tantôt, est maintenant striée par le sillage du bateau. Au loin, un bruit de moteur. Elle souffle fort par les narines, envoie une pluie d'eau salée en direction du soleil. Un minuscule arc-en-ciel se reflète dans les gouttes un court instant.*

*D'un mouvement gracieux, elle renverse la tête en arrière et disparaît.*

Pour être tout à fait honnête, je suis partie au Spitzberg pour picoler. Je me le suis avoué à haute voix, un jour, en plein mois d'août. J'ai soudain tout laissé tomber pour m'inscrire à un voyage qui allait me coûter la peau des fesses. Mais, d'après le tour-opérateur, j'étais assurée de voir un grand nombre d'animaux sauvages dans un environnement à vous couper le souffle. Cependant cette promesse me posait un problème. En effet, comment peut-on vous garantir une telle expérience ? Au Spitzberg, la nature est d'une beauté exceptionnelle, tout le monde le sait. Mais en ce qui concerne les animaux, j'étais plus dubitative. Un ours blanc en colère, un morse endormi, ça se commande, ça ? La brochure présentait la photo d'un ours blanc qui passait la tête par un hublot en se léchant les babines. Des baleines aussi faisaient partie du package. Manifestement, l'agence ne laissait rien au hasard. C'était assez bluffant.

En tout cas, pour ce qui était de l'approvisionnement en alcool, j'étais rassurée. L'État norvégien n'allait quand même pas supprimer juste avant mon départ les lois sur les produits hors taxes en vigueur au Spitzberg depuis toujours. Cette pensée me mettait du baume au cœur, et le prix exorbitant du voyage m'a paru, du coup, moins dur à digérer. Je pourrais picoler à mon aise, sans risquer d'avaler de travers en pensant à tout l'argent dépensé. J'ai toujours été très douée pour dissimuler mon taux d'alcoolémie. J'allais donc pouvoir me soûler de manière quasi permanente sans perdre de vue la vraie raison de mon voyage, car j'étais bien décidée à mener mon plan à terme, avec précision et sans aucun laisser-aller. Mon caractère joyeux et insouciant tromperait tout le monde, j'en avais déjà fait maintes fois l'expérience. Une bonne rasade d'alcool hors taxes me procure toujours le bagou nécessaire pour être tout à fait moi-même. Après quelques verres, j'arrive sans problème à convaincre mon entourage que mon attitude dans la vie est foncièrement positive et optimiste.

Je n'avais pas beaucoup de temps pour me préparer. Trois jours. Dimanche soir, donc, avec un verre de vin blanc glacé et un cendrier propre à portée de main, j'ai commencé à dresser une liste. Le départ avait lieu tôt mercredi matin. Le vol pour Tromsø étant à sept heures, il me fallait un taxi pour six heures moins le quart. J'ai donc noté ça sur une feuille, tout en haut de laquelle j'ai écrit « Andersen » car il fallait que je le confie à quelqu'un pendant mon absence.

Je l'ai regardé, mon oiseau chéri, ma perruche jaune, et j'ai pris le téléphone. J'ai d'abord appelé deux de mes ex avec qui j'avais gardé le contact. Ils voulaient tout savoir sur mon voyage au Spitzberg et avaient des tas de choses à me raconter sur leur expérience du froid et de l'hiver dans ces régions polaires. Et si je rencontrais un ours ?

– J'espère bien que je vais en rencontrer un, leur ai-je dit, vu le prix que je paie !

– T'as pas peur de te faire bouffer ? a enchaîné Leif, que j'avais appelé en premier. Les ours blancs raffolent des touristes, tu ne savais pas ?

– T'inquiète, on a des guides pour nous surveiller. À mon avis, ils ont tout ce qu'il faut pour les tuer en cas de pépin.

– Mais ils n'ont pas le droit de les tuer ! Sauf en dernier recours. Les ours polaires sont aussi intouchables que les tigres du Bengale ! Écoute, Bea, si tu en vois un, fais-lui peur tout de suite. N'attends pas qu'il s'approche.

– Tu parles comme si j'allais me balader toute seule sur la banquise. Je te signale qu'on sera sur un bateau.

– Méfie-toi, ces ours savent nager.

– D'accord, mais ça m'étonnerait qu'ils sachent monter aux échelles.

– Au fait, qu'est-ce que tu vas faire au Spitzberg ?

– Rien. Je n'y vais pas pour le boulot. C'est des vacances.

– Des vacances ? Personne ne va en vacances là-bas !

– Bien sûr que si. Le soleil de minuit, la mer, les montagnes, les glaciers, et les ours blancs partout, ça attire ! C'est horriblement cher, en plus. Je ne serais pas étonnée si ça devenait la nouvelle destination à la mode. Tu verras, les gens vont commencer à y aller pour se marier, et tout le monde suivra. Rome et Paris, c'est out. Vive Longyearbyen !

J'ai dévié habilement la conversation pour aborder la garde d'Andersen. Manque de bol, Leif partait lui aussi, pour une séance photos, quelques jours à Notodden, une mission impossible à annuler. Faut dire que Leif n'est pas du genre à s'occuper des autres, il m'avait souvent laissée seule au lit avec la grippe, pendant des jours, sans autre alimentation que du thé et des bananes. Au fond, j'étais plutôt soulagée de son refus. J'aime beaucoup mon petit Andersen, il a besoin qu'on lui parle et qu'on soit gentil avec lui.

Torvald était le suivant sur ma liste, mais lui non plus n'était pas libre. Il allait à un séminaire dont l'intitulé était tellement soporifique que je l'ai interrompu aussi sec.

– T'as vraiment les moyens de faire un voyage pareil ? s'est-il inquiété.

Torvald ne pense pas une seconde aux prédateurs sanguinaires en fourrure blanche. Il est très terre à terre, ce garçon, et si on a rompu, c'est parce qu'il est du genre à faire tous ses comptes au centime près. Il notait le prix sur chaque produit qu'il achetait, pour savoir exactement où il en était. Les tickets de caisse ne l'aidaient pas vraiment, surtout que je me débrouillais toujours pour les subtiliser, en tout cas chaque fois qu'on faisait nos courses ensemble. Si le total était trop élevé, il me sermonnait sur mon côté dépensier, me soutenant mordicus qu'il était inutile d'avoir cinq sortes de moutarde au frigo.

– Non, pas vraiment. Mais l'agence m'enverra la facture après, pour l'instant j'ai juste payé un petit acompte. D'ici là, j'aurai gagné plein de sous.

– Ah bon ?

– Ou alors j'aurai cassé ma pipe avant, auquel cas je n'aurai rien à payer.

– Mais il te faudrait au moins une commande de dessins pour un film de Walt Disney pour couvrir tous tes frais. T'as plus un rond, je parie.

– Là-bas, tout est hors taxes.
– Encore heureux.
– Mais Andersen a besoin de…
– Désolé, je peux pas. D'ailleurs, pourquoi tu veux aller au Spitzberg ? Il fait un froid de canard là-haut ! Je déteste le froid depuis mon service militaire. On couchait sous la tente par – 20°C, avec des habits mouillés, et le préposé au chauffage qui s'endormait…

Le troisième appel a été pour ma copine Sissel, une vingtaine de minutes plus tard. Elle a dit oui tout de suite. C'était elle que j'aurais dû appeler en premier. Dès qu'il s'agit de prendre en charge un humain ou un animal, une femme n'hésite pas. Mais au fil de la conversation, j'ai compris pourquoi j'avais d'abord appelé les deux autres. Elle voulait connaître tous les détails de ma dernière rupture sentimentale. Je lui ai dit que le pire était passé et que je partais en voyage.

– Bien sûr, je vais te le garder, ton Andersen. Aucun problème. Tu dois avoir besoin de changer d'air. Profites-en, Bea. Tu l'as bien mérité.

J'ai raccroché. Andersen. Un oiseau en cage. Un prisonnier. Je n'aimais pas le voir comme ça, mais je savais qu'il mourrait si je le lâchais dans la nature. Ce n'est pas moi qui l'avais acheté à l'époque, jamais je ne serais entrée dans une animalerie pour choisir un oiseau et le mettre en cage. J'ai la conscience tranquille.

Un oiseau, ça doit vivre en liberté. Ça a des ailes, non ? Les hamsters, c'est différent, les cochons d'Inde, les rats, les souris, les araignées et les scorpions aussi. Ceux-là, on n'a qu'à les enfermer derrière des vitres et des barreaux, ça m'est égal. Mais un oiseau ?

Plusieurs générations à être enfermé et à devoir s'adapter, sur le plan biologique et mental, à des perchoirs en bois et à des miroirs en plastique, ça vous change un ADN, forcément… Son monde à lui, ce sont des épis de graines fixés aux barreaux avec des pinces à linge, des échelles multicolores pour sa gym, des grelots en métal qui tintent quand il les pousse avec son bec. Le plus étonnant, c'est qu'Andersen a l'air très heureux dans sa cage. Et je suis responsable de lui. Il est à moi. Pas question de lui demander de plier bagage et de décamper. Ce que je ne me gêne pas de faire avec les autres, quand je fais le tour de l'appartement avec un sac-poubelle dans lequel je jette bombes de mousse à raser vides, vieux numéros de *Hi-fi Magazine*, chaussettes dépareillées, mugs aux prénoms masculins. Sa captivité est aussi la mienne. C'est moi qui astique son miroir, moi qui lui paie son stock de graines. Son manque de liberté m'oblige à redoubler de soins à son égard. Je suis sa vie. Mais je me demande souvent combien de temps en moyenne vit une perruche.

– Je pars en vacances, Andersen, lui ai-je dit tout bas.

Bien sûr il m'a crue. Tout le monde me croit. Il m'est très facile de masquer la vérité, il suffit d'un tout petit peu de baratin. Personne ne savait qu'à cause de ce voyage, j'avais dû refuser un travail très lucratif dont j'aurais eu le plus grand besoin. Même Sissel aurait réagi. Et son discours de ce matin aurait été tout autre. Elle m'aurait grondée. Car tout le monde sait qu'il me faut de gros revenus pour vivre de façon aussi peu structurée au niveau financier. Et on ne crache pas sur un mois de boulot en tant que caricaturiste pour *Aftenposten*, le plus grand quotidien national. Heureusement, je n'avais encore parlé à personne de cette proposition, je pouvais donc la refuser sans déclencher une avalanche de réflexions désagréables de tout un tas de gens qui, soi-disant, me veulent du bien.

Des vacances. C'était quoi, au fait ? Partir quelque part ou quitter quelque chose ?

– Mon pauvre Andersen… tu aurais besoin de vacances, toi aussi… pour oublier que tu es emprisonné à perpétuité.

Andersen faisait des galipettes en gazouillant joyeusement. J'ai ouvert la cage. Un simple salon d'appartement doit paraître immense pour un volatile confiné dans un espace d'un quart de mètre cube.

J'ai toujours aimé le voir voler, mais quand il se pose sur le rebord de la fenêtre et tape du bec contre la vitre, j'ai malgré moi un petit coup de blues. Il le sait, me disais-je, il sait qu'il est enfermé et que c'est ma faute. Mais ce soir, au lieu de voler vers la fenêtre, il a choisi d'atterrir sur le plaid du canapé. Il y a laissé une petite crotte et une goutte de pipi avant de se poser sur mon épaule et de lancer un regard intéressé à mon verre de vin. Je l'ai laissé boire un petit coup, juste assez pour qu'il ait sommeil. Puis on a papoté un peu tous les deux, moi en faisant des claquements de langue, lui en gonflant ses plumes. Il a l'habitude de faire passer les plumes de sa poitrine une à une dans son bec. Il est très propre, mon petit Andersen… mais son vocabulaire est un peu restreint. Vite lassée de cette conversation, je suis allée me chercher un nouveau verre de vin et un morceau de papier absorbant légèrement humidifié pour nettoyer. Andersen est resté accroché à mon épaule pendant toute l'opération.

– Qu'est-ce que je ferais sans toi ? lui ai-je chuchoté.

Il semblait apprécier. En plus, ce n'étaient pas des paroles en l'air. Pour caricaturer les requins de la finance, Andersen m'inspire beaucoup. Son bec crochu. Son profil de rapace en miniature. Ses serres puissantes qui ne lâchent rien. Son bavardage incessant, avec sa langue épaisse, ses battements d'ailes qui, d'une certaine façon, détournent l'attention des thèmes plus importants. Plus d'un homme de pouvoir, en ouvrant les journaux, a eu la surprise de se découvrir sous les traits d'un oiseau ressemblant fortement à Andersen, avec des ailes à la place d'un parachute doré. Pour illustrer les disputes politiciennes, c'est pareil. On chasse un oiseau, on croit qu'on va l'attraper, puis au dernier moment, celui-ci se pose hors d'atteinte en narguant l'adversaire. Andersen a beau être petit et chétif, il s'en tire toujours.

J'ai regardé à nouveau ma liste. Répondeur. Courrier. Plantes. Valise. Vêtements chauds. Nouvelle doudoune. Et, entre parenthèses après « doudoune » : « payer par carte American Express ». Plus loin, j'avais écrit : « non pour le boulot à *Aftenposten* ». Tout en bas : « annuler leçon de pilotage ». J'ai ajouté : « ne pas oublier la poubelle ! » Car j'oublie trop souvent de la vider. C'est fou ce qu'une poubelle peut puer au bout de quelques jours. Et c'est toujours la même odeur, ça m'étonne à chaque fois. Même si les contenus sont complètement différents. Je devrais demander aux éboueurs s'ils ont une explication à ce phénomène. Après tout, c'est leur métier.

L'heure tournait. Demain, j'aurais plein de choses à faire. J'ai mis mon verre vide dans le lave-vaisselle, essuyé la table pleine de cendres après le battement d'ailes d'un certain petit oiseau. J'ai éteint les lampes et remis Andersen gentiment dans sa cage. Le vin blanc lui avait fait de l'effet. Il n'a même pas pris la peine de monter au perchoir d'en haut pour dire bonsoir à son copain dans le miroir.

Lentement, j'ai passé en revue toutes les pièces. Le vin m'avait réchauffée, je me sentais bien, la peau hâlée après un long été ensoleillé. La douce lumière de la nuit d'août entrait par les fenêtres, effaçant les couleurs. Seule chez moi, le pied ! Depuis une semaine. J'avais presque oublié quelle tête il avait, le dernier. Quel bonheur de ne voir qu'une seule brosse à dents dans la salle de bains, de savoir que personne ne m'attendait au lit, de ne pas avoir à supporter de commentaires sur tout et n'importe quoi. De lire un journal avant de m'endormir, même plusieurs si j'en avais envie, de me laisser gagner par le sommeil sous l'effet du bon vin, de ne pas avoir à écouter la respiration de quelqu'un à côté de moi… Quel plaisir de ne pas avoir à se disputer pour régler le réveil, moi qui essayais toujours de grapiller une demi-heure. J'étais seule, libre. Et j'allais pouvoir réaliser un projet qui tournait dans ma tête depuis vingt ans. Pendant de longues périodes, j'avais été persuadée que ça resterait un rêve, une utopie. Mais là, l'occasion s'était présentée de façon inopinée, et j'avais sauté dessus sans aucune hésitation, malgré les décisions à prendre d'urgence et la réorganisation totale de mon emploi du temps.

J'ai examiné les paumes de mes mains. La peau maintenait en place veines, tendons, petits os et muscles. Une membrane fine qui laissait transparaître des couleurs : bleu, rouge, chair. Le sang, poussé par à-coups jusqu'au bout des doigts. J'ai serré les poings, mes ongles rentrant dans la peau, et j'ai senti une force brûlante irradier de l'avant-bras jusqu'au pouce. Une force qui me permettrait d'aller jusqu'au bout… J'ai serré tellement fort que mes mains se sont mises à trembler et mes phalanges à blanchir. J'ai écarté les doigts. La ligne de vie de ma main droite luisait de sueur. Je l'ai léchée. Elle avait un goût d'eau de mer.

– T'as la situation bien en main, Bea, tu y arriveras sans problème, me suis-je dit tout bas. Et en plus, ça peut être marrant, comme vacances.

J'ai posé deux doigts sur mon poignet pour vérifier mon pouls. Un peu rapide, peut-être. Sans doute à cause de la nicotine.

Le lendemain matin, j'ai reçu un appel d'*Aftenposten* une demi-heure avant que mon réveil ne me tire habituellement de mes cauchemars.

– Je ne vous ai pas réveillée, j'espère ?

C'était une voix d'homme.

– Non, pas du tout, ai-je répondu machinalement, tout en tâtonnant pour empêcher le réveil de sonner.

Mais l'homme au bout du fil a dû se rendre compte à ma voix que je venais de me réveiller. Pourtant, j'avais fait des efforts pour prendre un ton enjoué, je m'étais même raclé la gorge avant de décrocher.

C'était le rédacteur en chef qui voulait fixer les dates pour la livraison des dessins. Je l'ai laissé raconter ses trucs, tout en sautant du lit pour trouver de quoi noter, quand tout à coup je me suis souvenue que je n'allais pas donner suite à cette proposition. Je l'ai donc interrompu et lui ai brièvement expliqué que j'avais un contretemps, sans lui dire que je partais en vacances. Il a paru surpris. Le voyage au Spitzberg était dans le cadre d'un projet de recherche dont malheureusement je ne pouvais pas lui donner les détails, car c'était encore confidentiel. Un peu inquiet, il a voulu savoir si c'était pour un journal concurrent, mais je l'ai rassuré en lui disant que c'était pour un livre, une sorte d'album humoristique sur les explorateurs polaires norvégiens. Je ne pouvais pas m'étendre davantage, ni sur l'éditeur ni sur l'auteur, j'en avais déjà trop dit. Il a compris. En principe, le matin, je suis nulle pour bluffer avant d'avoir pris mon café, mais il m'arrive, en écoutant ma propre voix, d'avoir l'impression qu'elle est branchée sur pilote automatique pour débiter des mensonges à la chaîne.

J'ai donc pu barrer un point sur ma liste avant même d'être habillée. La journée commençait bien. J'ai enfilé ma robe de chambre, pris *Adresseavisen*, le journal de Trondheim, dans la boîte aux lettres. Toujours pieds nus, je me suis préparé du café selon la bonne vieille recette, du café moulu et de l'eau bouillante. En dévorant une épaisse tartine de pain complet, j'ai parcouru les nouvelles du jour. Rien de nouveau sous le soleil. Pas de scoop à exploiter. Ce qui allait me manquer le plus, c'étaient les bandes dessinées. Surtout *Calvin et Hobbes*.

La tension avant le départ commençait à se faire sentir. Comme si j'avais eu un câble d'acier tendu entre la nuque et les talons. Je partais pour le Grand Nord. En bateau. Pour réaliser des choses importantes. Je n'arrivais pas à finir un seul article de mon journal, même devant un bon café brûlant, suivi des trois cigarettes que je fume toujours après les repas. J'ai jeté le journal dans le panier à bûches, téléphoné pour interrompre l'abonnement pendant mon absence. Je n'avais aucune envie de demander aux voisins de réceptionner les journaux pour moi et je me voyais mal lire huit quotidiens périmés à mon retour. En plus, c'était une solution économique. Torvald aurait été fier de moi ! Tant que j'y étais, j'ai appelé aussi le bureau de poste, mais il leur fallait une déclaration par écrit. Garder le courrier des personnes sur simple demande n'était pas une mince affaire, apparemment. C'est vrai, ça pouvait paraître louche.

– Mais vous me connaissez, ai-je objecté. J'y vais presque tous les jours, à votre bureau de poste !

– Peu importe, a répondu la dame au bout du fil. C'était celle qui ressemble à Brad Pitt, sans moustache. Brad Pitt est très bel homme, mais son physique en version féminine, ça fait bizarre. Aujourd'hui, elle prenait un malin plaisir à être particulièrement pointilleuse.

Après une douche et un peu de mascara sur les cils, j'ai enfilé un legging et un tee-shirt pas repassé, fourré mon portefeuille dans mon sac avec mon paquet de cigarettes et ma précieuse liste, jeté le sac sur l'épaule, mis mes lunettes de soleil et je suis sortie. Il faisait beau et presque chaud en cette journée de fin d'été. Je me suis rendue à la poste sur mon vieux vélo de course Peugeot qui, à vrai dire, est quelque peu arthrosique.

À la poste, il y avait la queue, mais je suis passée devant tout le monde pour avoir le formulaire. Brad Pitt était au guichet de droite, là où la file était la plus longue. Elle transpirait et expliquait quelque chose à une vieille dame qui avait posé ses béquilles sur le comptoir, et qui, apparemment, ne comprenait rien. J'ai rempli le satané papier et l'ai placé à côté des béquilles.

– Voilà, on s'est parlé au téléphone…

Elle m'a lancé un regard désorienté et a hoché la tête. Je me suis sauvée. La pauvre, me suis-je dit, quel boulot de merde. Tous les jours, toute l'année, toute la vie. J'avais eu un emploi fixe quand j'étais toute jeune, c'était alors nécessaire pour faire son trou. Maintenant, on connaissait mes compétences. Mon coup de crayon en disait plus qu'un long discours. J'avais obtenu ce que je considère comme un grand privilège, plus important qu'un salaire confortable : pouvoir mettre le réveil à neuf heures du matin. Ou même à onze heures. Mais je triche toujours quand quelqu'un appelle de bon matin, en prétendant que je suis debout depuis au moins une heure. Le fait est que je travaille souvent plus dur que ceux qui ont des horaires fixes. Mais je suis victime de la convention sociale qui veut que la journée de travail commence avant neuf heures, et ça m'énerve prodigieusement. La prochaine fois que la sonnerie du téléphone me réveillera, je dirai : « Oui, je dormais… » Sans aucune explication ni justification du style : « J'ai travaillé tard hier soir. Chacun a son propre rythme. »

Une demi-heure plus tard, j'avais perdu un peu de mon efficacité, car il était impossible de trouver une doudoune au mois d'août. Pas encore de mode d'hiver, me disait-on.

– Je ne cherche pas un truc à la mode, ai-je répondu, exaspérée. J'ai besoin d'un vêtement chaud. Très chaud.

Dans un énième magasin, on m'a proposé de descendre au sous-sol pour voir ce qui restait de l'ancienne collection. En fouillant dans des cartons, j'ai trouvé une doudoune qui m'allait parfaitement, mais ses couleurs fluo étaient tellement horribles que j'ai eu tout à coup envie d'une bière pour me calmer. En plus, ils n'acceptaient pas la carte American Express. Mais je n'avais pas le choix.

– Je la prends, ai-je dit, et j'ai payé comptant.

Ils ont glissé la doudoune dans un sac plastique que j'ai attaché sur le porte-bagages. Mon prochain arrêt était l'agence de voyages. On m'a donné les billets d'avion Trondheim-Longyearbyen aller et retour, et la confirmation du périple par bateau autour de l'archipel du Svalbard au départ de Longyearbyen. Mes réserves en argent liquide avaient sensiblement diminué, mais ici, ils prenaient l'American Express. Mon sentiment d'être efficace est revenu comme par magie. Le moral était au beau fixe.

J'ai acheté plusieurs journaux, me suis attablée à une terrasse de café, j'ai commandé une pinte. J'ai soupiré de plaisir quand le garçon a posé le verre de bière glacée sur la table, à côté de ma pile de journaux. Les billets étaient dans ma poche, la doudoune sur le vélo. Il ne me restait plus qu'à acheter des culottes, des carnets de croquis, des feutres, des crayons, bref, le kit complet de la parfaite voyageuse. Ne rien laisser au hasard, voilà ma devise. J'ai payé au prix fort quelques bouteilles d'alcool, histoire d'avoir des réserves. À l'agence de voyages, on m'avait indiqué ce que j'avais le droit d'acheter hors taxes. De plus, le restaurant du bateau servait aussi de l'alcool, au verre et à la bouteille.

– Il y a un bar à bord ? avais-je demandé, mais on n'avait pas pu me renseigner.

J'ai étudié de près la photo du bateau dans la brochure. Il n'était pas très grand, en fer, de couleur bleue. Quarante mètres de long. J'imaginais mal un barman sur ce genre d'embarcation. Alors autant prendre ses précautions.

Mais d'abord ma bière. J'ai poussé les journaux, vidé mon verre d'un trait en fermant les yeux. Les larmes ont jailli, mais comme j'utilise du mascara waterproof, aucun danger. J'ai posé le verre sur la table avec un bruit sec en essayant de retrouver ma respiration.

– La même chose, s'il vous plaît ! ai-je crié au garçon.

Puis j'ai ouvert *Dagbladet* page deux, pour jeter un coup d'œil sur les dessins de Graff.

En rentrant chez moi, j'étais en nage. J'avais grimpé en vitesse les quatre étages, les bras chargés de paquets. Faut vraiment être conne pour vivre dans un immeuble sans ascenseur. Mes pintes de bière m'avaient un peu coupé les jambes. J'ai posé mes achats par terre dans l'entrée. Mes bras étaient en compote. Ne pas avoir de voiture ne me gêne pas, mais j'avoue qu'il y a des jours où j'en ai marre d'attacher des tonnes de trucs sur le porte-bagages, le guidon, ou de les transporter sur mon dos. Bon, heureusement que j'ai des muscles. Et la jeunesse pour moi.

J'ai verrouillé la porte d'entrée, me suis déshabillée entièrement. Puis je me suis endormie sur la terrasse, dans une chaise longue, en plein soleil.

Je serais sans doute morte d'insolation ou de déshydratation si Bergesen n'était pas arrivé. Du coup, je n'aurais pas eu à payer la facture de ce voyage. Quoique. L'agence aurait sans doute exigé ses sous, d'une façon ou d'une autre. En voulant me lever, je me suis écroulée sur le gazon artificiel. J'ai secoué la tête comme un chien mouillé et léché mes lèvres pleines de sueur. Derrière mes paupières, j'ai vu comme une lumière vert fluo.

Quelques secondes ont passé. J'ai essayé de me mettre debout en m'aidant du mur. Ma tête me faisait mal. La sonnette. Ça avait sonné. J'ai titubé jusque dans l'entrée, suis tombée sur mes paquets, me retrouvant encore une fois à quatre pattes.

– Qui est là ? ai-je dit d'une petite voix.

– C'est moi, Bergesen. J'ai besoin de toi.

– Je vais à la salle de bains, mais je t'ouvre avant. Compte jusqu'à dix avant d'entrer.

J'avais juste eu le temps de m'enfermer dans la salle de bains quand j'ai entendu ses pas. Il me fallait de l'eau froide. Beaucoup d'eau froide. Sous la douche, je me demandais ce que me voulait Bergesen. Il était P-DG d'une grosse boîte d'informatique. J'avais fait sa connaissance par l'intermédiaire de l'agence de pub dont il utilisait les services et pour laquelle je travaillais. On s'était envoyés en l'air quelquefois. Je continuais de le trouver très bel homme, alors je ne voulais pas qu'il me voie à poil dans cet état. À trente-cinq ans, mes fesses commençaient peut-être à s'avachir ? Ça faisait longtemps que je n'avais pas regardé cette partie de mon anatomie dans la glace. Un rapide coup d'œil m'a rassurée. Ça allait. Rien à dire.

– Tu as bientôt fini ?

– J'arrive. Je mets ma robe de chambre !

Il m'a fait la bise.

– Mm, tu sens bon.

Que signifiait cette bise exactement ? Mais soudain il a ajouté :

– J'ai un service urgent à te demander, sinon ma femme va me tuer. C'est vrai que je m'y prends un peu tard.

Sa femme. D'accord. Ça remet tout de suite les choses à leur place.

– Bon. Tu veux boire quelque chose ? Viens sur la terrasse.

J'ai versé du vin blanc et du cidre dans des verres, moitié-moitié, avec plein de glaçons.

– Ça consiste en quoi ? Je ne te promets rien. Je pars pour le Spitzberg après-demain.

– C'est un truc que tu peux faire là tout de suite. Vu ta compétence et ta rapidité. Le Spitzberg, tu dis ?

– D'abord le boulot. Pour pas que ta femme te tue.

J'ai tourné le parasol pour que l'ombre tombe sur nous et sur les papiers que Bergesen avait posés sur la table.

Il s'agissait d'un grand dîner chez lui vendredi prochain. Je n'étais pas invitée. Seize personnes. Des acteurs d'une série télévisée à la mode avec leurs épouses, et des personnalités politiques de droite. Plutôt que des cartons de table classiques, Mme Bergesen voulait un petit dessin de chaque convive. Bergesen avait donc apporté des photos découpées dans des magazines ou prises sur Internet. Il avait même apporté du papier vergé pour les dessins, bordé d'or. Je suis allée chercher crayons, feutres et gommes.

– Mille couronnes chaque, lui ai-je dit. Déclaré.

– T'es folle. Cinq cents. Au noir.

– Ça marche.

– Tu dois gagner un fric fou. Ce boulot, tu le feras en une heure, je parie.

– T'as qu'à compter, pendant que je dessine. Cinq cents fois seize.

– Dis donc, c'est bon, ce que tu nous as servi là. Ça fait huit mille. Ta robe de chambre est mal fermée.

Je l'ai regardé en souriant. Il s'est penché vers moi, m'a embrassée tendrement.

– Je n'ai pas le temps, lui ai-je chuchoté, les lèvres contre sa tempe.

– Ah bon ?

– Non… j'ai trop de choses en tête.

J'ai commencé à dessiner. Il suivait mes mouvements avec fascination.

– Tu es vraiment douée. C'est incroyable, cet équilibre entre humour et méchanceté…

– La caricature, c'est l'art de se foutre des gens avec tendresse. Exagérer ce qui est révélateur et laisser de côté ce qui est banal.

Je parlais comme un prof.

– T'es sûre que tu n'as pas le temps de…

– Certaine.

– Tu as l'air un peu stressée, Bea. Tes mains tremblent.

Je lui ai tendu un dessin terminé.

– Les traits sont bien nets, non ? Tu vois quelque chose qui tremblote ? ai-je répliqué en riant.

– Tu plaisantes toujours, toi.

– C'est une sorte de technique.

Il m'a regardée finir les croquis.

– Et l'amour, comment ça va ?

– L'amour ? Tu veux dire si j'ai un partenaire en ce moment, pour les galipettes ?

– Oui.

– Alors sois franc. Ne m'embête pas avec de grands mots.

– Écoute, Bea…

Il a fini son verre. Le mien était déjà vide. Je les ai emportés dans la cuisine pour les remplir, il m'a suivie.

– Et à part ça ?

– Tu veux tout savoir, hein ? Eh bien, je vis seule, en ce moment.

Cette fois, je n'ai pas mis de cidre.

– Ah bon. Et tu vas au Spitzberg. Tu fuis quelque chose ou… quelqu'un ? Je veux dire… le Spitzberg n'est pas un endroit où on…

En voyant ma tête, il a préféré changer de sujet.

– Tu sais ce que tu emportes, au fait ?

– Des vêtements chauds. J'ai acheté une doudoune.

Je lui ai parlé un peu du voyage, du bateau, je lui ai aussi montré la brochure. Il s'est mis à raconter des souvenirs de parties de chasse en Alaska et au Canada, de pêche au Finnmark, bref, le genre d'expéditions que font les hommes de pouvoir pour se prouver leur virilité et faire savoir à tout le monde qu'ils contribuent à la bonne santé de la vie économique norvégienne.

– Et comme chaussures ?

– Des baskets. Et des bottes de caoutchouc.

– De caoutchouc ? Ça va pas, non ? Ah, les femmes… Tu n'as pas des bottes fourrées ?

– Mais on est en plein mois d'août ! Il y aura le soleil de minuit…

– Je te dis qu'il te faut des bottes fourrées !

Au fond d'un placard, j'ai trouvé une vieille paire de chaussures de randonnée. Toujours en robe de chambre, j'ai écouté les conseils de Bergesen. J'ai pris un vieux journal, un chiffon, une boîte de cirage un peu desséché. J'ai frotté pendant qu'il me donnait ses explications.

– Mets-en plein au niveau des coutures. N'hésite pas. Tu enlèveras le surplus après, mais pas tout de suite. Attends une heure. Astique-les bien. Plus elles brillent, mieux c'est.

Mes mains étaient à présent toutes poisseuses. Ses instructions d'expert commençaient à me taper sérieusement sur les nerfs. Et d'ailleurs, pourquoi je ne pouvais pas me balader là-bas en bottes de caoutchouc, si ça me chantait ?

– J'ai commencé des cours de pilotage, lui ai-je dit, pour équilibrer le rapport de forces.

L'effet a été immédiat.

– C'est pas vrai ! Toi… ?

– Oui. Moi.

– Mais…

– Mais quoi ? Tu penses que j'en suis incapable ?

– T'as eu combien de leçons ?

– Pour l'instant cinq. Ils nous font faire énormément de théorie entre chaque heure de vol, c'est pour ça que c'est un peu long. De la physique, des trucs sur les moteurs… beaucoup de météorologie.

– Je te fais confiance en ce qui concerne la théorie. Mais piloter un avion… Mon Dieu, même *moi*… Pourquoi ? pourquoi tu fais ça ?

– J'en ai eu envie. Et ça me procure un plaisir fou.

– Ah bon. Un plaisir fou…

J'ai arrêté d'astiquer mes chaussures. Lui ai parlé de mes cours de pilotage à trois mille pieds au-dessus du massif de Selbu, en plein soleil. Le sentiment de liberté que ça me donnait. De maîtrise, de plénitude.

– Ça te permet de garder tes distances, hein ? C'est pour ça que ça te plaît ? Entre toi et le sol, toi et le reste du monde ?

– Peut-être.

– Et quel est ton objectif ?

J'ai repris un peu de cirage, me suis remise à astiquer.

– Un objectif à la fois. Le premier, c'est de voler toute seule. Mais je ne sais pas si j'oserai. Il y a un monde fou à l'aéroport de Værnes. Avions de ligne, avions militaires. C'est assez désagréable de décoller et d'atterrir avec un petit avion de rien du tout dans ces conditions. De communiquer avec la tour de contrôle en anglais. Il y a de quoi perdre ses moyens. Mais c'est super d'apprendre quelque chose de nouveau, de complètement différent.

– Trinquons à ta nouvelle passion !

Soudain, Bergesen est devenu pensif.

– J'espère que tu ne voles pas quand tu as bu ?

Sa question m'a fait rire.

– Non, quand je dois piloter, je ne bois plus une goutte trois jours avant. Que du thé et de la théorie.

– Incroyable. Moi, je n'aurais pas pu. C'est sans doute pour ça que je ne vole pas. Tu me préviendras quand tu auras obtenu ton diplôme ?

– Bien sûr. Parce qu'à ce moment-là, j'aurai besoin de mes amis. Qui pourront participer aux frais de location et de fuel et venir avec moi jusqu'aux îles Féroé, par exemple, pour que je m'entraîne.

– Du fuel, n'importe quoi !

J'ai laissé les chaussures sur le journal, me suis lavé les mains, et j'ai bu une gorgée de vin blanc tout en observant le visage bronzé de Bergesen. Mes yeux se sont plongés dans les siens. Son regard ne me quittait pas. Nous étions dans la cuisine, tournés l'un vers l'autre, à bonne distance.

– Non. S'il te plaît.

– Pourquoi tu ne veux pas ? Ne serait-ce qu'au nom d'une vieille amitié... ?

– J'ai pas la tête à ça.

– Tu l'as déjà dit. Mais là, tu m'as servi du bon vin, le soleil brille, tu me dis qu'on pourrait partir aux îles Féroé ensemble, et tu t'étonnes que j'aie envie de toi ?

– Pas aujourd'hui. D'ailleurs je suis devenue frigide.

– Ha ha ! Excellent. Ce jour-là, les poules auront des dents.

– Qu'est-ce que tu en sais ?

– Je dis juste que c'est peu probable.

– Ah bon ?

– Ben oui ! On a déjà fait l'amour ensemble, que je sache.

– On peut avoir envie et être frigide quand même.

Il a fini son vin. Ses doigts ont laissé des marques sur le verre embué.

– Je m'en serais rendu compte si tu avais fait semblant, a-t-il dit en passant sa langue sur ses lèvres.

– Jamais de la vie. Dans ce cas, tu serais bien le seul.

– Qu'est-ce que tu es en train de me dire, au juste ? Que tu as...

Je lui ai fait un sourire en guise de réponse. Il s'est approché, m'a dit tout bas :

– Je crois que tu es une sacrée comédienne... Et si on vérifiait que tu...

– Pas maintenant, je te dis. Laisse tomber. D'ailleurs, il faut que tu partes. Tout de suite. J'ai plein de choses à faire.

– J'ai quand même le droit de t'embrasser pour te souhaiter un bon voyage ?

J'ai constaté que mon pouls ne battait pas plus vite quand il m'a prise dans ses bras, même s'il sentait bon. Une odeur de mâle et d'aftershave. Un léger parfum d'adoucissant pour linge se dégageait de sa chemise.

– Une femme nue, bronzée, en peignoir… J'adore, a-t-il murmuré, la voix pâteuse.

Je l'ai repoussé doucement.

– Alors achètes-en un, de peignoir, à ta femme.

– Ce que tu peux être cynique quand tu t'y mets.

– Allez, ça suffit, les compliments. Au revoir.

Une fois seule, j'ai déballé les paquets, cherché ma valise, la table à repasser et je me suis promenée toute nue dans l'appartement. J'ai fourré les huit billets de mille couronnes dans mon portefeuille, tout en me disant que c'était vraiment de l'argent gagné vite fait bien fait. Seize petites caricatures, même pas une heure de travail. De la manne tombée du ciel. De l'argent au noir pour un voyage en blanc.

J'avais maintenant barré tellement de points sur ma liste que j'ai préféré en faire une nouvelle : répondeur, plantes, poubelle, vêtements chauds, taxi. J'ai téléphoné à mon moniteur de vol, qui m'a fixé rendez-vous pour une nouvelle leçon dans trois semaines. J'ai enduit mes cheveux de ma crème colorante brun foncé, ayant constaté une repousse d'un centimètre de cheveux blonds. J'ai cherché partout mes cachets contre les brûlures d'estomac, ai fini par les trouver et les ai mis dans ma trousse de toilette. Ensuite, je me suis lavé les cheveux. Pour terminer, j'ai astiqué les chaussures jusqu'à ce qu'elles brillent comme des bouteilles de cognac.

La partie corvée était presque terminée. Il était cinq heures et demie, je me sentais bien, j'avais chaud. Des rayons de soleil entraient par toutes les fenêtres et par la porte de la terrasse. L'immeuble était calme, on entendait juste un peu le bruit de la circulation venant du centre de Trondheim. Des mouches et un bourdon s'étaient aventurés dans l'appartement. J'ai attrapé le bourdon avec un verre et l'ai relâché dehors vite fait. J'avais peur qu'il fasse du mal à Andersen. Celui-ci était dans sa cage, immobile, l'air triste, à moitié endormi.

– Voilà, la soirée peut commencer, me suis-je écriée.

Andersen a sursauté. J'ai mis un CD d'Anne Grete Preus, ma chanteuse préférée, poussé le volume à fond, me suis préparé un gin tonic que j'ai emporté sur la terrasse avec un bol de cacahuètes et un autre paquet de cigarettes. J'ai fermé les yeux, écouté la musique, tout en me soûlant lentement. J'ai essayé de penser au froid qui régnait là-bas. La température tourne autour de zéro en ce moment, m'avait-on dit à l'agence de voyages. Avec un air humide et pas mal de vent, ce qui renforce la sensation de froid. J'ai pris un glaçon dans ma bouche, pour voir. C'était froid. Peut-être qu'on nous mettait de la glace polaire dans les verres, sur le bateau ? De l'iceberg pilé, en quelque sorte ?

Je me suis étirée sur la chaise longue, passant la main sur ma peau. Une peau qui recouvrait un corps, le mien, dans lequel je me sentais bien. Anne Grete chantait un truc sur les ailes de papillons, et j'étais tout heureuse d'avoir pris une décision. J'allais réussir. À coup sûr.

À huit heures, mon état euphorique a commencé à décliner. C'est à ce moment-là qu'il faut beaucoup d'alcool pour se sentir bien à nouveau. Pour l'instant, j'étais encore lucide. Le téléphone a sonné.

C'était Lupes. Je l'appelle comme ça à cause de ses yeux de loup. Son vrai nom est Mikael. Il pleurait, parlait de manière incohérente, voulait savoir s'il me manquait, si j'avais changé d'avis. Je ne me souvenais pas de son visage, que de ses yeux. Il était ivre. J'avais dû lui refiler le virus. Il m'a dit qu'il avait oublié un objet chez moi. Un mug avec une tête de loup et son prénom peint en marron. Je l'avais fait faire dans une boutique d'objets en porcelaine.

– Je l'ai jeté.

– Quoi ? a-t-il hurlé.

Le peu de respect que j'avais pour lui a fondu comme neige au soleil.

– Oui. Et tu ne me manques pas.

– Tu sais... Il avait arrêté de pleurer. Tu sais... que... Putain ! tu n'es qu'une salope ! T'es froide comme un glaçon ! Tu m'as foutu dehors comme un chien, ça s'fait pas ! D'ailleurs qu'est-ce que je t'ai fait, hein ? Dis-le !

– Rien. Je t'aimais plus, c'est tout.

– Mais on devait... Personne n'est amoureux en permanence ! Une relation, ça change avec le temps, ça se transforme en... quelque chose d'autre.

– C'est justement ce « quelque chose d'autre » qui ne m'intéresse pas.

– Ça ne t'intéresse vraiment pas ?

Il s'est tu quelques secondes, puis a continué, tout bas.

– Tu sais, Bea, quelque chose ne tourne pas rond chez toi. Mais alors pas du tout. C'est sûrement à cause de ce que tu m'as raconté l'autre fois. T'étais soûle, tu te souviens, tu m'as dit qu'on t'avait obligée à...

– Stop !

– J'en suis sûr. T'as pété un câble. J'ai vu un programme à la télé sur ce sujet l'autre jour. Ces gosses-là, arrivés à l'âge adulte, n'arrivent jamais complètement à...

– Je raccroche.

– Attends ! Tu devrais consulter un psy, ou un... enfin, quelqu'un comme ça. T'as... des bleus à l'âme, Bea ! Hein ? Ça te fait rire ?

– Bien sûr que ça me fait rire. Et maintenant, je raccroche pour de bon. Je pars en voyage. J'ai des trucs à faire.

– Tu pars ? Où ça ?

– Au Spitzberg. En bateau. Une balade dans tout l'archipel.

– Et moi ?

– Toi, tu es bourré.

– Oui, je sais, mais... tu l'as vraiment jeté, mon mug ?

– Salut.

Le téléphone a sonné aussitôt après. Je n'ai pas décroché.

Être amoureuse, je déteste ça. On est à la merci de ses hormones. Avec le recul, je voyais la façon dont ma personnalité changeait chaque fois. Décisions qui ne me correspondaient pas. Paroles stupides. Actes irréfléchis. Ce n'était pas moi, c'en était effrayant. On était plusieurs copines à vivre la même chose. Une fois amoureuses, on faisait n'importe quoi. C'est pourquoi on avait projeté de monter une équipe de surveillance. Chacune signerait un papier par lequel elle affirmait laisser les autres décider pour elle au cas où elle succomberait. Les autres avaient le droit de l'enfermer, menottée et bâillonnée, jusqu'à ce que les hormones se stabilisent. Mais ça n'a jamais marché. À tous les coups, on retombait dans le panneau et on en prenait au moins pour deux mois. Dire qu'il y avait des gens assez bêtes pour se marier au bout de quelques semaines ! Fallait vraiment être givré…

Je sais de quoi je parle. Les promesses qu'on fait quand on est sur un petit nuage. Les cartons et les valises montés par l'escalier, les commodes et placards vidés pour faire de la place aux affaires d'un nouvel homme. L'espoir, toujours déçu, que cette fois, c'est du sérieux. Enfin un homme qui ne se croira pas tout permis, qui ne se défilera pas à la première occasion. Qui comprendra qu'il y a des jours avec, et des jours sans. Son rasoir dans la salle de bains, son peigne, sa brosse. Ses vêtements à mettre à la machine avec les étiquettes à vérifier pour laver à la bonne température. Les CD inconnus alignés à côté des miens. Les plantes. Les tableaux à accrocher aux murs. En revanche, j'ai toujours refusé les meubles. Un petit bureau, à la limite, un ordinateur. Le reste, il fallait le laisser au garde-meuble ou ailleurs.

Et pendant qu'un nouvel homme s'installait chez moi, je lui faisais la fête. Follement amoureuse, une vraie chatte en chaleur. Je bossais moins bien, je perdais le sens des réalités, j'en arrivais même à négliger Andersen. Je trouvais ses CD formidables, ses tableaux magnifiques. Je prétendais que sur le plan sexuel, il me satisfaisait complètement, ce qui était toujours loin, très loin même, de la vérité. J'appréciais soudain des plats que j'avais en horreur auparavant. Je mettais le réveil à sept heures et demie parce que c'était l'heure à laquelle il devait se lever…

Plus jamais ça. Trop, c'est trop. Désolée, Lupes. Un soir où j'étais ivre, j'ai cru qu'il serait la personne idéale à qui confier mon lourd secret. Mais je me suis trompée. Je ne me sentirais mieux qu'après ce voyage, après l'accomplissement de mon plan.

« Quel terrible accident ! Espérons qu'elle soit morte sur le coup », diraient les gens.

Mourir vite, c'est mieux que de mourir lentement. Les hommes le savent depuis le début des temps.

Le téléphone a encore sonné, mais je n'ai toujours pas décroché. Froide ? J'étais froide, moi ? Non, c'est le Spitzberg qui est froid. Pas moi ! Au contraire, mon corps était chaud bouillant, j'avais même attrapé un coup de soleil sur le ventre. Je me suis préparé un cocktail super fort avec un peu de jus de citron vert pour la vitamine C et me suis souvenue tout à coup que je n'avais rien avalé depuis le petit déjeuner. J'ai pris une poignée de cacahuètes et cinq comprimés de vitamine B, glissé un CD des Sex Pistols dans le lecteur, bu une rasade d'alcool, écouté *My Way* à un niveau sonore qui a fait tressaillir Andersen sur son perchoir, ailes déployées. J'ai déplacé sa cage dans ma chambre, sans toucher au bouton du volume et me suis mise à danser comme une folle, un verre à la main.

Je ne me souviens plus si je me suis couchée ou non, mais j'ai fait comme d'habitude après une bonne cuite : j'ai bu beaucoup d'eau, au moins trois verres, et mangé une tomate avec du sel. Du sel de cuisine ordinaire, autrement dit du chlorure de sodium, c'est excellent contre la gueule de bois.

Pourtant le sel ne m'a pas empêchée de me réveiller à cinq heures du matin. *Drinking man's hour.* L'heure de l'ivrogne. Quand on a cuvé son vin et qu'on se réveille au lieu de continuer à dormir. Avec en tête des idées noires, des problèmes minimes devenus incommensurables, le corps tendu comme un câble d'acier sous la couette. J'ai pensé à Lupes, à ses yeux, et, soudain, j'ai vu très clairement son visage. Sa bouche, ses joues. Pour le mug, j'avais dessiné une tête de loup avec des rouflaquettes, des oreilles poilues, une truffe humide.

Il savait aussi lécher comme un loup.

Bergesen. J'aurais dû lui dire oui, le mettre dans mon lit, le laisser passer la nuit chez moi, tant pis pour sa femme, cette bourge avec son ridicule dîner mondain. J'aurais eu le plaisir de le réveiller, de lui préparer du chocolat chaud, le seul remède contre la *drinking man's hour.* On aurait pu le boire sur la terrasse en écoutant les oiseaux se réveiller dans l'érable de la cour, chacun sous un plaid, à disserter sur la vie, la mort, les secrets de l'univers et autres niaiseries qui paraissent essentielles quand le reste du monde dort et qu'on est les seuls à être éveillés et conscients.

J'ai commencé à claquer des dents. J'ai aperçu tout à coup la cage d'Andersen qui traînait près de l'armoire. Il dormait. Il avait l'habitude d'être trimbalé. Un peu de remue-ménage dans la vie quotidienne d'un petit descendant des dinosaures qui avait pour tout univers les quatre murs d'un appartement. Inutile de rester couchée. Je me suis levée, me suis fait chauffer du lait avec du chocolat et un peu de café en poudre pour le goût. J'ai jeté un coup d'œil dans la brochure de l'agence de voyages. Le bateau pour le Spitzberg, le *Ewa*, en service dans cette région depuis plusieurs années, était renforcé à l'avant avec de l'acier. Je comptais rêver du *Ewa*, décider moi-même du contenu de mes rêves et ne plus jamais faire de cauchemars.

Je ne me suis endormie que vers six heures et demie. Et je n'ai pas rêvé du *Ewa*. J'ai fait le même vieux rêve monstrueux que seul l'alcool pouvait étouffer. Mon réveil a sonné à neuf heures, et m'a sauvée à la dernière minute.

Sissel n'était pas amoureuse. Elle était de mauvais poil, en manque d'hommes, et prétendait qu'elle avait grossi.

– Où ça ?

– Ici !

Elle a pincé le haut de sa cuisse en appuyant fort.

– Je ne vois pas de différence. Tu as l'air comme d'habitude.

– J'suis boulimique, voilà ce qui se passe. J'ai besoin d'un homme.

– Désolée, je ne peux pas t'aider. Tu veux une bière ?

– T'es cinglée ! C'est plein de calories ! Je suis sortie tous les soirs de la semaine. Si tu savais comme j'en ai marre de raconter ma vie à des types complètement bourrés. Où est-ce qu'on peut trouver un homme avec qui on n'a pas besoin de parler ? Je ne cherche pas une relation sérieuse, juste une aventure d'un soir.

– Appelle Lupes, il est seul.

– Pauvre Mikael. Pourquoi ce surnom ridicule ? C'est presque comme un manque de respect. Tu es triste qu'il soit parti ?

– Oui. Mais c'est la vie.

Je ne savais pas pourquoi, mais je n'avais pas dit à Sissel que c'était moi qui l'avais foutu à la porte. Je lui avais dit qu'on s'était séparés d'un commun accord, que je le soupçonnais d'avoir rencontré quelqu'un d'autre et j'ai vite changé de sujet.

– Pourquoi tu es venue si tôt ?

– Je m'ennuyais. Au départ, je voulais faire un peu de shopping, mais en consultant mon compte en banque… j'ai changé d'avis.

– Je te propose mille couronnes pour garder Andersen.

– C'est vrai ?

J'ai ri. N'importe qui aurait refusé un quelconque paiement pour ce service. Mais pas Sissel.

– Je suis riche. Un boulot, hier, expédié en vitesse.

– Tu seras vite de nouveau à sec.

– Exact. Auquel cas, il faudra que tu gardes Andersen gratos. Tu veux un cocktail au lieu d'une bière ? Je peux mettre du Coca light.

– Mais dans l'alcool, il y a des calories.

– Certes, mais ce sont des calories vides.

J'avais presque fini mes valises. Commandé le taxi. Enregistré un nouveau message sur mon répondeur pour indiquer où j'étais, avec une petite information à l'attention d'éventuels cambrioleurs, précisant que mon appartement était une forteresse imprenable, qu'il leur faudrait un hélicoptère et qu'ils ne trouveraient pas d'objets de valeur chez moi qui justifient la location d'un hélicoptère à vingt mille couronnes de l'heure… Ce genre de message amuse toujours les gens normaux qui m'appellent. J'avais pensé à mes médocs contre les brûlures d'estomac, au matériel de dessin, et j'avais lavé plein de lainages qui étaient maintenant en train de sécher sur la terrasse : chaussettes épaisses, écharpes, bonnets, moufles, pulls, sous-vêtements thermiques. Le contraste était comique, quand Sissel et moi on s'est installées topless dans les chaises longues, un verre à la main, sur des serviettes éponge.

– Des vêtements d'hiver… c'est fou, quand même.

– Demain, j'y serai.

– Pourquoi tu pars, au fait ?

– Des vacances. Je te l'ai déjà dit.

– Il y a quelque chose qui cloche. Même si tu déprimes à cause de Mikael.

– Mais non. J'ai juste envie de faire une nouvelle expérience.

– Ne tombe pas amoureuse, surtout.

J'avais envie qu'elle parte. Elle buvait beaucoup plus lentement que moi, et j'avais prévu de me soûler pour échapper aux idées noires, à partir de maintenant et jusqu'au journal télévisé sur TV2. Comme ça, je serais fraîche et en forme à l'arrivée du taxi. Mais elle n'a pas décollé. Elle s'ennuyait. Voulait tuer le temps. Heureusement, elle ne me suivait pas quand je remplissais les verres. Je versais plus d'alcool dans mon verre que dans le sien. Je n'avais pas envie qu'elle se mette à chialer, comme toujours quand elle a trop bu. En plus, elle était censée porter la cage d'Andersen jusque chez elle et je n'aurais pas supporté qu'elle titube.

Ça me fatiguait de jouer la comédie, de paraître moins soûle que je ne l'étais. La conversation tournait mal. Je m'énervais. Elle a fini par se fâcher, s'est levée pour partir. Le billet de mille couronnes lui a rendu le sourire.

– Bon voyage, Bea ! Amuse-toi bien.

Elle sentait la sueur et l'après-shampooing. J'ai fait un geste d'adieu à Andersen, qui se cramponnait sur la marche inférieure de sa petite échelle.

Les vêtements en laine étaient secs. J'ai enveloppé les bouteilles de gin dans des pulls et des écharpes et mis le tout dans ma Samsonite. Ensuite, j'ai porté toutes les plantes sur la table de la cuisine. Sissel s'était proposée pour venir les arroser, mais je déteste l'idée que quelqu'un fouine chez moi pendant mon absence. J'ai donc arrosé copieusement et couvert le bas des pots avec du film plastique.

Je devais tout préparer maintenant, avant d'être trop abrutie. J'ai fermé la valise en m'asseyant dessus. Pourvu que les bouteilles de gin ne soient pas cassées par des arrimeurs maladroits. Avec mon billet d'avion, je pourrais acheter du cognac et du champagne. Du Veuve-Clicquot, tant qu'à faire, pas n'importe quelle piquette.

J'ai verrouillé ma valise. La trousse de toilette, je la garderais dans mon bagage à main. Restait à choisir une tenue adéquate. Je me doucherais juste avant le départ et prendrais mon petit déjeuner à l'aéroport de Værnes. Tout devait être prêt dans la salle de bains, pour que je n'aie pas à solliciter la moindre cellule grise. J'ai sorti mon vieux Levis, un tee-shirt, des chaussettes blanches, des baskets, une culotte propre. Ma veste en toile huilée ferait l'affaire, elle est assez chic. La doudoune était déjà dans la valise, comprimée et serrée avec des bandes adhésives.

J'ai mis en route le lave-linge et le lave-vaisselle, les deux à moitié vides. C'est agréable de revenir dans une maison en ordre. J'ai écouté pour la énième fois le message enregistré sur mon répondeur. Tout était sous contrôle. Alors, pourquoi étais-je aussi tendue ?

– Lupes me manque, ai-je dit à haute voix. Et si je lui téléphonais pour lui dire que je l'aime, qu'il faut qu'il revienne, qu'on peut tout recommencer à zéro ?

Mon appartement m'a paru vide. Même Andersen était parti. Incroyable qu'un oiseau de quelques grammes puisse prendre autant de place dans cent vingt mètres carrés. Ce sentiment d'inanité le prouvait : j'étais seule.

– Non, ce n'est pas Lupes qui te manque. C'est ton petit oisillon chéri. Maintenant, finie la déprime. Mon Dieu, Bea, tu me fais honte. Allez, c'est l'heure d'un petit verre. Et un peu de musique !

Je n'étais pas d'humeur à écouter Anne Grete Preus. Je ne supportais pas d'entendre sa voix languissante sur la vie, l'amour, les regrets, la trahison, la tristesse… non, pas maintenant. J'ai fourré dans le lecteur un CD avec les valses de Strauss, en vidant verre sur verre. J'ai rangé les meubles de jardin, retrouvé une plante oubliée dans un coin, mis la télé sans le son pour remplacer la présence d'Andersen. J'ai appelé le réveil téléphonique au cas où le courant serait coupé et mon radio-réveil avec. Et maintenant, l'heure était venue d'appeler mon père. J'aurais déjà dû le faire depuis longtemps.

Il n'était pas couché. Par le passé, il se couchait toujours juste après le journal télévisé, mais maintenant qu'il avait quatorze chaînes, son rythme était complètement déréglé. Il prétendait qu'avec l'âge, il n'avait plus besoin de dormir autant. Il en était à cinq heures de sommeil par nuit, et avait calculé qu'à l'âge de cent vingt-deux ans, il pourrait se passer tout à fait de dormir et profiter de son abonnement au câble vingt-quatre heures sur vingt-quatre.

– Je pars au Spitzberg demain.

– Ah bon ? Quelle bonne nouvelle.

– Ne regarde pas la télé quand je te parle.

– Mais non, je…

– Ta voix prouve le contraire.

– Tu aurais pu passer me voir.

– Impossible. J'ai trop de choses à faire. Et comme tu tiens absolument à habiter à perpète, et que je n'ai pas de bagnole, eh bien…

– Ne parle pas comme ça.

– Ce que tu peux être vieux jeu.

– Le Spitzberg, tiens… Pour voir les manchots ?

– Les manchots sont au pôle Sud.

– Tu as bu ?

– Pourquoi ça ?

– Je sais toujours quand t'as bu. Je l'entends à ta voix.

– Qu'est-ce que tu regardes comme programme ?

– Un film. Après il me reste deux autres films et un match de hockey que j'ai enregistrés et que je n'ai pas encore eu le temps de regarder.

– Tu ne dormiras pas beaucoup, alors.

– Tu bois trop.

– Porte-toi bien, mon papa chéri.

J'ai raccroché, jeté le reste de mon verre dans l'évier, avalé ma tomate, vidé le contenu du frigo dans un sac plastique.

De toute façon, ce serait perdu. J'ai posé le sac devant la porte d'entrée avec la poubelle. Une bonne chose de faite.

Après m'être brossé les dents, je me suis couchée mais j'ai senti que je n'allais pas m'endormir de sitôt. J'ai ouvert un livre que je venais d'acheter, pour me plonger dans les superbes photos d'une de mes grandes passions : les œufs Fabergé, en or et platine ou émaillés, certains sertis de diamants, de rubis, avec une surprise à l'intérieur. Des merveilles. Un travail de joaillerie unique au monde. Soixante-quatre œufs en tout ont été fabriqués avant que la Révolution de 1917 y mette fin en décapitant les clients richissimes et en chassant Fabergé de Russie. J'ai longtemps admiré la photo de mon œuf préféré, tout doré et scintillant avec une petite poule au milieu, le premier œuf commandé par le tsar Alexandre III, en cadeau de Pâques à la tsarine, un œuf qui ne mesurait que sept centimètres. Ça, c'était de l'amour ! D'un tout autre genre que le discours débile de Lupes. Un jour, je voudrais voir au moins un de ces œufs en vrai, pas seulement dans un livre. Je le tiendrais dans la main, rien que pour sentir le luxe et la splendeur d'une autre époque.

J'ai éteint ma lampe en pensant à des œufs d'or, à des diamants taillés en roses, tout en m'enfonçant dans un sommeil de plomb. Le téléphone a sonné, et le réveil en même temps. Il était déjà cinq heures et quart. Et je n'avais fait aucun rêve, rien. Pour moi, c'était déjà un cadeau.

Pas encore de taxi en vue quand j'ai refermé le portail de l'immeuble.

Une pluie fine tombait. La rue était grise, luisante. Aucun mouvement derrière les rideaux. À mon retour, je serais une autre. J'ai allumé une cigarette, senti l'effet de la nicotine d'autant plus vite que j'étais à jeun. Pas terrible pour la santé. Mais ces questions-là ne me préoccupaient pas beaucoup, même si j'avais l'air assez sportive. J'avais fumé la moitié de ma cigarette quand j'ai enfin entendu le bruit d'un moteur diesel. J'avais réservé un taxi spécial aéroport, ce qui voulait dire qu'il pourrait y avoir d'autres passagers. Je me demandais comment seraient ces gens. S'ils s'endormiraient en cours de route, s'ils auraient mauvaise haleine, s'ils me poseraient des questions personnelles. Les chauffeurs de taxi sont souvent bavards, et hermétiques aux signaux qu'on leur envoie pour dire qu'on n'est pas d'humeur à causer.

Mais il n'y avait pas d'autres passagers. Le chauffeur a bondi hors de la voiture pour mettre ma valise dans le coffre.

– Vous allez vers le nord ?

Il parlait avec l'accent du Nordland, inimitable. En guise de réponse, j'ai émis un grognement.

– On va chercher un autre passager, à Singsaker, a-t-il ajouté.

Les pneus tressautaient sur les pavés. Une bande de mouettes dans le parc municipal s'est envolée, effrayée. Sur le mur du vieil asile d'aliénés, quelqu'un avait écrit avec de la peinture rouge sang : « Trondheim est une ville glauque ». J'ai fermé les yeux. Les essuie-glaces couinaient.

Le passager de Singsaker attendait sur la route. Un type jeune aux cheveux bouclés, en veste de treillis, portant un énorme sac difforme.

Le chauffeur lui a posé la même question qu'à moi tout à l'heure, et l'homme a acquiescé en ajoutant qu'il ne s'arrêtait pas à Tromsø, mais continuait direct jusqu'au Spitzberg.

– Ah, le Spitzberg…

C'était le début d'une conversation qui allait durer jusqu'à la fin de la course, c'est-à-dire pendant trente-cinq minutes. Je regardais le paysage par les vitres en faisant semblant d'être fatiguée. J'ai bâillé plusieurs fois pour donner le change. Près de Malvik, j'ai aperçu un groupe d'élans, à peine visibles dans la brume du matin, qui avançaient lentement sur leurs pattes frêles. Je n'avais qu'une envie : boire un bon café. Je n'avais même pas le courage d'écouter vraiment ce que disait l'homme frisé qui visiblement connaissait Longyearbyen comme sa poche, nous abreuvant de détails sur le prix des boissons au Café Busen, lequel, à l'en croire, n'était plus du tout comme avant. Comme avant ? Ça devait être bien avant sa naissance. Mais j'ai compris qu'il travaillait dans la mine, et qu'il gagnait plein d'argent. Donc, il ne faisait pas partie de mon groupe.

Après l'enregistrement, j'ai enfin pu déjeuner. Du café, des cigarettes, une gaufre. J'ai pris deux cafés en même temps, pour éviter de retourner faire la queue. Ce genre de chose aurait énervé Torvald. Le café était servi à volonté, mais il fallait se lever pour aller le chercher. J'ai donc dépensé quinze couronnes pour pouvoir rester assise. Ça l'aurait rendu fou. Il disait que mon côté panier percé raccourcirait sa vie de plusieurs années. Heureusement pour lui que je l'ai quitté, donc. Même si, au fond, il était adorable, surtout quand il dormait. À ce moment-là, il ressemblait à un ange. Sauf que ce n'est pas une vie d'avoir un partenaire qui vous plaît surtout quand il dort. On m'a dit que certains parents éprouvaient ça avec leurs enfants, mais je ne suis pas la bonne personne pour en parler.

L'architecte d'intérieur de cette cafétéria s'était lâché, avec un décor délirant : des légumes en papier mâché sur les tables, de vieux sacs à dos et des cannes à pêche collés au mur avec de la colle extraforte… J'ai bu mon café et ça allait déjà mieux. J'avais envie d'une bière maintenant, mais j'ai résisté. À la table d'à côté, un monsieur sirotait une pinte. À six heures et demie du matin. Typiquement le genre d'homme à avoir une femme assommante qui supporte à peine un demi-verre de vin. Le pire, c'est que ces femmes-là ne sont pas drôles du tout et qu'elles en sont fières. Pauvre homme.

Je suis en voyage, me suis-je dit. Je n'ai plus d'identité. Celle-ci disparaît quand on est loin de chez soi. On n'a pas de travail, pas de domicile, pas de livres sur des étagères qui permettraient aux gens de savoir ce que vous lisez et qui vous êtes. Personne ne connaît vos amis, ni les gens que vous côtoyez. Personne ne sait ce que vous gagnez, qui vous donne des cadeaux de Noël, si vous vous êtes fait opérer de l'appendicite. On ne voit que votre tenue de voyage, votre bagage à main. Très peu de gens sont capables de tirer des conclusions valables à partir de données aussi floues.

Mais moi, si. Je regarde les chaussures des voyageurs, leurs mains, leurs bijoux, leurs rides au coin des yeux. Je devine s'ils ont l'habitude ou non de voyager, à leur manière de se déplacer, de faire la queue au restaurant.

Tout le monde n'aime pas voyager, quitter son petit cocon. Leur attitude dévoile le but de leur voyage, s'ils doivent rencontrer quelqu'un ou s'ils partent pour le travail. Pour certains, c'est les deux. Eux, ils boivent du café et fument cigarette sur cigarette.

À Tromsø, certains passagers avaient comme moi une correspondance pour le Spitzberg. Une femme d'un certain âge, accompagnée d'un jeune homme d'une vingtaine d'années, achetait des magazines et des friandises. J'ai commandé une bière au bar et regardé l'avion par lequel on était arrivés : un petit avion à hélices de rien du tout, un Fokker 50, qui allait avoir du retard pour le retour à cause d'un problème technique au niveau du gouvernail arrière. Pas très rassurant tout ça. Heureusement, on allait continuer en jet et survoler la mer de Barents.

Il tombait de la neige fondue. L'été était déjà loin. J'observais des gens en doudoune en sirotant ma bière. La dame buvait du café, le jeune homme un Coca. Elle a enlevé ses lunettes, s'est mise à les nettoyer. C'étaient des lunettes à double foyer, genre culs de bouteilles. Elle a failli renverser sa tasse avant de les replacer sur son nez. Son visage avait dû être beau dans sa jeunesse. Elle ressemblait à Elizabeth Taylor, en plus âgée et sans maquillage, alors qu'elles devaient avoir sensiblement le même âge.

J'ai entamé une conversation un peu speed avec un type au bar, très excité, qui n'a pas pu s'empêcher de me demander si j'allais au Spitzberg, pour pouvoir me raconter que c'était là où il allait, lui aussi, et pour la première fois. Il était chercheur. Son physique me rappelait un nutritionniste qu'on voyait souvent à la télé, un homme qui parlait d'hygiène de vie, de pain complet et de cholestérol. Les mots « fibres » et « vitamines » me revenaient à l'esprit tandis que l'individu me faisait tout un baratin sur les parasites attaquant les rennes, sur le marquage radio des animaux et sur la recherche par hélicoptère, en insistant sur le fait que le renard était un animal hôte.

– Les parasites sont enkystés dans la chair et peuvent y rester longtemps, a-t-il affirmé.

J'ai hoché la tête. Ça me semblait sensé.

– C'est l'ours blanc qui en mangeant les rennes attrape les parasites ? ai-je demandé.

Le jeune homme faisait maintenant la queue devant le stand de hot-dogs. Je me demandais s'il apprécierait la moutarde forte de Dijon…

– Non, l'ours blanc mange rarement du renne, et presque jamais de cadavres. Il se nourrit surtout de phoques mais eux aussi contiennent des parasites qu'ils ingurgitent en mangeant des poissons.

– Ah bon. Je comprends.

– Je suis tellement content d'aller là-bas !

– Vous tirez sur les rennes avec des fusils hypodermiques ? Comme dans la série télé *Daktari* ?

– Exactement. Et en ce moment, ils sont si gros qu'ils arrivent à peine à se remettre debout après l'anesthésie.

– Gros ? Comment ça, gros ?

– Ils ont besoin de graisse pour l'hiver.

– C'est pas bon d'être gros. Ils devraient manger plus de fibres, ai-je dit en prenant une gorgée de bière.

– Pardon ?

Il n'a pas compris l'allusion et a regardé sa montre.

– Encore une heure et demie à attendre. C'est long. Je piquerais bien un petit somme…

– Allez-y. Trouvez-vous un banc. Je vous réveillerai.

– C'est vrai ? Ça ne vous dérange pas ?

Sa voix était toute joyeuse.

– Non, pas du tout.

J'ai acheté des journaux. La dame d'un certain âge lisait *Aftenposten*, le jeune homme mangeait un hot-dog. Finalement il n'avait mis que du ketchup, il ne devait pas avoir plus de dix-huit ans. J'ai commandé une nouvelle bière à la jeune fille au bar, et un cendrier propre.

« Enkysté dans la chair… », me suis-je dit, le parasite attend son heure. Pour tuer. Il peut sûrement attendre longtemps, des années, peut-être. Une toute petite bestiole avec une charge létale qui vit en passant d'un animal hôte à un autre. Jusqu'à arriver à ses fins. À l'image de Némésis, la déesse grecque de la vengeance.

– Cette bière est chaude ! Si je veux quelque chose de chaud, je bois du café !

– Désolée, je viens d'ouvrir un nouveau fût, a murmuré la jeune fille. Vous préférez une bouteille ?

– Oui, merci.

– Une Arctic Beer ?

– Ça ira.

La bouteille portait une étiquette avec un ours polaire sur fond turquoise – le genre d'animal sûrement plein de parasites et de pyralènes. Je l'ai vidée d'un trait.

Le nutritionniste voulait me tenir compagnie pendant le vol, mais j'ai réussi à l'éloigner en disant que j'étais fatiguée et que j'avais envie de m'étaler. L'avion n'était qu'à moitié plein, ce qui m'inquiétait. Trop d'avions à moitié pleins, et hop ! un beau jour la compagnie supprime la ligne. J'aime bien savoir qu'il y a des avions qui vont partout, à toute heure du jour et de la nuit. Quand tout ceci serait fini, je m'offrirais un séjour à New York pour voir les œufs Fabergé au musée Forbes sur la Cinquième Avenue.

Mon nouveau pote était en super forme, et plein de reconnaissance, et que je ne savais pas trop à quel endroit toucher un étranger pour le sortir du sommeil. J'avais fini par secouer la sacoche qu'il tenait serrée contre son ventre même en dormant.

La dame et l'adolescent se sont assis à l'arrière, là où se mettent les gens qui pensent que c'est l'endroit le plus sûr dans un avion en cas d'accident. Sauf que, précisément, on allait survoler la mer, et en cas de pépin, l'arrière n'est pas épargné. On coule tous. Dans une eau à 0°C, où personne ne survit au-delà de quelques minutes.

Je n'avais pas menti. J'étais crevée. L'hôtesse est passée avec le chariot, proposant repas et boissons, mais j'ai même refusé du champagne gratuit, ce qui ne me ressemble pas vraiment. J'étais plutôt tentée par une autre bière, mais finalement j'ai fait de ma veste un oreiller et je me suis endormie. J'ai pensé à Némésis. Le symbole de la justice. La déesse qui punit les orgueilleux et les méchants. Sur certaines images, elle est représentée avec des ailes. Comme Andersen. Peut-être que mon petit oiseau était l'incarnation de cette déesse ? Habilement déguisée ? Moi aussi, j'avais des ailes, sauf qu'en l'occurrence, celles-ci étaient vissées à des moteurs. Des moteurs plus fiables que ne l'était le gouvernail arrière du Fokker 50. En tout cas, c'était à espérer.

J'ai été réveillée par un soudain remue-ménage et des cris. Mon sang n'a fait qu'un tour. Est-ce qu'on était en train de tomber ? De s'écraser ? J'ai regardé par le hublot. L'avion descendait à travers les nuages, ouvrant la voie aux rayons de soleil. Je me suis redressée, pleinement consciente, et j'ai cligné des yeux.

Des montagnes. Partout. Plates, larges, enchevêtrées, brunes avec des cols noirs, entrecoupées de ruisseaux scintillants formés par la fonte des neiges. Le panorama était complètement irréel, au-delà de tout ce que l'on pouvait imaginer. J'en étais bouche bée. Jamais je n'avais vu un paysage aussi fabuleux.

L'avion s'est penché sur le côté, j'avais maintenant les montagnes en face. De larges vallées entre des parois nues, lisses, couvertes de velours sombre qui engloutissait la lumière. Pas un mouvement. Le calme total. Ni arbres, ni végétation qui auraient pu bouger au gré du vent et amener des changements de couleurs. De vieilles montagnes immuables, présentes depuis des siècles, pour les yeux de personne. Et moi, j'avais vécu trente-cinq ans sans savoir qu'elles existaient, à portée de vol.

Au bout d'un moment, mes yeux m'ont fait mal à force de regarder. J'ai songé : N'oublie pas pourquoi tu es ici. J'ai fixé à nouveau les montagnes majestueuses, sauvages, bien au-delà de tout ce que l'homme pouvait créer. L'avion descendait, les montagnes et la mer se rapprochaient.

J'ai pensé au texte dans la brochure : « une nature à couper le souffle ». Les passagers étaient agités, prenaient des photos avec de petits appareils, à mon avis tout juste bons à photographier le reflet du flash dans le hublot.

J'ai tourné la tête pour voir ce que faisaient la dame et le jeune homme.

Sagement assise, elle admirait le paysage par ses grosses loupes en esquissant un sourire. Elle ne devait pas voir grand-chose. Le garçon tenait un appareil photo, la bouche grande ouverte.

En dessous, l'Isfjord devenait plus étroit, se transformant en Adventfjord. L'Avent. L'attente… Soudain, j'ai vu la piste d'atterrissage, une ligne étonnamment droite dans cet environnement sauvage. La civilisation. Là où vivaient des hommes, où j'allais monter à bord d'un bateau, construit par des mains connaissant leur métier. Un voyage mis au point par des gens expérimentés. Malgré moi, je me suis remise dans ma peau de dessinatrice, celle qui observe et fixe tous les détails mentalement pour pouvoir les transcrire sur le papier ensuite. Pour y arriver, il a fallu que je me concentre sur l'aile de l'avion. Elle était équipée d'une fente avec un volet, qui s'ouvre à l'atterrissage. Une sorte de frein, qui permet de voler à petite vitesse. Si tout ça n'est pas bien calculé, l'avion perd sa portance et pique du nez. Tout simplement. Il s'écrase, et on meurt. Voilà ce à quoi je songeais, tandis que les autres passagers ramassaient leurs affaires, tout excités.

J'ai toujours observé avec dédain les gens qui, dans un aéroport, s'agglutinent comme des moutons autour d'une personne brandissant une pancarte avec un nom ou un message. Un groupe se forme, et gare à ceux qui n'en font pas partie ! « Dégage ! T'as rien à faire ici ! » semble dire leur regard.

C'est étonnant. Les experts se chamaillent sur la psychologie de la haine de l'étranger. Ils feraient mieux de passer une journée dans le hall d'un aéroport, et le phénomène leur apparaîtrait clair comme de l'eau de roche.

J'ai toujours ignoré superbement ce genre de porteur de pancarte, bien contente de ne pas être concernée. Toute ma vie je me suis efforcée de rester fidèle à l'individualisme, fuyant tout ce qui ressemble à une forme d'appartenance à un clan ou à une coterie. Comme les musiciens pop qui refusent d'être catalogués.

Mais cette fois-ci, j'étais bien obligée d'y passer. Je me suis dirigée vers la pancarte, en l'occurrence une feuille de papier, qui cachait à moitié le visage du porteur. Un seul mot y était écrit : *Ewa.*

– Bonjour, ai-je lancé.

Le reste du visage est apparu et l'homme m'a souri.

– Vous êtes Bea ?

– Oui.

La dame et le garçon sont arrivés au même instant. L'homme a continué :

– Et vous, vous devez être Turid et Frikk.

– Oui, c'est ça, a dit la dame en déchiffrant les trois lettres sur la pancarte.

Une autre personne s'est jointe à nous. Un homme plus âgé.

– Vous êtes Oscar, sans doute ? a dit le porteur de la pancarte.

Le nouveau venu a hoché la tête. L'homme lui a serré la main. Il était temps qu'il se présente :

– Je suis Per, un de vos guides. Le car vous attend dehors.

– Mais…

J'ai regardé autour de moi.

– On n'est que quatre ?

– Les autres sont déjà arrivés hier soir. Sur des vols en correspondance de l'étranger.

En attendant les bagages, j'ai lu une affiche expliquant que l'ours blanc était extrêmement dangereux, et qu'en cas de problème, il fallait appliquer les consignes suivantes : ne jamais se promener sans être armé, mais ne tirer qu'en cas de légitime défense, car l'ours blanc est une espèce protégée. Cela m'a semblé paradoxal. Comment définir le terme « légitime défense » ? Et ça ne servait à rien de viser la tête ; d'après les conseils affichés, il fallait tirer en pleine poitrine.

Le regard de l'ours sur la photo faisait peur. C'était le genre de regard qui ne laisse aucune marge de manœuvre, qui va droit au but. Qui considérait le photographe comme un repas potentiel. De la chair, du sang, de bons fémurs dont on pouvait sucer la moelle. Quand l'ours baisse la tête, disait l'affiche, et fonce sur vous, il est en position d'attaque. Et il court vite, très vite. En quelques secondes, il peut passer à l'attaque. J'ai frissonné. Un prédateur de sept cents kilos qu'on n'a pas vraiment le droit de tuer… Peut-être qu'il sait grimper aux échelles, après tout ?

J'ai pris ma valise sur le tapis roulant. Les autres avaient déjà trouvé les leurs.

Per, Oscar, Turid et Frikk. Le guide avait apparemment l'habitude d'appeler les touristes par leurs prénoms. Pourvu qu'il ne soit pas aussi du genre à vouloir faire comme si on était tous « une grande famille » qui allait « passer de bons moments ensemble ! »

Oscar portait une veste en toile huilée comme moi. Il n'était pas très bavard. Je me souvenais de l'avoir vu derrière moi dans l'avion. Per correspondait à l'image que je me faisais du guide type pour un voyage au Spitzberg : grandes bottes noires, pull en grosse laine, pantalon et veste avec coutures renforcées, le tout d'une qualité irréprochable, capuche bordée de fourrure, poches un peu partout fermées par de gros boutons, des fermetures éclair ou du velcro. D'un pas lourd, il nous a emmenés jusqu'au car. Nous l'avons suivi comme des canetons, muets, un peu embarrassés par cette nouvelle intimité, faisant de notre mieux pour suivre les consignes à la lettre.

Les autres passagers de notre vol sont montés dans des voitures couvertes de boue noire de charbon. Ils rentraient chez eux. Dans une région du monde qui, normalement, serait inhabitable. Le nutritionniste faisait partie de ce lot. Très à l'aise, il m'a vue et m'a adressé un signe de la main.

J'avais soif. Le fjord était juste là, devant nous. Le bateau ne devait pas être loin. Vivement qu'on monte à bord.

J'avais hâte de trouver ma cabine. Heureusement que je m'étais fendue du supplément pour éviter les cabines à plusieurs. Je voulais ouvrir ma valise, boire un coup, pour savourer le plaisir d'être enfin ici. À Longyearbyen, un mercredi matin. Dire qu'il y a moins d'une semaine, j'ignorais tout de ce voyage ! Et maintenant j'étais dans un car qui allait m'amener à un quai où un bateau m'attendait.

J'ai pris place tout à l'arrière du car. Le roupillon que j'avais piqué dans l'avion m'avait aidée à digérer une quantité d'alcool non négligeable. Mes mains tremblaient un petit peu. C'était peut-être à cause du roulis du car ? Turid et Frikk étaient assis côte à côte. Le garçon tendait le cou et n'arrêtait pas de montrer des choses du doigt. J'ai regardé les montagnes et elles étaient différentes, vues d'en bas. Une fois, elles m'avaient servi d'arrière-plan pour un dessin humoristique dans le journal à l'occasion d'une visite au Spitzberg du Premier ministre, qu'on n'appréciait guère dans le coin. Sur ce dessin, les mineurs avaient des têtes de taupe, le préfet et le Premier ministre n'étaient pas non plus à leur avantage, mais le personnage clé était un canari en cage, autrefois utilisé pour vérifier le taux d'oxygène dans les mines. L'oiseau ressemblait étrangement à Andersen, et il criait au Premier ministre : « L'air est irrespirable ici ! »

Autant dire que je connaissais ces montagnes sur le bout des doigts… Les couches fossiles horizontales, la structure de la pierre au-dessus et en dessous. Autour de Longyearbyen, les sommets étaient tous de la même hauteur. Il en avait fallu, de la glace et du temps, pour former ce paysage. Et dans le sous-sol se trouvaient les gisements de charbon qu'exploitaient les Norvégiens installés ici. Pour éviter que des étrangers à la mine patibulaire viennent piller les richesses de la région.

Mais en réalité, ces montagnes étaient gigantesques. Il fallait les voir de ses propres yeux. Impossible de s'en rendre compte en regardant une photo, un dessin et même un reportage au journal télévisé. Peut-être étaient-ce l'absence de végétation et l'air vif, transparent comme sur le haut plateau du Hardanger par une journée d'automne, qui donnaient cette impression d'espace infini ?

Le car est passé devant une pompe à essence, puis a tourné à la hauteur d'un entrepôt. On s'approchait du quai.

Le bateau était là.

Le *Ewa*.

Avec la proue renforcée pour résister à la glace. Un bateau bleu, très long, immobile. Un mât jaune avec un nid-de-corbeau et un gros pneumatique noir fixé à l'avant.

Per nous a donné des consignes. On n'était que quatre, pour l'instant, mais il s'agitait beaucoup.

– Mettez vos bagages ici, sur le quai. On ne part que dans deux heures. Le temps de faire un peu de shopping. Et de visiter le musée et la galerie de peinture pour ceux qui le veulent. Les autres personnes de notre groupe viennent aussi. Ils sont déjà sur le bateau.

Les autres. Effectivement, je voyais des visages au-dessus du bastingage. Deux ou trois personnes étaient en train de débarquer par l'échelle de coupée. Le *Ewa* était déjà leur base, leur chez-soi. Les veinards… Ils m'avaient devancée.

– Vos bagages ne craignent rien. Il n'y a jamais de vol ici au Spitzberg, a ajouté Per.

J'ai mis ma valise à côté de celles des autres, puis j'ai couru pour retrouver ma place à l'arrière. Le car se remplissait de touristes. J'ai entendu des phrases en anglais et en français. Trois Japonais jacassaient entre eux. J'admire les petits enfants qui arrivent à apprendre cette langue…

Je n'ai parlé à personne. Mes lunettes de soleil sur le nez, j'ai attendu le prochain arrêt.

Il y avait effectivement un supermarché ici, par 78° N, mais je n'ai pas vu de paquets de lessive en promotion comme dans nos grandes villes. En revanche, les rayons étaient remplis d'objets en cristal, en or et en argent. Des montres, des vêtements chers, des souvenirs de très mauvais goût. J'en ai eu la nausée. Vendre des ours blancs en peluche alors qu'on risquait à tout instant de tomber sur un vrai, quelle idée ! Ils vendaient aussi des petits pingouins, et j'en ai acheté un pour mon père. Je me demandais où les autochtones faisaient leurs courses. Dans un coin, enfin un rayon « normal » : fromage, lait, œufs, saucisson, surgelés, petits pots pour bébés. J'ai fini par trouver ce que je cherchais. Tout au fond du magasin. Après avoir parcouru des kilomètres. Soulagée, j'ai rempli le chariot de bouteilles de cognac, de champagne et de cartouches de cigarettes, et j'ai ajouté un sachet de caramels mous. Au moment de payer, j'ai sorti mon billet d'avion, le sésame pour ces achats hors taxes.

– Est-ce qu'il y a des toilettes ici ?

La caissière m'a indiqué la direction, et a tamponné mon billet. J'ai laissé le chariot dehors, puisqu'il n'y avait pas de voleurs au Spitzberg, et je me suis réfugiée dans les toilettes où j'ai bu une grande rasade de cognac et fait pipi tout de suite après. Ensuite, j'ai quitté ce magasin clinquant et mis le cap sur le Café Busen.

J'en étais à ma deuxième bière quand ils sont arrivés. Décemment, je ne pouvais pas refuser qu'ils s'installent à ma table.

– Oui, c'est libre.

J'ai allumé une cigarette en espérant qu'ils étaient non-fumeurs et farouchement anti-tabac, mais Frikk a posé un paquet de cigarettes Prince sur la table avant d'aller passer sa commande au bar.

– Moi, je prends juste un café ! a crié Turid.

Frikk a hoché la tête sans se retourner. Elle m'a souri.

– Il me connaît. Je ne mange rien. Un repas dans un avion me cale pour des heures.

J'ai écarté les commissures de mes lèvres, espérant que ça ressemblerait à un sourire.

– On n'est pas beaucoup de Norvégiens à bord, a-t-elle continué sur un ton presque intime, tout en essayant d'accrocher sa doudoune au dossier de la chaise. Elle ne devait pas faire ça souvent.

J'ai bu, fumé, eu encore envie de faire pipi. On était entourés d'autochtones. Des accents du Finnmark et du Nordland susurraient autour de nous, dans la fumée bleue des cigarettes que traversaient les rayons de soleil. Je transpirais.

– Excusez-moi, il faut que j'aille aux toilettes.

Aux toilettes, je me suis essuyé le front avec une serviette en papier humidifiée. Dans la glace, j'ai vu mon propre regard, totalement inexpressif.

En passant devant le bar, j'ai acheté une nouvelle bière.

Frikk était en train d'engloutir un gâteau à la crème. Turid soufflait sur son café trop chaud et m'a adressé un grand sourire quand je suis revenue m'asseoir.

– Je m'appelle Turid, mais vous le savez peut-être déjà. Et voici Frikk.

Le garçon m'a fait un signe de tête. La crème dégoulinait de son menton. Il avait des boutons d'acné autour du nez et ce n'était certainement pas à cause de plats trop épicés.

– Moi, c'est Bea.

– Ça va être un très beau voyage ! a déclaré Turid.

Frikk a acquiescé. Il buvait du Coca. Il a posé son verre, tout poisseux, sur la table. J'ai avalé ma salive en regardant les gens autour de nous, aux autres tables. J'ai sorti une nouvelle cigarette de mon paquet, et ai fait tomber, sans le vouloir, mon briquet par terre sous la chaise de Turid. Elle s'est penchée pour le ramasser.

– C'est affreux, je n'y vois rien.

– Vous êtes myope ?

– Oui, et ça ne s'arrange pas avec l'âge.

Je me suis penchée à mon tour et j'ai trouvé le briquet.

– Je l'ai, ai-je dit.

En nous relevant, nos fronts se sont touchés. Pas fort, mais ses yeux ont été tout près des miens pendant quelques secondes.

– Avec ta mauvaise vue, tu ne verras pas grand-chose, a ricané Frikk.

Turid n'a rien répondu.

J'ai allumé ma cigarette, avalé la fumée à pleins poumons, bu une grande gorgée de bière, sans regarder Turid qui ne me quittait pas des yeux. Le reflet dans ses lunettes était comme des rayons de soleil à travers une loupe que l'on aurait maintenue au-dessus d'une touffe de mousse sèche jusqu'à ce qu'un mince filet de fumée s'en dégage, suivi d'une petite flamme. Ma joue s'est mise à me brûler.

– Ce jeune homme a raison, ai-je dit en me passant la langue sur les lèvres. Pourquoi êtes-vous venue au Spitzberg si c'est pour ne rien voir ?

Elle s'est raclé la gorge.

– C'est surtout Frikk qui a voulu venir.

Elle a bu une gorgée de café.

– Il s'intéresse beaucoup à la nature, surtout quand c'est très différent de chez nous. Moi, je préfère rester dans mon jardin. Mais maintenant que suis là, je vais en profiter. Ce sera sûrement une expérience inoubliable. Je ne suis pas non plus aveugle.

Ils se sont mis à parler de ce qu'ils venaient d'acheter. Frikk était très bavard tout à coup. Pendant ce temps, je tirais sur ma cigarette.

– Le car vient nous chercher dans trois quarts d'heure, a déclaré Turid.

– Je crois que je vais y aller à pied, ai-je dit.

– Vous savez où c'est ?

– Oui, il suffit de descendre tout droit vers le port et après, à gauche.

Turid a hoché la tête.

– Mais c'est pas tout près, ai-je ajouté.

– Bon. Frikk et moi, on va plutôt attendre le car.

Le ciel s'était dégagé. Le soleil réapparaissait par moments entre les nuages. Le fjord était calme, sombre. J'ai suivi le chemin jusqu'au bout, puis tourné à gauche. Dans ce pays, pas de difficulté pour construire des routes.

Pas d'arbres à abattre, pas de végétation. J'avais froid. J'ai mis les mains dans mes poches. Mon sac de courses pendait au creux de mon coude. J'avais hâte de déballer ma doudoune, ce vêtement que j'avais eu tant de peine à dénicher. Je sentais que j'allais la garder sur le dos du matin au soir, voire la nuit. Au soleil de minuit. Les visites guidées ne se limiteraient pas aux heures normales.

Soudain, j'ai pensé aux bouteilles de cognac. Je me suis arrêtée pour boire un coup. Une voiture crottée est passée, le conducteur m'a dévisagée. Heureusement que j'étais inconnue dans le coin, autrement ma réputation aurait été fichue. Mais je n'étais qu'une touriste. C'est pourquoi j'ai fait un signe de la main à l'automobiliste, en avalant une gorgée de cognac. Et j'ai continué mon chemin jusqu'au fjord.

J'étais presque arrivée quand le car m'a dépassée.

Ma valise avait disparu, celles des autres aussi. Assisté d'une jeune femme, Per était en train de faire monter les passagers à bord. Tous deux les accueillaient dans différentes langues.

– *Welcome, my name is Pia. Piiia...*, m'a dit la jeune femme.

Comme si j'étais une débile mentale qui avait besoin d'une orthophoniste.

– Je suis norvégienne.

– Ah, d'accord. Je m'appelle Pia.

– J'avais compris.

– Allez vous installer dans le mess. On s'y retrouve tous tout à l'heure.

Le mess ? C'était une salle avec cinq ou six tables fixées au sol par des boulons et recouvertes de nappes à carreaux rouges. Des rideaux assortis égayaient les hublots. Des gens habillés d'anoraks attendaient déjà, très impatients, avec leurs moufles et leurs appareils photo posés sur les tables. Turid et Frikk étaient là. Les yeux brillants, le garçon dévisageait, un à un, les touristes. Je me suis assise à côté des Japonais, en leur faisant poliment un signe de tête.

– *Hello.*

Ils ont tous souri d'une oreille à l'autre. Je me sens toujours un peu mal à l'aise avec les Japonais et leurs sourires automatiques qui semblent venir de je ne sais où, sans raison apparente. Comment font-ils quand ils sont vraiment heureux ? Je n'ai pas essayé de sourire comme eux. Au contraire, j'ai détourné le regard.

– Bon, tout le monde est là ! a crié Per en se frottant les mains.

Au mur, derrière lui, un *whiteboard*, comme je l'appelle, et à côté, un écran de télé et un magnétoscope. Pia est venue, elle aussi. Ils étaient mignons, tous les deux. Ils ont commencé à nous gaver d'informations. Au bout d'un moment, j'ai eu envie de boire. Mais je suis restée sagement à ma place.

Ils nous ont présenté les membres de l'équipage qui sont arrivés un à un, en nous adressant un grand sourire. Ça en faisait des sourires, en si peu de temps ! Je n'étais pas habituée. Est-ce que je méritais vraiment cet étalage de gencives et de dents blanches ? J'ai essayé de mémoriser leurs noms. Ce n'était pas une si mauvaise idée, en fin de compte, de s'en tenir aux seuls prénoms, comme le préconisait Per qui n'en était pas à son premier groupe de touristes.

D'abord est arrivé Sigmund. Un vieux loup de mer, grand et costaud. C'était lui le capitaine et le propriétaire du bateau. Il avait le regard froid. Il semblait mal à l'aise, mais souriait sur commande. Il avait les cheveux en bataille, portait un pantalon et un pull difformes. Il nous a souhaité la bienvenue à bord du *Ewa* en espérant que nous ferions un excellent voyage. Sa sincérité m'a paru douteuse, mais l'alcool oblitérait de toute façon mon jugement. C'est pourquoi j'ai vite oublié la froideur de ses yeux et je me suis concentrée sur la personne suivante. C'était Georg. Encore un loup de mer. Pas tout jeune. Il était notre pilote des glaces. L'homme indispensable à Sigmund quand il s'agissait de passer des bras de mer étroits ou de traverser des bancs de glace flottante, nous a expliqué Per.

– Dans ces cas-là, il faut être deux sur la passerelle. Et c'est moi qui décide ! a lancé Georg en jetant un coup d'œil narquois à Sigmund.

Ceux qui ne comprenaient pas le norvégien ont imité le petit rire des autres.

Ensuite, ça a été le tour de Lena et Stian, les cuistots. Un jeune couple qui avait dû suivre un stage éclair pour apprendre à cuisiner afin de profiter d'un voyage gratos au Spitzberg. Visiblement épris l'un de l'autre, ils se tenaient la main, comme pour signaler qu'ils n'étaient pas libres pour d'éventuelles approches de la part des passagers. Ils se chuchotaient des mots doux à l'oreille, comme le font les amants – comportement on ne peut plus énervant pour les autres, sauf pour ceux qui ont encore en mémoire l'état de psychose dans lequel on se trouve quand on est amoureux.

Les prochains sur la liste étaient Ola et Bjørn, les mécaniciens. Même âge que Lena et Stian, mais ils ne se tenaient pas par la main. Un peu balourds. Ils portaient des combinaisons en toile cirée et des casquettes des Jeux olympiques de Lillehammer. Ils ne souriaient pas, avaient l'air très sérieux et responsables. Ils se sont un peu détendus quand Per a dit :

– Et voilà Sonja. *This is Sonja.*

Ola lui a pincé les fesses, pensant que personne ne le remarquerait.

Sonja nous a salués en faisant une petite révérence.

– Sonja est notre femme de chambre, a expliqué Per, si vous avez besoin de quelque chose, de serviettes de toilette par exemple, adressez-vous à elle. J'en profite pour vous dire qu'il faut économiser l'eau. On a fait le plein d'eau douce, mais il faut faire attention. Autre détail : ne fermez pas vos portes à clé. Ici, on doit se faire confiance.

J'ai eu peur qu'il embraye sur le thème « on est tous une grande famille », mais il a continué son explication :

– Il faut pouvoir ouvrir les portes en cas d'urgence. Maintenant, avec Pia, on va vous montrer la combinaison de survie.

Pia est allée la chercher dans le couloir, pendant que Per a répété les consignes en anglais.

La combinaison de survie était un énorme truc en plastique avec gants, chaussures et capuche incorporés. J'avais de plus en plus soif.

– Voilà comment on enfile les pieds, a précisé Per.

Pia nous a fait la démonstration.

– *Like this.* Ensuite les manches.

On aurait dit une astronaute.

– Remontez la fermeture éclair jusqu'au menton. Ça peut être un peu difficile, a prévenu Per.

Mais Pia a réussi à le faire. Puis elle s'est accroupie, et on a entendu un sifflement.

– Ça, c'est l'air qui sort, a expliqué Per. *The air inside*. Pour finir, mettez la capuche. La combinaison vous protège du froid, et elle flotte.

Ces combinaisons de survie étaient rangées sur le pont, dans des caisses blanches ressemblant à des cercueils. Per nous a promis de nous les montrer plus tard.

– Et si on n'a pas le temps de les mettre ? a dit l'Américain derrière moi.

Je ne me suis pas retournée. J'attendais la réponse de Per.

– Eh bien, vous mourrez en quelques minutes, a-t-il dit.

Silence total. Sigmund nous a regardés d'un air de défi. Était-ce une provocation ? Une manière de faire une sélection ? Éliminer les trouillards, indignes d'un voyage sur le *Ewa* ? Mais tout le monde est resté coi. J'ai jeté un coup d'œil à l'Américain. Il était engoncé dans une énorme doudoune. On voyait juste son petit visage fripé dépasser du col, avec son nez chaussé de lunettes à monture d'acier. Il avait l'air tout fier d'avoir posé la question qui fâche, révélant la gravité de la situation. On était dans un environnement dur, impitoyable, qui n'était pas fait pour des mauviettes. C'était follement excitant. Mais cette expérience nous revenait à vingt-cinq mille couronnes par tête de pipe, plus le prix du billet d'avion aller et retour.

Pour détendre l'atmosphère, Per nous a montré le frigo plein de bières, des caisses de vin posées par terre, et des bouteilles de toutes sortes d'alcools au bar, rangées la tête en bas dans des supports au mur. J'ai tendu le cou. Dix couronnes la bière, trente couronnes pour une bouteille de vin, dix couronnes une dose d'alcool : whisky, gin, vodka. Mais quinze pour un cognac. Pas besoin de se promener avec de l'argent liquide. Per et Pia avaient fait des fiches individuelles qu'ils accrochaient maintenant sur le tableau blanc. Chaque type d'alcool y était indiqué. Ils vendaient aussi des livres et des DVD sur la faune et la flore polaires, et des pulls. Superbes, d'après Pia. On était censés faire des petits traits sur notre fiche, et payer à la fin du voyage.

Ça m'avait l'air parfait. Je me suis approchée du coin cuisine, équipé d'un évier, de divers placards, d'un lave-vaisselle et du fameux frigo. Tout le monde m'a regardée quand j'ai pris une Carlsberg et je l'ai ouverte à l'aide du décapsuleur accroché au mur grâce à une ficelle. Personne n'a suivi mon exemple, et j'ai aussitôt regretté mon geste. Mais autant qu'ils s'y habituent tout de suite. À me voir boire. J'ai bu une gorgée directement au goulot, en souriant à Per et à Pia. Avec un crayon relié à une ficelle à côté du tableau, j'ai fait un trait bien visible sur ma fiche, sous la rubrique « Bière ».

– Maintenant, allez trouver vos cabines, a dit Per. Vos noms sont marqués sur les portes. Les quelques valises sans nom sont près du piano. Le déjeuner sera servi dans une heure, quand on sera en pleine mer. Le programme de la journée sera inscrit au tableau. Ce soir, visite de Barentsburg.

Un piano, ici à bord ? J'ai continué à boire, tranquillement, pendant que les autres se bousculaient pour sortir. Per s'est approché de moi.

– Vous avez soif ? a-t-il demandé.

– Oui. Au fait, on est combien à bord ?

– Ah, zut. J'ai oublié de leur dire un truc. Trop tard, tant pis. Il y a onze passagers, plus un équipage de cinq personnes, plus le capitaine, le pilote, Pia et moi. Ça fait vingt en tout.

– Seulement onze passagers ? C'est rentable, ça ?

– Demandez à Sigmund. Moi, je ne suis qu'un simple salarié, s'est-il excusé en souriant.

– Vous ne buvez pas d'alcool, alors, si vous êtes responsable de tout en permanence ?

Cette remarque l'a visiblement flatté.

– Je bois quand même une bière de temps en temps.

– Comment vous arrivez à retenir les prénoms de tous les passagers ?

– Vous n'êtes que onze, c'est pas trop compliqué. J'ai déjà accompagné des groupes beaucoup plus importants, et sur des bateaux bien plus grands ! Je gère. Tout à l'heure, au déjeuner, tout le monde se présentera. Comme ça, vous ferez plus ample connaissance.

– Comme si on était « une grande famille », hein ?

– Tout à fait, a-t-il dit en riant. Vous ne voulez pas aller voir votre cabine ?

– Est-ce qu'on a le droit de fumer ?

– Uniquement sur le pont. À l'arrière, vous verrez, ils ont installé une paroi en Plexiglas entre le bastingage et le toit, à l'abri du vent. Il y a même un poêle à bois. On peut se mettre devant à plusieurs, en demi-cercle, et…

– … se sentir comme chez soi, en famille…

L'ironie de ma phrase ne lui a pas échappé. Il a répondu du tac au tac :

– *Yes !* En chantant des chansons de scouts !

Je n'ai pas aimé la cabine. Beaucoup trop étroite. Deux lits superposés, deux placards, un lavabo et une commode. Pas de place pour se retourner. Le lit d'en haut n'était pas fait. Idéal pour entreposer des vêtements. J'ai déballé toutes mes affaires, puis j'ai poussé ma valise sous le lit. Elle ne contenait plus que le pingouin pour mon père. Le bateau tanguait. Difficile de s'y habituer. J'ai regardé par le hublot. Pas une vague. Bizarre.

La question était maintenant de savoir où j'allais mettre les deux bouteilles de gin que je n'avais pas achetées sur place. Sonja allait sûrement se rendre compte, en faisant le ménage dans ma cabine, que leur contenu descendait à toute allure mais ma consommation d'alcool ne regardait personne après tout. J'en avais besoin pour calmer mes nerfs, point barre. De toute façon, cette Sonja m'avait d'emblée paru suspecte. Une fouineuse de première, avec sa manière de nous saluer en faisant une révérence, comme si elle était la parfaite soubrette soumise. Elle était certainement une sacrée enquiquineuse, une louve déguisée en brebis qui racontait tout sur la vie des passagers aux autres membres de l'équipage. Car les bagages sont bavards.

J'ai fini par enrouler les bouteilles de gin dans la couette du lit de dessus. Le cognac et le champagne ont trouvé leur place dans un des tiroirs de la commode où j'avais mis ma lingerie. Je n'avais honte de rien, les culottes étaient toutes neuves. J'ai déballé la doudoune, l'ai posée sur mes épaules sans l'enfiler, puis je suis sortie.

Il n'y avait plus une seule valise au pied du piano. Laqué noir avec des bougeoirs en laiton vissés de chaque côté, il était fixé au mur par de grosses équerres. Une bibliothèque vitrée, contenant quelques malheureux livres, était solidement fermée avec des crochets. J'ai compris qu'en cas de tempête, si meubles et objets se mettaient à valser, ce genre de dispositif n'était pas inutile.

Les Japonais ont surgi dans le couloir et, en me voyant, ils se sont mis à sourire de façon intense.

– Comment avez-vous trouvé les cabines ? ai-je demandé.

– *Velli nice ! Velli nice !* ont-ils répondu en chœur.

Les odeurs. Les bruits. Le roulis sous mes pieds. Le *Ewa* était comme une femme inconnue que j'avais vaguement l'impression de connaître malgré tout. Peut-être dans une vie antérieure. Je n'avais pas le pied marin, mais je me sentais chez moi sur ce bateau. Un peu endormie, j'ai rejoint les autres. On nous a montré les coffres blancs avec les combinaisons de survie. Les moteurs ont été mis en marche. Un bruit sourd est monté du ventre du bateau.

On est passés devant la salle des machines. Il y faisait une chaleur suffocante. Comme quand on entre dans un centre commercial en plein hiver. Ça sentait l'huile, le tabac à priser, la sueur des jeunes corps d'hommes.

– On ne devrait pas plutôt avoir chacun une combinaison dans la cabine ? a demandé Oscar.

Il était juste à côté de moi.

– Vous avez peut-être raison, a répondu Pia, sans rien ajouter.

Oscar a continué :

– Parce qu'il n'est pas dit qu'on aura le temps de monter sur le pont, si on dort et que le bateau coule…

– Pourquoi pas ? ai-je dit.

Je me réveillais un peu.

– C'est rapide. Un bateau en bois, ça aurait été différent…

– En bois ?

– Le bois, ça flotte. Le métal, non. Un naufrage dure plus longtemps dans un bateau en bois, il me semble. Enfin… je crois.

– On ne coulera pas, ai-je dit pour le rassurer. Le *Ewa* est renforcé à l'avant contre la glace.

– Il y a d'autres risques, aussi, a insisté Oscar. Un incendie, par exemple. Ou une grosse vague qui renverse le bateau. Pour ne pas parler d'un iceberg qui pourrait esquinter la coque…

J'ai éclaté de rire.

– Mais non. Il ne faut pas avoir peur. Vous êtes vraiment pessimiste !

– Je ne suis pas pessimiste, je suis réaliste. C'est pour ça que je suis si vieux.

J'allais lui sortir une bêtise du genre : « Mais non, vous n'êtes pas vieux », quand Per a réclamé l'attention de tous, car il tenait à nous montrer l'annexe.

– Voilà le Zodiac. Le canot de sauvetage. Avec ça, on peut aller à terre. *This will take us ashore.*

Le Zodiac était équipé d'un banc, d'un gouvernail, et d'un moteur hors-bord recouvert d'une housse en toile cirée.

– Combien de chevaux ?

C'était la voix de Frikk.

– Quatre-vingt-dix.

– Pas mal.

Moi aussi, j'étais impressionnée. L'avion que j'apprenais à piloter avait juste soixante chevaux de plus…

– Comment on le met à l'eau ? a voulu savoir le garçon.

– À l'aide de ce treuil.

Per nous l'a montré.

Je me suis éclipsée. Pour aller voir ce qui se passait dans le mess. Ça sentait bon. Lena et Stian manipulaient des plats et des casseroles. Sur les tables, des piles d'assiettes et des couverts. Les nappes à carreaux avaient disparu, les tables avaient été recouvertes d'une sorte de tissu anti-dérapant à mailles serrées. Du type qu'on met sous les tapis pour ne pas glisser sur le parquet. Très astucieux. Pour éviter que les plats et les couverts dégringolent par terre en cas de mer forte.

– Vous nous dérangez un peu, a dit Lena avec un sourire gêné.

Dans les mains, elle tenait un grand plat de gratin de pommes de terre.

– Ça sera prêt dans dix minutes.

Le message était clair : dégagez et revenez plus tard.

J'en ai profité pour boire un coup dans ma cabine. Encore une chance que j'aie été aussi prévoyante ! Je n'allais pas crier sur les toits ma consommation d'alcool en l'exposant en totalité sur une ridicule petite fiche.

– Tchin, tchin, *Ewa*, ai-je murmuré.

Soudain, le bourdonnement des machines s'est amplifié. La vitesse de rotation a dû augmenter, car la commode s'est mise à vibrer, et ma brosse à cheveux a bougé sur la tablette de la salle de bains. Au bout d'un moment, le bruit s'est stabilisé, et le bateau a quitté le quai, lentement, en se déplaçant latéralement. De mon hublot, je voyais le large, et non le quai. Dommage, j'aurais préféré le contraire pour mon départ. De toute évidence, on était partis. Il était strictement interdit d'ouvrir les hublots. Sécurité oblige. Mais comme il n'y avait pas de tempête en vue, j'ai ouvert quand même et j'ai avalé une lampée de gin en prenant l'air en pleine figure.

– À ta santé, *Ewa*, bon voyage ! J'aurais dû t'offrir une bouteille de champagne, mais je n'ai que du Veuve-Clicquot, et celui-là, je le garde pour fêter la fin de ma mission. Allez, tu ne refuseras pas un peu de gin, mon cher *Ewa*, c'est du bon, du Burnett's, t'auras donc juste droit à une petite goutte...

Avec le pouce devant le goulot, j'ai passé la bouteille par le hublot et versé un peu de gin sur la paroi métallique. J'ai alors aperçu des oiseaux, des montagnes, une plage brune dans le lointain. J'ai soudain eu envie de peindre. Mais comment rendre cet air cristallin ? Je n'avais jamais pris la peine d'étudier les différents types d'air. À Trondheim, les journées bleutées d'automne étaient faciles à rendre, il suffisait d'approfondir les couleurs des arbres, rouge et orange, et de peindre le ciel dans des tons bleu foncé. Mais ici ? La lumière était surprenante. Authentique. Plus dense. De toute façon, je n'avais pas emporté ma boîte de couleurs ni mes pastels à l'huile. Juste des crayons et des feutres. J'ai soupiré, bu une gorgée au goulot, quand, tout à coup, une pensée m'est revenue : N'oublie pas pourquoi tu es ici ! Ce n'est pas pour dessiner, putain ! ni pour peindre la nature. Allez, reprends-toi, ma vieille...

Je n'avais pas très faim. Et je n'avais aucune envie de donner des tas d'informations sur moi au groupe. Juste le strict nécessaire. Alors quand Pia m'a demandé de commencer, j'ai déclaré d'une voix claire et distincte :

– *My name is Bea, and I'm Norwegian.*

Ensuite j'ai mis un gros morceau de gigot dans ma bouche. S'ils s'imaginaient que j'allais leur faire des confidences ! Le plat était d'ailleurs fort bien préparé, avec du romarin et de l'ail. Du coin de l'œil, j'ai vu les verres loupes de Turid qui brillaient. J'ai avalé la viande avec de l'eau pétillante. La journée n'était pas finie. On allait à Barentsburg, pour saluer les pauvres Russes qui crevaient de faim. Mieux valait ne pas arriver ivre mort et en rotant à cause d'un repas copieux.

Georg, le pilote des glaces, s'est assis à côté de moi. Son image correspondait exactement à l'idée que je me faisais d'un vieux loup de mer. Je l'aurais dessiné comme ça : nez busqué, visage buriné, moustache, menton large avec une fente au milieu. Il engloutissait la nourriture comme si c'était une question de vie ou de mort, tout en suivant attentivement les présentations des passagers du coin de l'œil.

Ma présentation avait été très courte, et, du coup, les autres faisaient pareil. Dommage. Je n'avais pas eu envie de raconter ma vie, mais j'aurais bien aimé en savoir plus sur celle des autres. Leurs métiers, leur situation personnelle… Là, ça allait un peu trop vite à mon goût.

Oscar était norvégien. Turid a dit qu'elle aussi était norvégienne.

– Et voici mon fils Frikk. *This is my son Frikk.*

La prochaine sur la liste était une femme. Mèches blondes, maximum quarante ans, beaucoup de mascara, salopette flambant neuve, bagues en or.

– *My name is Dana. I'm from Iiiitaly.*

Ensuite, ce fut le tour des Japonais. Regroupés à la même table, ils avaient noyé leur viande sous une grosse couche de sauce soja. C'était écœurant à voir. L'un des deux hommes s'est levé, a fait un long discours dans un charabia incompréhensible. En principe, c'était de l'anglais, mais à l'oreille, cela ressemblait furieusement à du japonais. Per s'est éclairci la voix et lui a demandé de répéter. Le Japonais a redit la même chose à la même vitesse, sans se départir de son sourire. Il souriait tellement qu'il avait du mal à prononcer les *m*, car il se servait des dents du haut plutôt que de la lèvre supérieure. Pia est venue à son secours. Elle a pointé son index sur son thorax en disant :

– *Name ?*

En réponse, encore une longue phrase, quoiqu'un peu plus courte cette fois. Je mastiquais en buvant de l'eau. Ça commençait à virer au comique. Pia a insisté pour avoir une version courte avec uniquement leurs prénoms. Il a annoncé en montrant du doigt :

– *This is Sao and this is Nuno. And this is Izu.*

Izu, c'était la femme. Les deux hommes auraient pu être jumeaux. Pour moi, tous les Japonais ont la même tête. Mais la femme était un numéro. Elle se conduisait comme une gamine de cinq ans, alors qu'elle devait en avoir au moins cinquante. J'ignorais presque tout du Japon. Je savais qu'on y fabriquait des ordinateurs et des bagnoles à la chaîne et qu'on n'arrêtait pas de se suicider. Pourquoi ces trois personnes voyageaient-elles ensemble ? Est-ce qu'ils étaient frères et sœur ? Ou mariés ? La femme était peut-être bigame ? À présent, ils parlaient entre eux. Sans sourire. Il fallait malgré tout mâcher la viande. Difficile de sourire en même temps. Pauvres Lena et Stian… leur délicieux gigot gâché par une sauce immonde !

L'instant après j'ai arrêté de m'intéresser à ce sacrilège culinaire, car deux hommes s'étaient levés. Vraiment charmants, et de mon âge. Je les avais déjà repérés, mais la fatigue m'avait empêchée de les étudier de plus près. Je n'aurais rien eu contre : ils étaient Français. Ils prononçaient l'anglais à la Maurice Chevalier. « *Thank heaven for little girls* », ai-je fredonné en mon for intérieur, encore un peu dans les vaps à cause du gin.

– *My name iz Philippe, and thiz iz Jean*, a dit l'un d'eux.

Jean et Philippe. Difficile de trouver plus français comme prénoms.

– Là, à mon avis, on a deux play-boys, a murmuré Georg entre deux bouchées de pommes de terre gratinées.

J'ai pouffé de rire. Il avait sans doute raison. Leurs vêtements auraient mieux cadré avec un séjour dans les Alpes : pantalons de ski à bretelles, pulls dans des couleurs gaies. Georg m'avait-il choisie comme confidente ? Pour me mettre au diapason, j'ai aussitôt répliqué :

– Ils sont quand même mieux que les Japonais…

– Ou que les vieux, a ricané Georg. Ceux qu'il faut treuiller avec un harnais dans le Zodiac parce qu'ils n'osent pas descendre par l'échelle.

L'Américain était le dernier à se présenter.

– *I'm Samuel. Call me Sam ! I'm from Florida, where the temperature is a hell of a lot better than here !*

Gros rire. Chemise à carreaux, visage bronzé, jean flambant neuf. Allure sportive, qui ne trompait personne. Assieds-toi et ferme ta gueule, ai-je pensé.

– Pourquoi il râle ? a chuchoté Georg. Il ne fait pas assez chaud pour lui ? C'est l'été ici ! Il fait + 1°C ! C'est quand même pas mal !

– Il faut que je sorte, même par un seul degré, pour fumer une clope, ai-je dit.

– Je viens avec toi. N'oublie pas de ranger ton assiette.

– Et le dessert ? s'est étonnée Lena, assise à la même table que nous.

– Après la clope, a répondu Georg.

On a rincé nos assiettes et on les a mises dans le lave-vaisselle avant d'aller retrouver nos vestes aux portemanteaux devant le mess. Il y en avait toute une ribambelle, les unes par-dessus les autres. J'aimais bien, ça faisait désordre. Comme dans un chalet à la montagne, sauf que là, on était sur un bateau.

Dos au vent, Georg s'en est roulé une avec du tabac Rød Mix. La mer était calme et brillante. Les montagnes et le fjord baignaient dans une lumière dorée. Aucun autre bateau en vue. Le fjord était si large qu'on aurait cru voir un globe arrondi. Au-dessus des nuages entassés près de l'horizon, le ciel s'étendait, bleu pâle. J'ai respiré à fond. Ça sentait le froid et le sel. On avançait à vive allure, l'air nous fouettait le visage.

– T'en veux pas une toute faite ? ai-je proposé.

Georg a regardé mon paquet.

– Non, celles-là ne valent rien. Elles empêchent de dormir.

– De dormir ?

– Je vais me coucher après le dessert. C'est Sigmund qui sera responsable de la bonne marche du navire… jusqu'à ce que je prenne mon quart.

– Boulot, dodo, quoi. Pas de temps libre ?

– Si, d'habitude je vais à terre avec les passagers. Et quand c'est nécessaire, je tire un peu au pistolet.

– Sur les ours ? Tu as déjà…

– On en voit de temps en temps. Mais on a des cartouches spéciales pour ça. Pour leur faire peur.

– Quel genre de cartouches ?

– Des trucs qui font un petit feu d'artifice. Des fois qu'ils s'approcheraient de trop près.

– Et dans ce cas… c'est dangereux ?

– Oh oui ! Il y a deux choses au monde dont je me méfie : les chouettes et les ours.

– Les chouettes ? Mais…

– Les femmes ! Je les appelle des chouettes, c'est pas méchant.

Son rire était rauque, sans doute à cause du tabac. Il a craché par-dessus le bastingage.

– Tu n'es pas marié, alors.

– Ah ça non. Je l'ai été, mais ça n'a pas marché. Je n'étais jamais à la maison, toujours en mer. Ma femme a soutenu que les enfants avaient été conçus par le Saint-Esprit. Après, j'ai gardé mes distances avec les chouettes. C'est-à-dire rien de fixe, quoi. C'est trop compliqué.

– Et les ours ?

– C'est pas simple non plus. On est censés les chercher au cours de ces excursions. J'aime pas ça, mais…

– Vous en avez vu, lors du dernier voyage ?

J'ai allumé une nouvelle cigarette.

– Et comment ! Au moins sept ou huit.

– Mon Dieu.

– Tu peux le dire. Et cette fois-là, ça a failli mal tourner. Un ours était sur la banquise en train de grignoter un morceau de phoque que je lui avais lancé. Et nous, on était à côté, dans le Zodiac. Les touristes, tu t'imagines, étaient comme fous avec leurs appareils photo. Je pensais qu'il n'y avait pas de danger, et puis…

– Et puis ?

– On ne peut pas lui faire confiance, à ce bougre. Il a pris son élan, a sauté quatre ou cinq mètres, puis est retombé dans l'eau, juste à côté de nous.

– J'en reviens pas.

– Il peut sauter plus loin que ça, s'il veut.

– Mais le bateau… le Zodiac, il est plein d'air ? Si l'ours le crève avec ses griffes, il coule !

– Oui. Et je peux te dire que c'était la panique à bord ! Deux chouettes hurlaient comme des malades. Et c'était moi le responsable de ce cirque.

– Qu'est-ce que tu as fait ?

J'osais à peine respirer.

Georg a tiré sur sa cigarette et expiré la fumée par le nez.

– Ben… on est partis dare-dare.

Ça m'a paru sensé.

– Allez, on va prendre le dessert. On a de la compote de pruneaux ce soir.

J'ai suivi Georg en traînant des pieds. La fatigue commençait à se faire sentir. Dans le mess, l'ambiance était agitée. Tout le monde voulait vite avaler son dessert pour sortir admirer le paysage. Les gens regardaient par les hublots, tout excités, en sortant leurs appareils photo. Il faut dire qu'il y avait de quoi. Deux montagnes, comme des jumelles, sont apparues. On aurait dit des volcans. *Twin Peaks*. Plus personne n'a voulu rester assis. Ils se sont précipités vers les portemanteaux, sans ranger leurs couverts. Georg nous a souhaité une bonne nuit, et moi, j'ai aidé Lena et Sonja à débarrasser. Stian remplissait la machine. Chaque fois que Lena lui passait une pile d'assiettes, elle recevait un gros baiser. Sonja chantonnait.

Une fois la vaisselle rangée, je suis allée me chercher une bière. Les histoires d'ours m'avaient donné soif. On ne pouvait pas lui faire confiance, à l'ours. À la météo non plus d'ailleurs. Mais au bateau, si. Enfin, sauf pour Oscar qui imaginait toutes sortes d'accidents.

– Il faut que j'enlève ces sets de table, vous ne pouvez pas pousser votre bouteille ? m'a soudain demandé Lena.

– Pas de problème.

– Quand est-ce qu'on arrive à Barentsburg ?

– Dans deux heures à peu près.

– Alors je vais piquer un petit somme.

– Vous voulez qu'on vous réveille ?

– Oui, merci, c'est gentil. Réveillez-moi quand on y sera.

Ils ne se doutaient pas que quelqu'un pouvait entendre leur dispute – quelqu'un qui était sur le bateau pour d'autres raisons que le tourisme. Per et Pia logeaient dans la cabine à côté de la mienne. C'était un couple. Mais à un stade plus avancé que Lena et Stian. J'ai brusquement ouvert les yeux, complètement dessoûlée après deux heures de sommeil, et j'ai collé une oreille contre le mur, en bouchant l'autre avec l'index.

– C'est injuste, merde… et tu es d'accord avec lui en plus !

C'était la voix de Per.

– Est-ce que j'ai le choix ? a crié Pia. Réponds-moi ! On est complètement dépendants de son aide… tu sais bien ! Alors ?

– Tu aurais pu lui dire que tu voulais m'en parler d'abord, qu'on était deux sur ce coup. Putain… si on lui donne la moitié, regarde ce qui nous reste !

– C'est pas sympa de m'accuser comme ça. Si en plus on se dispute tous les deux, on est mal barrés. Et on n'aura que dalle. T'y as pensé ?

– Je regrette presque d'avoir dit oui à cette magouille, a avoué Per.

– Peut-être, mais on en a besoin, de ce pognon. Reprends-toi.

Continuez ! ai-je pensé. De quoi vous parlez ? Mais je n'ai plus rien entendu, à part des roucoulements. Zut, ils ne seraient pas en train de se réconcilier ?

– Faut qu'on lui dise qu'on est d'accord, a repris Per. Il ne peut pas le faire sans nous, de toute façon. Ça c'est sûr.

Faire quoi ? Silence total. Soudain, on a tapé à la porte. J'ai été si surprise que ma tête a heurté la couchette supérieure.

– Bea, vous êtes là ? On arrive à Barentsburg. Tout va bien ?

C'était Lena qui venait me réveiller. J'avais mal à la tête, je voyais trente-six chandelles.

– Oui ! Merci… merci beaucoup !

Doucement, je me suis levée et suis allée chercher la bouteille de cognac. J'en ai tamponné la bosse sur mon crâne, et avalé une grande rasade par la même occasion. Prise de claustrophobie, j'ai ouvert le hublot et reçu une giclée d'eau salée à la figure. Ça m'a fait du bien. Je me suis léché les lèvres, au bon goût d'eau de mer. Puis je me suis habillée avant de monter rejoindre les autres.

Je n'avais pas été préparée au spectacle qui s'offrait à mes yeux : les maisons, accrochées au flanc de la colline, les gens, la saleté. Drôle d'ambiance. Des enfants sur le quai faisaient la manche, leurs mains sales tendues vers nous.

Une toute petite bonne femme russe nous attendait avec impatience. Ses vêtements avaient l'air de dater des années 1960. Doudoune bleu clair, pantalon polyester, pull à col roulé en acrylique, bijoux de pacotille, fard à paupières vert cru et beaucoup trop de blush.

Stian était allé chercher la compote de pruneaux et a commencé à en distribuer aux enfants dans des gobelets en plastique. Deux d'entre eux sont partis en courant vers les habitations sans y toucher. Je les ai suivis du regard. Ils ont monté de longs escaliers qui, visiblement, remplaçaient les rues. Deux cents mètres plus haut, ils sont entrés dans une minuscule maison, accolée à un mur en béton, dont les vitres étaient toutes cassées, sans exception. Le crépi s'écaillait sur les murs tachés de rouille qui avait coulé des ferrures des portes et des fenêtres.

Les rayons bas du soleil adoucissaient un peu le côté sordide de cet endroit, mais sans plus. La femme a fait un grand geste du bras vers la ville, les habitations, les gosses qui couraient. Dans un anglais approximatif, elle a crié :

– *Welcome in Barentsburg !* Je m'appelle Jelena. Je vais vous montrer notre petite bourgade, 78° N.

Cette fierté… J'ai regardé son visage. Est-ce que c'était pour cacher un embarras profond, un sentiment de honte ? Le résultat de nombreuses années vécues sous le joug d'un pouvoir qui ne tolérait aucune contestation ?

Per et Pia nous ont rejoints.

– On suit Jelena ! Venez ! a crié Per.

Aucun membre d'équipage n'était avec nous. Juste Per et Pia, nos guides, et nous, les onze passagers. J'ai failli rester, moi aussi, mais ma curiosité l'a emporté. Soudain, une musique assourdissante a envahi la rue. C'était Abba. « *Money, money, money.* » Tous les visages se sont tournés vers l'endroit d'où venait le son, une bicoque en bas de la colline. À une fenêtre, un mégaphone qui servait de haut-parleur, et à côté, deux hommes qui rigolaient. Sur l'esplanade devant la bâtisse, des jeunes gars, cigarette au bec, derrière de grandes tables. Ils portaient des doudounes aux manches trop courtes.

– Vous voulez acheter ? a demandé Jelena, s'approchant du haut-parleur.

« *Money money money, could be funny, in the rich man's world.* » Les yeux écarquillés, on l'a suivie vers des tables chargées de toutes sortes de marchandises : chapkas, gants en fourrure, pièces de monnaie, enveloppes timbrées et tamponnées, vêtements militaires, mugs à thé décorés d'images ringardes d'ours blancs et de montagnes enneigées, cuillers en bois peintes en rouge et vert, et même un samovar.

– Il faut marchander ! a lancé Pia.

Je me suis dit : toi, tu dois en connaître un rayon, côté négociations. Per et elle trempaient peut-être dans un trafic de drogue, ou d'alcool, à partir de la Russie ?

– Ils ne parlent pas anglais, a continué Pia. Montrez-leur vos billets. Couronnes norvégiennes uniquement. Ils peuvent s'en servir à Longyearbyen. Il faut savoir qu'un salaire moyen se situe autour de cinquante couronnes par semaine.

Les gants étaient justement à cinquante. Les Japonais en ont acheté une paire chacun. Samuel a pris une chapka, et moi un pin's avec un marteau et une faucille, pour cinq couronnes. Les vendeurs rayonnaient, avec leurs dents gâtées et leurs yeux noirs. La musique d'Abba continuait à bourdonner au-dessus de nos têtes. « *All the things I could do, if I had a little money in the rich man's world.* » Le mégaphone supprimait toutes les basses, et les quatre Suédois sonnaient comme un chœur de souris.

– Vous pourrez faire d'autres achats en ville, a informé Jelena. Maintenant, vous allez voir comment on vit ici.

On a monté les escaliers de bois en rangs serrés. Samuel et Oscar étaient derrière moi. Ils ont parlé du fjord qui se découvrait à la vue au fur et à mesure que l'on montait. Samuel a voulu savoir comment les Norvégiens définissaient un fjord, et Oscar a essayé de lui expliquer.

– Celui-ci s'appelle le Grønfjord, le « fjord vert », a déclaré Oscar.

En fait, il était franchement bleu, ce fjord. Samuel reconnaissait qu'on pouvait en effet appeler ça un fjord.

Mais l'Isfjord en face, qui, d'après les cartes, faisait vingt kilomètres de large ? Là, non. Samuel a soutenu qu'on avait affaire à une mer, rien de moins.

– Mais le Storfjord fait pourtant une largeur de soixante kilomètres, a objecté Oscar.

– Alors, ce n'est pas un fjord, a conclu Samuel.

Les deux hommes avaient visiblement des choses en commun. Samuel a même proposé à Oscar d'essayer sa chapka toute neuve.

Frikk marchait en tête de la troupe avec Jelena, suivi de près par Turid et les deux Français. Per et Pia se parlaient à voix basse, mais je n'ai pas eu le courage de tendre l'oreille. Je me suis approchée de Jelena pour écouter ses élucubrations. D'une main ferme, elle nous a fait visiter différents endroits, dont une ferme maraîchère où ils cultivaient des tomates de la taille de petits pois. Des femmes en tabliers à grosses fleurs, avec des bonnets en angora faits au crochet, portaient des seaux d'eau. Dans une étable avec quelques vaches squelettiques et un taureau appelé Mars, les animaux beuglaient tristement. Un chat s'est approché de nous. Un matou polaire bien nourri que tout le monde voulait caresser. Il a ronronné en se frottant contre nos jambes et en jetant un œil irrespectueux à Mars, tout à fait conscient que même en cas de disette, il y aurait toujours assez pour remplir un petit estomac comme le sien. Les vaches produisaient cent vingt litres de lait par jour, nous a informés Jelena avec fierté, mais quand Per lui a demandé si c'était suffisant pour toute la ville, elle a dû admettre que le lait était réservé aux enfants. Les adultes n'y avaient pas droit.

– Mais le gouvernement russe a décidé que les enfants doivent tous retourner sur le continent. Moi, j'ai un fils qui vient de partir.

– Et vous ? a demandé Dana, en tripotant une de ses bagues en or.

– Il faut que je reste. J'ai signé un contrat pour deux ans.

Ça a jeté un froid. Jelena a caressé la tête de Mars, qui a sorti sa grande langue et essayé de l'enrouler autour du poignet de la jeune femme.

– Quel âge a votre fils ? a demandé Dana.

– Il n'a que deux ans. Mes parents s'occupent de lui. Ça se passe bien.

Mais son regard exprimait autre chose. Ça ne devait pas se passer si bien que ça. Elle a fait un gros effort pour nous annoncer sur un ton joyeux :

– Maintenant, je vais vous montrer notre piscine, et on va visiter l'hôtel avec son bar !

*Son bar* ? On l'a suivie en trottinant, le long de routes noires comme du charbon. Une espèce de mousse dans les fossés constituait la seule végétation. Le chat ne nous lâchait pas d'une semelle. On est passés devant un terrain de foot, noir aussi, et avec un seul but. Des hommes jouaient avec un ballon sale en criant. Les maisons étaient immenses, délabrées, ternes, alignées comme dans un parc d'attractions. Devant le complexe sportif, dans lequel était censée se trouver la piscine, de nouvelles tables avaient été installées avec les mêmes marchandises que sur le quai, et la même musique d'ambiance que tout à l'heure était diffusée. Je suis restée seule dehors à fumer, pendant que les autres sont entrés pour visiter la grande fierté de la ville : une piscine d'eau de mer chauffée. Des hommes se sont approchés avec de la camelote plein les mains. J'ai fait non de la tête, en pensant au prochain arrêt : le bar.

Le groupe est ressorti à la queue leu leu. Les Japonais souriaient, ravis. Turid s'est adressée à moi.

– Impressionnant, a-t-elle dit.

– Tout ça, c'est en bien mauvais état, ai-je répondu. Je parie que le marchand de couleurs du coin a fait faillite.

– Ah oui ! a-t-elle dit en riant. Mais ça doit coûter moins cher d'entretenir l'ancien que de faire du neuf, vous ne croyez pas ?

– Ils ne vont peut-être pas rester longtemps ici. De toute façon, ils sont en train de crever de faim.

Soudain, Turid s'est penchée vers moi.

– C'est votre vraie couleur de cheveux, ce brun foncé ?

J'ai fait deux pas en arrière, écrasé ma cigarette sur le sol noir.

– Oui, absolument.

Une femme prénommée Larissa nous attendait au bar dans un chemisier de soie à pois mettant en valeur une grosse poitrine laiteuse qui montait et descendait derrière l'étoffe lisse. Elle avait de l'or entre les dents et un maquillage de clown. Le bar était vide. C'était une grande salle bien éclairée, avec des tables en formica garnies des mêmes trucs clinquants qu'on avait maintenant l'habitude de voir. Dans un coin de la pièce, des robes pendaient à un portant. On aurait dit des costumes de carnaval, en nylon, avec des paillettes, des manches bouffantes, des dentelles.

– C'est nous qui les fabriquons. Jetez un coup d'œil, nous a proposé Larissa.

Incroyable… Ils confectionnaient ces accoutrements en croyant que des Occidentaux allaient les acheter, voire les porter ! Pourquoi ne leur avait-on pas dit que ces stylistes faisaient fausse route ? J'ai commandé une vodka pure, tourné le dos à ces horreurs, vidé mon verre d'un trait et redemandé la même chose. C'était sept couronnes la dose de vodka.

– Pourquoi il n'y a pas d'autres personnes ici ? ai-je demandé, mais Larissa n'a pas compris.

J'ai répété ma phrase lentement, en l'accompagnant d'un geste de la main.

– Seulement un bateau aujourd'hui, a-t-elle répondu.

– Et vous, où est-ce que vous allez ? Pour boire ?

– Nulle part. On n'a pas d'argent.

J'ai baissé les yeux. Un salaire de cinquante couronnes par semaine, sept couronnes le verre de vodka. D'accord, j'ai compris. Larissa et ses collègues avaient clairement besoin de l'argent des touristes. Mais ces robes, je ne pouvais pas en acheter une juste pour leur faire plaisir et la garder dans ma valise. Car je ne pourrais quand même pas la jeter à la mer, ma conscience me l'interdisait. Il fallait que je trouve quelque chose d'autre à acheter. Un samovar ? J'avais déjà une bouilloire électrique et du thé en sachets.

– Est-ce que vous avez du caviar ?

Larissa a fait oui de la tête.

– C'est très, très cher.

– Vous pouvez me montrer ?

Larissa a farfouillé sous le comptoir, sorti une petite boîte plate. Je l'ai regardée de près. Du Beluga. Soixante-dix grammes. Il y a quelques années, j'en avais acheté une comme ça à l'aéroport de Copenhague, par pure folie, et j'avais payé neuf cents couronnes. Hors taxes.

– C'est vraiment du Beluga ?

Larissa a fait un signe de tête affirmatif, en prenant un air solennel.

– Oui. C'est très cher.

– Combien ?

Samuel m'observait, sans rien dire. Un Américain comprend bien que c'est du sérieux quand deux femmes négocient un achat de cette importance : de l'authentique caviar russe.

Larissa n'a pas voulu répondre tout de suite. Elle regardait ses ongles. Ils étaient peints en rose vif, et le contraste avec la couleur rouge des pois de son corsage était d'un goût douteux.

– Combien ? ai-je répété, cette fois à voix basse.

– Je suis désolée…

Elle chuchotait. Il a fallu que je me penche pour entendre ce qu'elle disait.

– Désolée… cent cinquante couronnes…

Elle n'a pas osé me regarder. J'allais marchander, mais je ne savais pas trop ce qu'elle aurait pensé.

– D'accord, ai-je dit. Je la prends.

Samuel a poussé un soupir de soulagement et Larissa a éclaté de rire, maintenant que l'ambiance était plus détendue.

– C'est bien ! a-t-elle dit, en enveloppant la boîte dans un papier qui, manifestement, avait déjà servi.

J'ai glissé le paquet dans ma poche.

– J'attends dehors, ai-je lancé à Samuel.

Derrière l'hôtel se trouvait une butte que j'ai escaladée, me doutant que je pourrais apercevoir notre bateau de là-haut. Il fallait que je m'assure que le *Ewa* était bien à quai.

Pourquoi avais-je dit à Samuel que j'allais attendre dehors ? Sans doute parce que je me sentais un peu plus intégrée dans le groupe. On vivait des choses ensemble.

Au retour, on rirait bien en évoquant les horribles robes. C'est vrai aussi qu'un beau paysage s'apprécie parfois mieux à plusieurs. Torvald m'en avait parlé je ne sais combien de fois, quand il voulait m'emmener en forêt et que je refusais de l'accompagner. Il me disait que c'était triste de se promener tout seul et qu'il fallait être à deux pour ressentir une émotion et pouvoir la partager ensuite.

La mousse était souple sous mes pieds, sentait bon quand j'enfonçais mes doigts dedans. Même si on était en août, et que, d'après l'agence de voyages, la floraison était presque finie, j'ai découvert plein de touffes de fleurs minuscules aux couleurs ravissantes. J'ai arraché une tige qui ne mesurait que deux centimètres. Dans ce pays, visiblement, on ne pouvait pas faire cavalier seul et prendre racine de manière isolée. En groupe, on pouvait à la rigueur survivre. Sinon, c'était la mort assurée.

J'ai aperçu notre bateau. Il n'était visible qu'à partir du bastingage, car la marée était basse. Le Zodiac ressemblait à une araignée en train de s'accoupler au bateau. Le *Ewa* n'était pas très grand, mais en ce moment, c'était mon chez-moi. Les montagnes avaient des lueurs cuivrées, la mer était légèrement ridée. J'ai fermé ma doudoune jusqu'au menton et pris une profonde inspiration. J'avais encore le goût de la vodka dans la bouche, et sentais la présence de la boîte de caviar dans ma poche. « *All the things I could do in the rich man's world.* » Drôle de pays ! Il n'avait rien à voir avec l'image que je me faisais de la Russie dont le tsar avait commandé un œuf de Pâques pour la tsarine à un joaillier qui avait travaillé dessus pendant un an. Aujourd'hui, ces œufs se négociaient autour de dix millions de couronnes pièce à des ventes aux enchères à New York, Paris et Londres. Dommage que Larissa, Jelena et les autres ne puissent pas en bénéficier…

Tout à coup, j'ai aperçu Turid et Frikk. Ils sortaient de l'hôtel et ne m'ont pas vue. Turid a pincé la joue de Frikk en lui disant quelques mots, il s'est dégagé en se frottant la joue et lui a crié quelque chose, mais j'étais trop loin pour entendre. Turid, en revanche, avait très bien compris, et visiblement elle n'a pas aimé : elle l'a giflé avec force sur l'autre joue. Frikk a titubé, fait demi-tour et s'est mis à courir vers le quai. Elle a hurlé, mais il ne s'est pas arrêté. Le reste du groupe est sorti. Philippe, ou peut-être Jean, portait un samovar rutilant. Samuel et Oscar, suivis des Japonais, se dirigeaient vers les stands avec les produits locaux.

J'ai décidé de me laisser glisser le long de la paroi couverte de mousse au lieu de descendre par les escaliers.

L'eau provenant de la fonte des glaces formait des ruisseaux et des flaques sous la végétation. Le permafrost empêchait cette eau de disparaître dans les profondeurs. Le sol était par conséquent très glissant. Je n'arrêtais pas de tomber et de salir mes vêtements. À mi-hauteur, j'ai récupéré l'escalier en bois et enlevé la terre sous mes chaussures de randonnée. Les Japonais m'ont rejointe, tout sourire.

– Vous êtes seule ? a demandé Sao, à moins que ce ne fût Nuno.

– Oui, ai-je répondu, toute seule.

On avait posé des seaux et des brosses au pied de l'échelle de coupée pour que tout le monde nettoie ses chaussures avant de monter à bord. Les gamins grouillaient de nouveau sur le quai. J'ai récuré les miennes comme j'ai pu. Elles étaient bien sèches à l'intérieur. Les gosses me fixaient car j'étais la première à retourner à bord. Frikk n'était pas dans les parages. De bonnes odeurs de pâtisserie s'échappaient par la porte ouverte de la cuisine. Je n'avais qu'une envie : grimper au plus vite cette échelle pour échapper à leurs regards. Je voulais prendre une douche afin de me débarrasser de cette odeur de misère qui me collait à la peau.

Des paniers pleins de brioches à la cannelle nous attendaient au mess, mais je ne me suis pas arrêtée, j'ai filé directement dans ma cabine.

En cherchant du linge propre, je suis tombée sur le sachet de caramels mous acheté ce matin. Mes baskets aux pieds, je suis ressortie en vitesse et j'ai lancé le sachet aux gamins sur le quai. La scène avec la compote de pruneaux m'avait prouvé que ce n'étaient pas des petits voyous pourris gâtés. Au lieu d'agir selon la règle qui dit « premier arrivé, premier servi », ils ont partagé les caramels en toute équité. Tout le monde à la même enseigne. Le régime soviétique avait, visiblement, laissé quelques traces positives.

La douche était un cagibi avec un revêtement en béton et deux patères en acier au mur. Le sol était humide, sûrement plein de microbes. La porte ne se verrouillait pas et il n'y avait pas de rideau. C'était peut-être une méthode pour économiser l'eau chaude ? Prendre une douche à toute allure pour éviter d'être surpris à poil ? En tout cas, c'était efficace.

J'ai entendu des bruits de pas et de voix en provenance du couloir. Un joyeux mélange de français, de japonais et d'anglais. Tous parlaient en même temps pour raconter ce qu'ils avaient vu, alors qu'ils avaient tous vu la même chose. Ils ont entassé les paquets dans les cabines, changé de chaussures, enfilé des gros pulls, des tenues de jogging un peu sophistiquées. Des gens pleins aux as, venant des quatre coins du monde, à la recherche de sensations fortes. Des gens qui en avaient assez de monter à dos de chameau en Égypte, de se promener en gondole à Venise, ou d'écouter, avec un mélange de peur et de jubilation, les sirènes de police devant leur hôtel à Manhattan. Pour leurs amis, un voyage comme celui-ci devait paraître follement exotique et valoir largement son prix exorbitant.

En me rhabillant, j'ai regardé ma montre, toute surprise. Il était onze heures du soir. La présence continuelle du soleil me déroutait complètement. Est-ce qu'on allait déguster des brioches, boire du café et repartir ? Je n'avais pas du tout sommeil. Au contraire, l'heure était venue de me rendre au mess et de m'octroyer un petit remontant, aux yeux de tous.

J'ai tiré deux doses de gin du flacon fixé au mur, en ne faisant qu'un seul trait sur ma fiche. Au frigo, à côté des bouteilles de Schweppes, il y avait un stylo feutre et j'ai marqué « Bea » sur une des bouteilles que j'ai vidée à moitié. Le mess se remplissait lentement de passagers aux joues rougies par le froid. Sigmund est arrivé par une porte derrière laquelle j'ai aperçu un escalier plutôt raide. C'était donc là-haut que se trouvait la passerelle de navigation.

– Salut, a-t-il lancé. Belle balade, à terre ?

En minaudant, Dana lui a adressé son plus charmant sourire, mais peine perdue : Sigmund avait déjà repéré les brioches. Il en a pris une dans chaque main et s'est mis à les mâcher consciencieusement.

– C'est bientôt Georg qui sera de quart ? ai-je demandé, avec l'air de m'y connaître.

Sigmund m'a jeté un regard vide, comme s'il ne comprenait pas la langue que je parlais.

– Non, a-t-il fini par répondre. Pas avant trois heures.

– Vous allez aussi à terre parfois ?

– Pas ici. Et pas à Ny-Ålesund, où on va demain. Je préfère attendre qu'on arrive dans des endroits plus sauvages.

– La vie n'a pas l'air d'être drôle, par ici, ai-je dit, en prenant une petite gorgée de gin.

– C'est le moins qu'on puisse dire. Mais ils ne l'avoueraient pour rien au monde.

– La guide, Jelena, elle a été obligée de se séparer de son enfant. Elle n'a pas eu le droit de partir elle-même.

– J'espère que Per l'a payée correctement. Elle s'en tire bien en faisant ces petits boulots.

– Merde, je n'y ai pas pensé ! J'aurais pu lui filer un billet moi aussi. De cinquante couronnes, par exemple. Combien il lui donne, Per, en général ?

– Cent. C'est bien payé. Ça la place dans la catégorie des hauts revenus par ici.

– Et vous ? Ces balades en bateau, c'est lucratif ?

Sigmund n'a pas répondu tout de suite. Il restait visiblement sur ses gardes. Était-il en face d'une touriste cynique ou d'une idéaliste très chamboulée après avoir fait du shopping avec une monnaie forte comme la couronne norvégienne, ou encore d'une bêcheuse méprisant ouvertement un capitaine d'un minable bateau de tourisme ? J'ai soutenu son regard, d'un bleu innocent, et avalé une autre gorgée en souriant.

– Assez, a-t-il avoué.

– Mais vous avez sans doute beaucoup de frais aussi, ai-je dit en essayant de paraître compréhensive.

– Oui, pas mal.

Il s'est servi un café brûlant.

– On a le droit de monter à la passerelle pour voir ?

– Bien sûr.

Son manque d'enthousiasme m'a quand même mis la puce à l'oreille. J'ai compris que la dernière chose qu'il souhaitait, c'était de voir défiler les passagers sur son lieu de travail.

Ola est arrivé, la bouche pleine et les mains toutes graisseuses. Sa casquette était à l'envers et un chiffon crasseux dépassait de sa poche arrière, la panoplie du parfait machiniste. Il avait aussi de l'huile sur le visage. D'ailleurs je crois que ça s'appelle *grease*…

– Il est en bas, Bjørn ? a demandé Sigmund.

Ola a hoché la tête.

– Bon, alors tu vas laver le pont. Faut qu'on nettoie toute cette boue qu'ils ont rapportée du patelin russe. Et n'oublie pas de réveiller Georg à une heure et demie. Moi, je suis crevé.

Ola a fait oui de la tête, n'a pas osé continuer à mâcher la brioche avant que Sigmund ait fermé la porte derrière lui.

– Comme patron, il ne doit pas être commode, ai-je commenté.

– Ça, c'est sûr, a répondu Ola, la bouche toujours pleine, avec de l'huile de moteur aux commissures des lèvres.

Les Japonais avaient déniché un coin pour eux : un petit salon derrière la cuisine, avec des canapés et une jolie table basse, des rideaux beaucoup plus luxueux que dans le mess, et un tapis au sol. On y trouvait aussi des livres sur l'archipel du Svalbard et les expéditions polaires. Nuno ou Sao s'est approché sur la pointe des pieds pour chercher de l'eau chaude au mess. En allant aux toilettes, j'ai aperçu les Japonais qui vidaient leurs mugs de nouilles avec des baguettes. Les brioches à la cannelle n'avaient pas dû leur plaire. Un film en cassette vidéo ne les intéressait pas non plus. Ils ont tous trois secoué la tête quand, un peu plus tard, je leur ai proposé de regarder avec nous *Impitoyable* avec ce cher Clint Eastwood.

– Nous, on comprend pas beaucoup l'anglais ! a dit Izu d'une petite voix aiguë, et elle a éclaté de rire devant mon ignorance.

Je me suis soudain souvenue d'un épisode du *Lucy Show*, une vieille série télévisée américaine, entièrement doublée en japonais. Déjà à l'époque au Japon, il n'y avait pas de sous-titres et on n'entendait jamais parler anglais. Ni à la radio ni à la télé.

– Au fond, c'est un miracle si vous arrivez à fabriquer des ordinateurs et des bagnoles, ai-je dit en norvégien.

– Oui, oui ! a ri Nuno, ou Sao, sans rien comprendre.

– Vous y êtes allée un peu fort, a dit une voix derrière moi, celle d'Oscar.

– Mais c'est la vérité !

– Vous êtes raciste ! a-t-il lancé, en souriant.

Son sourire avait beau être indulgent, il avait quand même raison.

– Ce n'est pas grave d'être raciste si les personnes que vous méprisez vous sont supérieures au niveau culturel et économique, ai-je répondu.

– Dites donc…

– Vous allez regarder *Impitoyable* ?

– Je l'ai déjà vu.

– Moi aussi.

– Alors vous êtes d'accord avec moi pour dire que ce film rate sa cible ?

– Comment ça ?

– Il était censé critiquer la violence, non ? Alors que Clint Eastwood, un tueur repenti, finit par tirer sur le shérif et l'achève sans remords. Et tout le monde trouve ça génial quand il repart à cheval sous la pluie…

Je n'ai pas pu m'empêcher de rire :

– Qu'est-ce que vous faites dans la vie ? Vous êtes psychologue ?

– En un sens, a-t-il dit. Mais dépêchez-vous, le film commence.

Je buvais en suivant vaguement l'histoire. Je suis sortie fumer plusieurs fois en fixant les eaux glaciales. Combien de minutes un être humain mettrait-il à mourir s'il tombait dedans ? Il aurait sans doute juste le temps d'attraper des crampes avant de passer l'arme à gauche. Jamais il ne pourrait raconter que des mains l'ont poussé par-dessus bord…

J'ai lancé mon mégot dans la mer, mais le bruit des moteurs couvrait tout. Pas encore, pas tout de suite… On était encore tous ensemble, un groupe réuni sur un bateau. Rien ne pressait, j'avais tout mon temps.

Je ne suis pas montée sur la passerelle. Quelque chose me disait qu'il valait mieux ne pas avoir bu quand je côtoyais Sigmund. Georg était de quart à deux heures. J'ai décidé que j'irais me coucher à ce moment-là.

Frikk a fait une courte apparition et a disparu après quatre brioches. Turid s'était installée devant la télé, aussi près de l'écran que possible. Dans sa main couverte de taches brunes, elle tenait un verre de Campari rouge sang.

Alors que les moteurs tournaient dans le ventre du *Ewa*, Clint se trouvait dans une vieille grange, blessé et tremblant de froid, tandis que la prostituée du saloon, au visage défiguré par des coups de couteau, s'occupait de lui. Elle vendait ses charmes aux cowboys…

Peut-être qu'elle aimait bien ça, de temps en temps ? Ou, tout du moins, son corps dopé par des hormones qui lubrifient le vagin ? L'alchimie du système sexuel fait que toute activité érotique, qu'on croit naïvement être de l'amour, vise à la reproduction. Même si le coït est exécuté dans un cadre d'obligation ou de nécessité financière, le corps peut réagir en prenant du plaisir. C'est bien la forme de honte la plus abjecte : obtenir un orgasme avec une personne pour laquelle on n'éprouve que du dégoût. Cette honte est si forte que les années n'y changent rien, mais lui donnent au contraire de nouveaux visages : angoisse, peur de se laisser aller et de ne plus maîtriser la situation, peur de jouir, fût-ce avec des hommes dont on est amoureux.

À ses côtés, la prostituée du saloon caressait les joues de Clint, et autour d'eux, il y avait de la neige fraîchement tombée. À ma connaissance, c'est le seul western dont l'action se déroule dans un cadre hivernal. En général, c'est du sable doré, sous une température étouffante. Ici, le héros a attrapé une pneumonie.

Le visage appuyé sur ses poings, Turid fixait l'écran à travers ses lunettes loupes. Sa bouche, à moitié ouverte, montrait qu'elle était plongée dans le film. Je la voyais de profil, les lèvres humides de salive et de Campari, son verre presque vide.

Oscar somnolait. Personne ne s'inquiétait des icebergs. Et aucun autre passager n'avait été se reposer jusqu'ici, enfin, que je sache. Quand allaient-ils enfin se coucher et me laisser boire tranquille, papoter avec Georg et trouver le calme dans ma nouvelle maison flottante ? Tout compte fait, j'étais très différente de Torvald : je préférais être seule pour profiter de la vie, et avec une bonne dose d'alcool dans le sang.

Mon verre à la main, j'ai voulu sortir sur le pont. Sur mon passage, Turid s'est retournée et m'a dévisagée. Ses yeux globuleux se devinaient derrière ses grosses loupes, ses lèvres rouges et luisantes ont esquissé une grimace qui m'a fait penser à un sourire. J'ai détourné mon regard en sentant ses yeux se poser sur moi. J'ai quitté le mess et enfilé ma doudoune.

Puis je suis sortie en courant. Je me suis vue soudain crever son œil avec un couteau pointu, j'ai cru entendre le bruit chuintant et poisseux que ferait la cornée quand la pression derrière l'œil céderait, et j'ai visualisé le liquide clair et gélatineux, salé comme l'eau de mer, qui jaillirait de la blessure.

Il m'a fallu mettre la capuche et la serrer sous le menton. On progressait rapidement, à travers de petites vagues. Le ciel était toujours aussi clair, et le fjord impressionnant. Mais à l'horizon, un banc de nuages s'était formé, tel un ruban continu dans des tons pastel orange et rose. Samuel avait raison : ce n'était pas un fjord. Une nuée d'oiseaux nous suivaient, à l'abri du vent, avançant à la même vitesse que nous. J'ai vidé mon verre et l'ai fourré dans ma poche avant d'allumer une cigarette. À travers un hublot, j'ai vu les Japonais dans le salon, en train de ranger leurs affaires. J'ai marché jusqu'à la proue, en me tenant fermement au bastingage. Le bateau faisait un bond chaque fois qu'il rencontrait le sommet d'une vague, mais c'était assez facile de s'adapter à ses mouvements. À l'avant, le bastingage était à hauteur de poitrine et il faisait un froid de canard pour admirer le panorama. J'ai aperçu une sorte de bras de mer, aussi large que l'Isfjord qui, d'après mes calculs, était à notre droite, et tout autour, des montagnes nues, les pieds dans l'eau.

Il était impossible de fumer sans gants. Les doigts de ma main droite étaient raidis par le froid. J'ai lancé la cigarette dans la mer. Le vent l'a soulevée et l'a fait retomber sur le pont derrière moi. Il a fallu que je me penche par-dessus le bastingage pour trouver un trou d'air qui l'aspirerait vers le bas, jusque dans l'eau. J'ai observé la proue : l'écume jaillissait à une hauteur de deux mètres, devant l'étrave, en métal bleu, qui ressemblait à la lame d'un couteau. Et j'ai aperçu le nom, *Ewa*, peint en blanc. Le *w* formait un *m* à l'envers. Le sang m'est monté à la tête. J'ai senti les forces énormes qui se déchaînaient autour de moi, j'ai entendu le vacarme produit par les moteurs, les paquets d'eau et les oiseaux qui criaient. J'étais à bord d'une machine infernale et fascinante qui m'emportait avec la force d'un ouragan.

Depuis des siècles, la mer avait attiré les hommes et les avait arrachés à leurs terres. En pleurant, des femmes et des enfants avaient dit au revoir à leurs pères, frères, maris et fils. Lors des tempêtes, ceux qui étaient restés avaient passé des nuits entières à prier. Si la mer avait pris tant de vies, elle leur avait malgré tout permis de subsister. Marin un jour, marin toujours. La terre ferme n'était qu'une halte entre deux voyages en mer…

Soudain, j'ai compris quelque chose : ce n'est pas l'homme qui prend la mer, mais la mer qui prend l'homme. Au-delà de l'argent gagné et de la beauté des paysages, il y avait ce plaisir d'être toujours en mouvement, en partance vers un lieu ou un pays. Alors qu'un lit à terre, ça ne bouge pas.

Je me suis senti une faim de loup. L'adage se vérifiait : l'air marin creuse l'appétit. Mais où trouver de la nourriture à cette heure-ci ? De toute façon, avant de rentrer, j'avais envie de faire le tour du bateau.

Le pont venait d'être lavé, ainsi que les coffres blancs avec les combinaisons de survie. Ici et là, des cordages enroulés avec soin, selon un système que je ne connaissais pas. Le Zodiac, attaché, bougeait au rythme du *Ewa*, ses quatre-vingt-dix chevaux au repos pour l'instant. Au-dessus se trouvait la passerelle, avec ses larges vitres, côte à côte sur toute la largeur du bateau. J'ai deviné un visage, deux yeux qui brillaient dans les reflets du soleil : le capitaine Sigmund à son poste.

Je me suis faufilée dans l'étroit passage entre la paroi et le bastingage pour rejoindre l'arrière, là où on s'asseyait en demi-cercle pour chanter des chansons scoutes, et j'ai dû passer devant la porte ouverte du local des machines. La chaleur m'a prise à la gorge et, derrière le bruit des moteurs diesel, j'ai tout à coup entendu des éclats de rire hystériques. Quelqu'un montait les escaliers quatre à quatre. Je n'ai pas bougé. C'était Frikk. Dès qu'il m'a vue, son visage rieur est devenu méfiant.

– Salut ! ai-je dit. Tu t'es fait de nouveaux copains ?

– Oui, m'a-t-il répondu sèchement.

Mais la brièveté de sa réponse m'a suffi pour sentir qu'il s'en était grillé une. Pas une Prince, mais un bon joint, et sans doute, en bonne compagnie. Devais-je m'en inquiéter ? Et pourquoi ? Si les machinistes fumaient pendant leurs quarts, je n'y voyais pas d'inconvénient. Ç'aurait été pire si Sigmund titubait derrière la barre.

Tout à l'arrière, j'ai trouvé la bâche avec une grosse fermeture éclair. En l'ouvrant, j'ai pénétré dans une pièce à la lumière jaunâtre. Dans la paroi plastique qui protégeait du vent et des intempéries, des fenêtres comme dans une tente laissaient passer un peu de lumière. Un grand poêle froid attendait qu'on l'allume. À l'intérieur, le long du bastingage, pendaient une bonne cinquantaine de gilets de sauvetage orange. Des chaises de camping blanches étaient entassées dans un coin. Une porte au fond menait au mess, avec des hublots de chaque côté. J'ai allumé une nouvelle cigarette et sorti le tiroir à cendres du poêle pour m'en servir comme cendrier, tout en jetant des coups d'œil à l'intérieur de la pièce. Le film était presque fini, j'ai entendu des coups de pistolet. Tout ce que je voyais, c'était trois nuques : Dana, Oscar et Samuel. Turid était manifestement allée se coucher. Deux brioches traînaient sur un plat. J'ai décidé qu'elles seraient à moi, au moment où Georg est entré. Il m'a vue tout de suite, a saisi les deux brioches, traversé le mess et m'a rejointe sur le pont arrière. Quand il a ouvert la porte, j'ai entendu Clint Eastwood dire : « Si vous faites encore du mal aux putains, je reviendrai et je vous tuerai tous. »

– Toujours en train de fumer, hein…

– Oui. Tu vas manger les deux brioches ?

– J'aurais préféré un peu de compote de pruneaux. Tiens, je t'en donne une.

Il mâchait et fumait en même temps, une cigarette roulée main, épaisse comme un cigare.

– On est où, là ?

– Au détroit de Forland. On va bientôt passer la pointe de Sarstangen, je vais monter aider Sigmund.

– La pointe de Sarstangen… ? J'ai lu il y a quelques années un livre qui parlait de cette péninsule et d'un bulldozer… Un livre écrit par un Suédois, je crois.

– J'ai vu le film à la télé. C'était pas un Suédois, je crois qu'il était allemand. Je ne l'ai pas aimé.

– L'Allemand ?

– Mais non, le film, idiote. J'ai vu où ils étaient en bateau, j'ai reconnu l'endroit. Et ça ne tenait pas debout.

– En tout cas, ils étaient à la pointe de Sarstangen.

– Oui, et on y arrive bientôt. Dis donc, on avance drôlement vite, je comprends pas ce qui lui prend, à Sigmund, à aller aussi vite… On a tout notre temps…

– Il veut se rendre dans des coins sauvages. Quitter toute cette civilisation, Barentsburg, Ny-Ålesund.

– Ah, ce Sigmund…, a dit Georg en riant.

– On a l'impression qu'il fait la tête.

– Non. Il est comme ça.

– Il doit bien gagner sa vie avec ce boulot ?

– Il en a marre. Il connaît ce périple par cœur. Il commence à se faire vieux, lui aussi.

– Et toi ?

– Moi ? Je ne peux pas quitter la mer. Sinon, j'attrape des rhumatismes et je deviens invivable. J'ai déjà essayé, je t'assure…

Il a été pris d'une quinte de toux.

– Tu as déjà été sur quel genre de bateaux ?

– Sur tous ! Chaloupes de pêche, crevettiers. Pétroliers aussi, mais j'aimais moins.

– Quel type de pêche ?

– Baleines. Et la chasse au phoque, à l'est du Svalbard.

Georg regardait à travers la bâche transparente, pensif, comme s'il se rappelait d'anciennes expéditions avec des carcasses de phoques entassées sur le pont et des rorquals ramenés le long de la coque.

– J'ai faim, ai-je dit.

– Alors on va faire un tour à la *pantry*.

– C'est quoi, ça ?

– Là où il y a les provisions.

Le film était fini, et Oscar essayait de manipuler le magnétoscope. Il étudiait de près les différents boutons, avant d'appuyer délicatement sur *Stop* et *Rewind*. Samuel a pris la télécommande. Dana n'était plus là.

– Bonne nuit ! a dit Georg en passant devant eux.

On est entrés dans la cuisine où tout était nickel avec les placards arrimés par de solides équerres. Georg a ouvert une porte au fond, derrière laquelle se trouvait la cambuse. Là étaient rangés des plats recouverts de film plastique ou de feuilles d'aluminium, sur des étagères, du sol au plafond. J'ai décidé d'appeler cette pièce le garde-manger. Ça commençait à bien faire, tous ces noms spéciaux que donnent les marins : la salle à manger devient le mess, le bateau pneumatique devient un Zodiac, la veille devient le quart, le garde-manger la cambuse…

– J'ai une de ces faims ! me suis-je exclamée.

– Prends ce que tu veux.

– Mais on ne nous dira rien ?

– Je te rappelle que c'est vous qui payez pour tout ça.

Il avait raison. Elle était à moi, cette nourriture. Georg a trouvé le plat de compote de pruneaux et s'est servi copieusement. J'ai déniché du pain et des pommes de terre gratinées, ça m'allait parfaitement. Ensuite un tour rapide au frigo pour prendre une Carlsberg, et le résultat a été un délicieux souper sur le pouce. Georg dévorait la compote de pruneaux, debout, avec l'assiette à la hauteur du menton, quand Sigmund est arrivé.

– Sarstangen en vue, a-t-il dit avant de faire demi-tour.

– Je peux monter voir ? ai-je chuchoté à Georg.

– Oui, mais ne pose aucune question… attends qu'on ait passé Sarstangen et que Sigmund se soit mis au pieu.

Sur la passerelle régnait un ordre méticuleux. Une grande carte maritime était dépliée sur une table, avec compas, crayon et gomme à disposition. Les manœuvres se faisaient à l'aide d'un grand nombre d'instruments. Un écran de radar montrait des zones vert clair, sans doute la terre et la glace. Sigmund n'a pas daigné me regarder.

Devant nous, un passage étroit. Très étroit, même à l'échelle locale. Les grandes fenêtres à l'avant laissaient entrer la lumière, les rayons du soleil se reflétaient sur tous les objets en métal. Georg s'est entretenu avec Sigmund : cap à tenir, nœuds. Il a sorti des documents de référence avant de regarder les montagnes aux jumelles et a vérifié sur un livre.

– La profondeur n'est que de quatre mètres… il faut passer au quart de poil, a dit Georg tout bas.

La manœuvre a pris du temps. Sigmund a suivi les indications de Georg, et le bateau est passé tout doucement. Soudain, j'ai découvert deux renards qui jouaient au bord de l'eau.

– Oh ! Regardez ! ai-je crié en montrant du doigt.

Sigmund a suivi mon regard.

– Des renards arctiques, a-t-il dit.

Comme si je ne m'en étais pas doutée. Quel con, celui-là ! Aucun enthousiasme de sa part, et Georg était trop occupé avec ses jumelles et sa carte pour s'y intéresser.

L'un des renards pourchassait l'autre qui jouait à se cacher derrière des pierres avant de ressortir par surprise à toute vitesse. Ils ne faisaient pas attention au bateau. Encore deux spécimens sans doute pleins de parasites…

– Ça y est, on est passé, a dit Georg.

Sigmund est sorti en opinant du chef. Georg a pris la place du capitaine et a mis la gomme.

– On est bientôt à Ny-Ålesund. Vous allez débarquer après le petit déjeuner, tu ne veux pas aller dormir un peu ?

– Si, mais pas tout de suite. Parle-moi des ours blancs, comme ça, je pourrai faire de beaux rêves.

– Tu ne vas pas me dire que tu as envie de rêver d'ours ? a ri Georg.

– Si ! Dis-moi pourquoi ils sont si dangereux…

– Parce qu'ils sont timbrés ! Ils sont redoutables, il y en a trop ici maintenant, peut-être trois mille dans le coin, ils se baladent partout et ils ont faim, tu comprends ? Il n'y a pas assez de phoques pour tout le monde.

– Et malgré ça on va débarquer et…

– T'inquiète. On est armés jusqu'aux dents.

– Ils sont tous aussi dangereux ?

– Non, ceux qui ont faim, surtout. Mais ils n'ont pas d'ennemis naturels, pas de prédateurs. Une ourse avec des petits doit se méfier du mâle, car il est capable de dévorer sa progéniture, sinon elle est tranquille. Et les petits jusqu'à deux ans, ils sont assez inoffensifs, parce qu'ils ont un peu peur. Non, le pire, ce sont les vieux mâles qui en ont vu d'autres : tu peux leur tirer entre les pattes et ils bougent à peine.

– Mon Dieu, à ce moment-là, on fait quoi ?

– On déguerpit.

– Mais…

– Pas de mais. D'ailleurs, il faut que tu ailles te coucher. J'ai pas l'habitude d'avoir des chouettes sur la passerelle la nuit. Ça me stresse.

Il a ri sous sa moustache.

– Ne fonce pas dans un iceberg, s'il te plaît, pendant que je dors.

– On n'est pas encore vraiment dans la banquise. Pas avant demain matin. Tu peux ronfler tranquille.

Curieusement, je lui ai fait confiance. J'ai dormi comme un bébé. Le roulis du bateau me rassurait, j'avais l'impression que quelqu'un me berçait dans ses bras, je voyais un ciel blanc, à la transparence de dentelle, je croyais entendre voler des insectes, je sentais l'odeur de l'été… Je me suis endormie en pensant à mes dessins et au visage de Bergesen au soleil qui délimitait des zones d'ombre et de lumière. J'ai fait l'amour avec cet homme, tel qu'il était dans mon propre dessin, senti le goût du cacao… Ma sueur faisait des auréoles gris foncé sur le papier.

Ça faisait quelques heures que je dormais quand j'ai entendu un cri horrible. J'ai bondi de ma couchette avant même d'ouvrir les yeux. Mon réveil de voyage indiquait quatre heures. Le soleil entrait par le hublot, et j'ai cru un moment qu'il devait être quatre heures de l'après-midi puisqu'il faisait grand jour, quand tout à coup je me suis souvenue où j'étais.

Un nouveau cri, suivi d'un babillage hystérique et de sanglots, venant d'une femme, dans le couloir. J'ai enfilé mon jean et voulu sortir par la porte. Au même instant, le bateau a eu une violente secousse et il a fallu que je me jette contre la porte pour l'ouvrir.

Dana était agenouillée devant l'armoire qui servait de bibliothèque. Elle avait sorti un tiroir et l'avait vidé de tous ses papiers en les jetant par terre. Elle avait les yeux écarquillés, la bouche grande ouverte. Les larmes et la salive avaient coulé sur sa doudoune. Elle a réussi à se mettre debout, sans me voir, le tiroir à la main. Elle avait visiblement des idées très précises de l'usage qu'elle comptait en faire. Elle a grimpé l'escalier en poussant des cris d'orfraie.

– Qu'est-ce que vous faites ? me suis-je exclamé. Qu'est-ce qui s'est passé ?

D'autres portes de cabines se sont ouvertes. Des visages étonnés, encadrés de chevelures ébouriffées. J'ai cogné à la porte de Per et Pia. Per avait eu le temps d'enfiler son pantalon.

– Putain, qu'est-ce que c'est que ce bordel ? a-t-il lancé en fermant sa braguette.

– C'est Dana qui a pété les plombs. Elle est montée avec un tiroir !

– Un tiroir… ?

J'ai emboîté le pas à Per dans l'escalier raide, au point que j'ai presque eu ses talons dans la figure. La porte qui donnait sur le pont était grande ouverte. En passant, Per a jeté un coup d'œil dans le mess. Il était désert.

On l'a trouvée près du Zodiac. Sur le pont, un phoque, un trou dans la tête et du sang qui coulait. À côté, un tuyau d'arrosage prêt à servir et une planche en bois. Dana était là, brandissant le tiroir. En nous voyant, elle a gueulé :

– Il est où ? Je vais le tuer !

Per s'est approché d'elle.

– Calmez-vous, a-t-il dit. S'il vous plaît, Dana…

– Je le tuerai !

Elle pleurait à chaudes larmes à la vue du sang qui s'écoulait de la tête du phoque. J'ai fait deux pas en avant et jeté un coup d'œil vers les fenêtres de la passerelle. L'une d'elles s'est ouverte. Georg a passé la tête.

– Je croyais que tout le monde dormait, merde ! a-t-il crié.

Mais son apparition a suffi pour que Dana redevienne hystérique. Elle a fermé les yeux et crié. Un cri qui a retenti sur les vagues. Les oiseaux se sont posés sur l'eau et ont lissé nerveusement leurs plumes.

– Ah, Georg ! Tu comprendras jamais ? a crié Per.

– Je ne pouvais pas savoir, putain, qu'on avait encore ce genre de bonne femme avec nous cette fois-ci !

Per a arraché le tiroir des mains de Dana. Elle s'est assise à côté du phoque et l'a caressé en geignant. Derrière nous, d'autres personnes sont sorties. J'ai entendu Georg pousser un chapelet de jurons, comme seuls les gens du nord de la Norvège savent le faire. Per m'a tendu le tiroir et s'est accroupi à côté de Dana.

– Il faut comprendre. On nourrit les ours avec.

– Oh non ! C'est trop beau, c'est trop mignon, un phoque !

Georg a fermé la fenêtre d'un coup sec. Habillée d'une espèce de pyjama en velours, Izu est venue se placer à côté de moi. Elle claquait des dents, mais fixait Dana et le phoque. À ce moment, Pia est arrivée. D'une voix autoritaire, elle a voulu faire rentrer tout ce petit monde, fût-ce par la force. Oscar a suggéré qu'on donne à Dana un petit remontant.

– Oscar est psychologue, ai-je expliqué. Peut-être qu'il peut l'aider.

Pia a lâché prise et Oscar a proposé qu'on aille chercher Sigmund, qui, de toute évidence, n'avait pas été réveillé par ce remue-ménage.

– Il a peut-être des tranquillisants, a hasardé Oscar.

– J'y vais, a murmuré Pia.

Puis, à voix haute :

– Tout le monde rentre ! Il n'y a plus rien à voir !

Per avait réussi à remettre Dana debout. Elle titubait sur place, trop bouleversée pour garder son équilibre – sans parler du roulis. Per et moi l'avons ramenée au mess et je suis allée lui chercher une bière. Sur ces entrefaites, Pia est arrivée, hors d'haleine, avec un comprimé.

– Prenez ceci, a-t-elle ordonné.

Dana a avalé le comprimé avec une grande gorgée de bière. Per lui a donné des serviettes en papier pour qu'elle s'essuie le visage.

– C'est épouvantable, c'est affreux, a-t-elle bredouillé, en ajoutant toute une tirade en italien qui voulait sans doute dire la même chose.

– Pia va vous accompagner dans votre cabine, a dit Per.

Je suis montée sur la passerelle.

Georg était seul. Personne n'était monté pour exécuter la sentence de mort proclamée par Dana. Georg a rigolé quand il m'a vue.

– Putain, quel bordel ! Elle voulait me tuer avec un tiroir ?

– Je crois, oui.

– Encore une chance que j'aie dû monter pour barrer. Sinon elle m'aurait vu en train de le dépecer.

– C'est le coup de pistolet qui l'a réveillée ?

– Faut croire. Sa cabine est juste à côté. Mais j'ai pris le risque. Le phoque était tout près du bateau, sur une plaque de glace, y avait plus qu'à le cueillir.

– Ils étaient comment vos passagers la dernière fois ? Tu as dit tout à l'heure qu'il y en avait du même genre…

– Oui, tu sais, ces types de Greenpeace qui ne comprennent rien. Ah, ce que j'en ai marre, de ces mecs-là. On ne peut même plus tuer un phoque sans que le monde s'écroule…

Il a allumé une clope et entrouvert la fenêtre.

– Tout le monde est rentré maintenant ? La voie est libre ?

– Je crois.

– Et cette chouette italienne, vous l'avez bien amarrée à son lit, j'espère ?

– On lui a donné un comprimé. Et on lui a repris le tiroir.

– J'allais sortir mon couteau quand elle est arrivée. Si elle avait pu s'en saisir, elle m'aurait tué avec. Pour un phoque ! C'est ça qui est terrible avec ces gens-là… ils préfèrent les animaux aux hommes. Ils ne connaissent rien à la nature.

– Si tu veux, je peux te remplacer ici, en attendant.

– Tu ne sais pas ce qu'il faut faire, a-t-il répondu avec un sourire.

J'étais sur le point de lui raconter que je savais piloter un avion, et qu'un bateau, ça ne devait pas être plus difficile.

– On va descendre tranquillement, a-t-il dit. La mer est belle. Je vais le dépouiller, ce phoque.

Ce qui intéressait Georg, c'était la graisse. Dépouiller, ça voulait dire enlever la peau avec le tissu graisseux encore dessus. La tête et un mince filet de viande sanguinolente se terminant par la queue partaient par-dessus bord. Avec des gants de caoutchouc épais, Georg a découpé la graisse en morceaux avant de la mettre dans des sacs en plastique et de les fourrer dans une remise à outils, devant le Zodiac. Ensuite, il a lavé le pont et la planche en bois, pour faire disparaître les traces de sang. Pendant ce temps, j'ai fumé et suivi ses gestes avec attention. Toute l'opération n'a pris que quelques minutes.

– Elle va me détester pendant tout le reste du voyage, a-t-il murmuré. Je vais être obligé de faire gaffe, si je ne veux pas me faire botter les fesses.

– C'est vrai, il y a deux choses dont il faut se méfier dans la vie, me suis-je souvenue en riant.

– Oui, mais tu n'es pas la pire des chouettes, loin de là ! a-t-il répondu sur un ton moqueur.

J'ai récupéré le tiroir au mess en descendant, l'ai remis à sa place avec les papiers à l'intérieur. Dans ma cabine, j'ai pris mon matériel de dessin et esquissé la scène sur le pont : Dana avec le tiroir levé au-dessus de la tête, pendant que Georg repêchait le phoque sur la plaque de glace avec une gaffe. Sur une autre feuille, j'ai dessiné les deux renards qui jouaient, avec les montagnes en arrière-plan. J'ai bu du gin et continué à gribouiller pendant deux heures, en jetant de temps à autre un regard par le hublot pour mieux visualiser le paysage. Il était difficile de rendre les effets de lumière et l'air glacial, mais les montagnes étaient suffisamment caractéristiques pour donner vie à mes dessins.

Soudain, je me suis rappelé que le fameux tiroir contenait des cartes géographiques et je suis allée les chercher sur la pointe des pieds. Les autres passagers avaient déjà les leurs, mais je n'avais pas été aussi prévoyante qu'eux.

J'en ai trouvé une à ma convenance. Ce n'était pas une carte marine, mais une carte normale que même moi, je pouvais déchiffrer. De retour dans ma cabine, j'ai comparé la carte avec la vue circulaire de mon hublot, et j'ai compris qu'on entrait dans le Kongsfjord, avec le glacier Kongsbreen au fond. La montagne au milieu devait s'appeler le pic Grimaldi et il culminait à huit cent deux mètres.

Grimaldi. Ça sonnait italien. J'ai été prise d'un fou rire. Mais je l'ai vite étouffé pour que Per et Pia ne se rendent pas compte qu'on entendait tout d'une cabine à l'autre. Je n'avais pu m'empêcher d'imaginer une Italienne cinglée qui courait après Per en brandissant un tiroir en bois. Il m'a fallu une dernière lampée d'alcool et une clope pour me calmer, et j'ai recraché la fumée par le hublot, même si c'était interdit. Il ne manquerait plus qu'un détecteur de fumée se déclenche…

– C'est de plus en plus drôle, ai-je chuchoté à un oiseau qui s'était posé devant le hublot, dans l'espoir d'éventuels restes de nourriture. À la lumière de la nuit, ses plumes scintillaient dans des tons rose mat. L'oiseau a cligné des yeux avant de décoller à la verticale et de disparaître. Je me suis demandé si Andersen pensait à moi quelquefois, si je lui manquais.

Le petit déjeuner n'a pas été de tout repos. Tout le monde attendait Dana. On était à quai à Ny-Ålesund et une brume matinale s'était posée sur le fjord, recouvrant les montagnes et le pic Grimaldi par la même occasion. Je me suis soudain souvenu que c'était le nom de la famille princière de Monaco. C'est incroyable ce qu'on peut stocker comme informations inutiles, moi qui ne fais même pas de mots croisés. Je m'en fichais pas mal de la famille princière de Monaco, des milliardaires et de la jet-set aux placards remplis de services en argent Fabergé qu'ils ne méritaient pas…

Le buffet du petit déjeuner était assez simple : deux sortes de confiture, du fromage, du jambon, des filets de maquereau à la tomate et du porridge. Mais personne ne s'est plaint. Turid a étalé de la confiture sur le fromage et vidé un verre de lait avant de le remplir aussitôt. Puis elle est allée s'asseoir. Deux portions de produits laitiers pour avoir la bonne dose journalière de calcium, voilà ce que c'était de vieillir : l'angoisse de l'ostéoporose déterminait vos habitudes alimentaires.

Quand Dana est enfin arrivée discrètement, on avait repassé les événements de la nuit en quatre langues. Et deux camps s'affrontaient : ceux qui trouvaient que Georg était un Norvégien barbare et Dana une authentique idéaliste, et les autres, qui prenaient Dana pour une idiote et Georg pour un chasseur invétéré qu'il fallait accepter tel qu'il était. Samuel, Turid, Frikk, les Français et Izu appartenaient à la première catégorie, les autres à la seconde.

L'incident de la nuit avait donc provoqué une scission dans le camp japonais ainsi qu'entre Samuel et Oscar, qui, en temps normal, s'entendaient bien.

Tandis que Dana se servait au buffet, Oscar et Samuel discutaient à voix basse mais de façon très animée. Nuno et Sao faisaient la leçon à Izu, en sachant que personne ne comprenait ce qu'ils disaient de toute façon. Izu, toute honteuse, tête baissée, écoutait sans rien dire un sermon qui m'a paru très sévère. Aucun des deux Japonais ne souriait cette fois-ci. J'ai trouvé qu'ils allaient trop loin.

– Ça suffit, arrêtez, ai-je dit.

Les trois m'ont dévisagée.

– Elle a le droit de penser ce qu'elle veut, ai-je continué.

– Comment ? a dit Sao, ou Nuno.

J'ai répété, mais je me suis vite rendu compte que ma phrase, linguistiquement parlant, était trop compliquée pour eux. J'ai fait un signe de la main vers Izu en affirmant :

– Elle pense ce qu'elle veut !

Ça les a sidérés. Nuno et Sao m'ont regardée d'un air méchant. Quel soulagement de voir autre chose que leurs sourires niais ! Une situation de rêve, en somme. Mais Samuel a renchéri :

– Je suis entièrement d'accord avec Dana. Georg n'a pas le droit de zigouiller comme ça un phoque qui ne lui a rien fait.

– Bien sûr que si, ai-je rétorqué. Bienvenue en Norvège !

– Mais je croyais que… comme tu…

Il a fait un geste empreint de confusion en direction des Japonais.

– Izu a le droit d'avoir son opinion sur la question. Et moi, j'ai le droit d'avoir des bottes en peau de phoque à la maison.

– Allez, on se calme, a murmuré Oscar.

– Turid et Frikk sont norvégiens, eux aussi, a repris Samuel, et ils ne trouvent pas que Georg…

Je l'ai interrompu :

– Parce que tu crois que tous les Norvégiens ont le même avis ?

J'ai continué en baissant la voix :

– Turid… a toujours acheté sa nourriture dans les supermarchés sans se poser la moindre question. Quant à Frikk… c'est un jeune rêveur.

Samuel a murmuré quelque chose du style « les supermarchés n'ont rien à voir là-dedans », mais je n'ai pas relevé. J'ai constaté que Turid se servait un troisième verre de lait. Ses mains ressemblaient à des serres d'aigle, son larynx montait et descendait quand elle avalait. La peau de son cou était toute ridée.

Dana s'est assise seule à une table, sans prévoir que tout le monde passerait devant elle pour sortir du mess. Le petit déjeuner a été vite englouti, on allait bientôt aller à terre. L'argent liquide et les cartes de crédit brûlaient les poches des touristes, les miennes incluses. Dana a laissé pendre ses cheveux devant son visage comme pour se cacher. Elle mangeait du porridge avec une cuiller à café, sans avoir ajouté de sucre ; visiblement, elle ne savait pas ce que c'était. Je l'ai trouvée bien courageuse d'avaler cette bouillie telle quelle. Samuel lui a touché l'épaule en passant et Izu lui a même fait la bise. Elle a alors levé ses yeux rougis. Les Français lui ont fait le V de la victoire, et avec tout ce soutien psychologique, elle a dû se sentir regonflée. Georg avait raison : il avait intérêt à faire gaffe pour la suite du voyage s'il ne voulait pas se faire botter les fesses.

Dehors, pas de vent, un air humide, une lumière diffuse à cause de la brume. J'en ai grillé une sur le pont avant de descendre chercher mon porte-monnaie, tandis que les autres débarquaient déjà, tout excités à l'idée de dépenser leurs couronnes. J'ai pensé aux vieux panneaux le long de l'autoroute E6, avant les stations d'essence : *Dernière station avant la montagne.* Cela aurait pu être marqué ici aussi. *Dernière station avant le Grand Nord 79°N.* Sept ou huit maisons et quelques pylônes. Quelques autochtones marchant d'un pas lent, fusil sur l'épaule. Jean a aperçu un renne qui broutait tranquillement près d'une maison, et il s'est mis à courir, avec son appareil photo. La différence entre lui et Philippe, c'est que Philippe portait une vraie Rolex !

Per et Pia ont débarqué, suivis de près par Sonja. Elle paraissait invisible, tel un petit fantôme : jeune, d'une beauté diaphane. Lena est sortie sur le pont et a crié :

– N'oublie pas, de la bière light !

Sonja a hoché la tête et s'est dirigée vers les maisons.

Une rafale de vent a apporté une odeur horrible. Une puanteur remontant de la proue. Est-ce que ça pouvait être de la graisse de phoque ? J'ai cherché à savoir d'où ça venait, et là, devant le *Ewa*, j'ai aperçu un petit bateau de pêche à quai. Des hommes en cirés sales s'affairaient autour des poissons, certains suspendus pour sécher et d'autres dans des caisses sanguinolentes. Le pont était jonché de vidures de poissons.

Georg est arrivé derrière moi.

– Oui, c'est pas beau à voir. Leur bateau est chargé à ras bord.

J'ai hoché la tête.

– Ils viennent des îles Féroé et ils ne peuvent pas s'approvisionner en diesel, parce qu'ils n'ont pas d'argent. Mais la compagnie minière Store Norske a déclaré qu'ils se portaient garants, j'ai entendu ça à la radio. En attendant que la compagnie minière verse la caution au pompiste, ils traitent le poisson pêché à quai.

– Ils doivent rentrer chez eux ?

– Non, ils vont à Smutthålet, dans la mer de Barents. Et ils en ont pour trois jours, avec ce rafiot. Autant te dire qu'en cas de tempête, ils sombrent corps et biens… Tu vas à terre ?

– Oui, et toi ?

– J'ai pas envie. Par contre, je veux bien que tu m'achètes du tabac Rød Mix…

– Bien sûr. Je vais chercher mon porte-monnaie. Il faut que je prenne mon billet d'avion ?

– Non, ici, tout est libre. Personne ne met son nez dans les affaires des autres.

– Tu parles ! Il n'y a pas un endroit au monde où les gens ne se mêlent pas de ce qui ne les regarde pas.

Je suis allée chercher mon argent. Georg m'a suivie puis s'est dirigé vers sa cabine.

– Tiens, prends ça, je ne veux pas que tu m'avances les sous. Et quand Sigmund sera réveillé, on pourra descendre dans ma cabine… Je vais demander à Sonja de changer mes draps…

– Allez, monte à la passerelle, espèce de tueur de phoque ! Tu veux combien de paquets de tabac ?

– Cinq, et du chocolat avec ce qui reste ! Et n'oublie pas le papier à cigarette !

Les autres avaient filé dans la boutique tandis qu'Izu était restée seule auprès d'un renne. L'animal broutait, l'air concentré, la truffe enfouie dans la mousse.

– Merci, a dit Izu.

– Oh, ce n'était rien.

– Ils sont gentils… ils ont peur pour moi…

– Peur ? Pourquoi ?

– Ils me surveillent. Pour qu'il ne m'arrive rien… rien de…

J'ai compris pourquoi les Japonais ne pouvaient pas suivre un film américain. Izu cherchait ses mots. Quelle calamité de vivre dans un pays où tous les films étaient doublés.

– De grave ? ai-je proposé.

Izu a fait oui de la tête, tout excitée.

– Qui sont-ils ? Votre mari, vos frères ?

– Oh non !

Elle a eu un petit rire. Un rire ordinaire, sans enthousiasme.

– Sao est mon… avocat, et Nuno mon… manager.

– Votre avocat et votre manager ?

J'étais incrédule.

– Vous comprenez… au Japon, je suis une… star.

Elle a prononcé ces mots comme une banalité.

– Une star de cinéma ?

– Oui, j'ai fait quelques films. Et de la publicité. Du théâtre… de la scène…

– Vous êtes très connue ?

– Connue, oui ! Quand je suis dans la rue… il y a du monde partout autour de moi… ils veulent me toucher… avoir un autographe.

– Mais pas ici.

– Non ! Pas connue ici ! Le Japon est loin !

J'ai pensé à certains chanteurs de rock norvégiens qui, en peu de temps, sont devenus très populaires au Japon. J'avais vu à la télévision des images d'adolescentes japonaises hystériques derrière des barrières de police. Puis j'ai regardé Izu, à côté de moi, en baskets, vêtue d'une salopette noire à capuche jaune. Sans maquillage et avec les cheveux attachés en queue-de-cheval. Une petite femme japonaise avec des montagnes brumeuses en arrière-plan.

– Vous gagnez beaucoup d'argent ? ai-je demandé sans réfléchir.

– Oui, beaucoup, beaucoup ! On a un grand immeuble à Tokyo avec plein de bureaux. Tout le monde travaille pour Izu !

– Vous n'êtes pas mariée ?

– C'est trop tard, je suis mariée à mon travail. Au Japon, on se marie seulement quand on est jeune – ce qui n'est pas mon cas –, et, en plus, une épouse n'a pas le droit de travailler !

Elle a fait un grand sourire.

– Alors Sao et Nuno sont à votre service.

– Oui. Ils ont eu peur quand je voulais venir ici. Ils n'aiment pas… ce bateau. Beaucoup trop petit. Trop petit !

Izu était leur gagne-pain, bien sûr qu'ils devaient avoir peur, aussi peur que les gardes du corps de Michael Jackson. S'il lui arrivait quelque chose… Mais pourquoi vouloir à tout prix qu'elle partage leurs opinions ?

– Vous allez faire du shopping ? lui ai-je demandé.

– Non. J'ai tout ce qu'il me faut. Ce que je veux, c'est regarder le… le…

– Le renne arctique. *The arctic reindeer.*

Mon professeur d'anglais aurait été fier de moi…

Il fallait se déchausser avant d'entrer dans le magasin. Les rayons regorgeaient de flacons de parfum, de cigarettes et de chocolats, pourtant on était seulement à quelques heures de bateau de Barentsburg. Les marchandises étaient vendues par cartons entiers, parfois cinq d'un coup. J'ai acheté des cartouches de cigarettes, du tabac Rød Mix et du papier. Le sol tanguait sous mes pieds, mais dès que je bougeais, ça s'arrêtait. J'ai planté mes jambes solidement en terre pour pouvoir garder l'équilibre. Si je restais ici trop longtemps, j'attraperais le mal de mer. J'avais déjà mal au cœur.

– S'il vous plaît, trois grandes boîtes de cacahuètes ! ai-je demandé.

En fait, je voulais acheter du chocolat, mais mon état nauséeux m'a fait changer d'avis et j'avais plutôt envie de choses salées. Pour Georg, j'ai pris une boîte de cinq barres de Daim. Il n'avait pas mal au cœur, lui.

Oscar et Samuel étaient plongés dans des livres d'images sur le Svalbard, les mêmes que dans le petit salon à bord. Ici, on pouvait les acheter, ce que Samuel, visiblement, avait l'intention de faire.

Turid se trouvait devant un alignement de pulls. Cette fois, plus de robes à paillettes confectionnées par des Russes, mais des pulls chics en laine avec des ours polaires sur le devant. Frikk regardait un à un les pulls que Turid lui montrait, en secouant la tête, pour bien faire comprendre qu'il n'en avait rien à faire. À la fin, Turid a tapé du pied et l'a enguirlandé. Le jeune homme a courbé la nuque et il a montré du doigt un pull noir avec un ours blanc, agrémenté de galons tissés au cou et aux manches. Turid est partie avec le pull et l'a déposé devant la caissière, avec sa Carte bleue par-dessus. En cachette, j'ai examiné le visage de Frikk. La rébellion s'y lisait, mais derrière, j'apercevais autre chose.

– Joli pull, ai-je dit. Tu en as de la chance.

– Bof…

– Conduis-toi comme il faut, a dit Turid à voix haute.

Elle regardait Frikk à travers ses loupes et m'a fait son plus beau sourire.

Je suis rentrée la première au bateau. Georg était au mess, en train de finir la compote de pruneaux à même le plat de service, un pot de crème fraîche posé à côté.

– Déjà revenue ? a-t-il lancé.

– Les autres vont faire une visite touristique pour voir la tour. Tu sais, là où était amarré le dirigeable Norge.

– Mais pas toi ?

– J'ai pas le courage. Je suis fatiguée.

Je me suis affalée dans le fauteuil en face de lui.

– Sonja a changé les draps de mon lit…

– Ce que tu peux être bête. Tiens, ton tabac.

– Tu ne sais pas que le Svalbard est une seule et même zone érogène ? Tu vas voir…

– Je vais voir quoi ?

J'ai commencé à rigoler, lorsque j'ai aperçu son regard de vieux dragueur. Pas possible… Georg ? Un vieux loup de mer de plus de cinquante ans ?

– Tu verras quand ça sera le moment. Maintenant, on va vers le nord. Dans les contrées sauvages. Tu sais, j'en connais un rayon, question chouettes. Je sais ce qu'elles aiment ! Tu verras comme c'est agréable d'avoir un bras où poser sa tête…

– C'est pas les bras masculins qui manquent à bord.

– Tu penses à Sigmund ?

– Non… mais peut-être Jean, ou Philippe ?

– Ces frimeurs ? Pfft, ils ne sont pas dignes de toi. En plus, ils dorment dans la même cabine. Dieu sait ce qu'ils trafiquent ensemble… Ah, je sais ce que je vais faire : demander à Sonja s'ils utilisent les deux couchettes.

– Arrête, Georg, t'es fou.

– Un peu fou, mais un bon coup au lit, crois-moi. N'oublie pas que j'ai une grande expérience… je suis vieux garçon depuis vingt ans ! Et je sais rester discret…

– Discret ? Quand tu tues des phoques juste sous les fenêtres des gens de Greenpeace ?

– Ah merde… j'avais oublié. Qu'est-ce qu'elle a fait comme foin, celle-là. Elle est descendue à terre ?

– Bien sûr. Elle a acheté du parfum et des cartes postales, et a retrouvé sa forme en un rien de temps.

Sigmund est arrivé. S'est servi un café, a cherché du pain et de la confiture dans la cambuse, et s'est lancé dans une conversation avec Georg sur le minable bateau de pêche qui partait pour Smutthålet. Pour provoquer un peu Sigmund, je me suis immiscée dans la discussion. À ma grande déception, je me suis rendu compte qu'il était d'accord avec moi.

– Non, la Norvège n'a pas le monopole de la pêche dans la zone protégée, c'est clair.

– Bien sûr que si, putain ! a protesté Georg.

– Non ! ai-je dit. Tu ne sais pas que les revenus de l'Islande proviennent à quatre-vingts pour cent de la pêche ? Pour la Norvège, ce n'est que dix ou vingt.

– C'est ce que je dis, a insisté Georg. Ils ratissent tellement les fonds qu'il n'y a plus de poissons. T'as vu leurs chalutiers ? Ils sont si gros et si sophistiqués qu'il leur faut attraper vingt tonnes de poisson par jour pour les rentabiliser. C'est foutu d'avance.

– Si on avait mené des négociations sérieuses, on aurait pu se mettre d'accord sur les quotas, a ajouté Sigmund. Au lieu de ça, c'est la pêche illégale partout dans la mer de Barents.

– Pêche illégale, oui, c'est le moins qu'on puisse dire ! Ils prennent tout. Et j't'parle pas des Espagnols ! Avec des mailles de filet qui sont plus fines que celles d'un tricot de corps ! Alors ne viens pas me parler de quotas… ils ne connaissent même pas le terme ! Ils n'ont aucune notion de l'équilibre écologique. Je sais de quoi je parle. Des golden boys, en quelque sorte… mais de la pêche !

– Si on les avait invités à prendre part aux décisions, ils se seraient peut-être sentis plus responsables, ai-je hasardé. C'est comme un môme qui découvre un paquet de bonbons dans un placard et qui se sert sans demander l'avis de personne. Si ce même gamin avait eu des bonbons à lui, il aurait peut-être fait attention à sa consommation, il en aurait gardé un peu pour plus tard, mais comme c'est à sa mère, il n'a aucun scrupule ! Parce qu'il ne se sent pas responsable.

– Très juste, a dit Sigmund.

– Ah, vos gueules, tous les deux ! a répondu Georg. Vous n'y connaissez rien. Des bonbons, je rêve ! C'est franchement pas la question. Bonne nuit.

Dana aussi est allée se coucher. Elle avait sans doute du sommeil à rattraper. Le reste du groupe s'est réuni au mess. Les moteurs se sont mis en route et on a pu repartir, enfin, vers le nord. Per s'est installé à côte du tableau blanc et nous a fait un exposé sur les dérives de la banquise. Un vent venant du pôle poussait la glace flottante vers le sud à une vitesse qui peut atteindre jusqu'à vingt kilomètres par heure. Par vent de sud, la voie était libre pour contourner la pointe ouest du Svalbard. Il était important de passer ce cap, car après, en général, vers l'est, il n'y a pas de banquise au mois d'août. Le but du voyage était de contourner toute la Terre du Nord-Est. Pour l'heure, le vent soufflait du sud-ouest, ce qui nous était favorable. Pia illustrait les propos de Per avec des aimants qu'elle plaçait sur la carte affichée au mur. Ils sont vraiment complémentaires, ces deux-là, me suis-je dit en allant chercher une Carlsberg. D'autres ont suivi mon exemple, et j'étais ravie de voir que je n'étais pas la seule à ne pas tenir compte de l'heure quand j'avais envie d'une bière.

Tout le monde était de bonne humeur. On allait enfin pouvoir atteindre les grands espaces sauvages. Cela faisait trois ans seulement que le *Ewa* et un autre bateau avaient pu contourner l'ouest du Svalbard. On allait débarquer à terre, marcher sur un sol vierge !

– Ça peut être des endroits où personne n'a encore jamais posé le pied, car le sol a été recouvert de glace jusqu'ici, nous a informés Per.

Il a profité de l'occasion pour nous refourguer un cours sur la fonte des glaces et le réchauffement climatique. Ça m'a donné envie d'une autre bière et je l'ai bue vite, pour rester éveillée.

C'est un exercice délicat, cette histoire de bière light. Il faut savoir bien doser, pour sentir les effets de l'alcool et éviter la somnolence. On n'a pas ce genre de problème avec une bière plus alcoolisée. On est sûr d'avoir l'ivresse avant de devenir léthargique.

– Dans cinq heures, on arrivera au Magdalenafjord, a annoncé Per, en prononçant *fjord* en anglais. Il nous a promis une découverte extraordinaire, avec un glacier débouchant en plein fjord.

– On pourra prendre des photos ! s'est écrié Philippe, enchanté.

Per et Pia ont fait oui de la tête.

– Et ce soir on va à terre, au port de Virgo, a conclu Per.

– Au fait, on est quel jour aujourd'hui ? ai-je soudain demandé.

– Jeudi, a répondu Pia.

– Quoi ? Seulement jeudi ? Ça veut dire qu'on est monté à bord hier ?

– Oui, c'est ça, a confirmé Pia.

C'était incroyable. Dire qu'hier matin, j'étais encore devant chez moi, à attendre le taxi, en fumant une cigarette !

Mais malgré mes précautions, je n'avais pas bu assez vite pour obtenir l'effet souhaité. La fatigue avait raison de moi. J'aurais dû carburer au gin pur ! Je suis donc descendue dans ma cabine et je me suis jetée sur ma couchette. J'ai profité du roulis qui me berçait et du doux bruit des moteurs. Je m'étonnais moi-même de m'être habituée si vite à vivre sur un bateau. Le sol dans le magasin avait semblé tanguer, mais dès que j'avais remis le pied à bord, ma nausée avait disparu et ça ne tanguait plus.

Sigmund était sur la passerelle et Georg dormait dans ses draps tout propres. Il m'avait fait comprendre que j'étais la bienvenue dans sa couchette, mais j'avais réussi à détourner son invite sexuelle en lançant une discussion enflammée sur la pêche islandaise dans les zones protégées.

Je me suis réveillée une jambe à l'intérieur de la housse de couette, le reste des draps enroulé autour de moi. J'avais beaucoup transpiré. J'avais dormi quatre heures. Enveloppée dans une serviette, je me suis précipitée dans la cabine de douche. Peu importe si on me voyait. J'ai utilisé tellement d'eau que le bateau, plus léger, a dû remonter de dix centimètres à la surface de la mer. J'ai fait ce que j'avais envie de faire, comme je voulais, au moment où je voulais. J'étais libre. Et je n'avais pas bu. Enfin, pas encore. J'ai rectifié aussitôt le tir en m'habillant : du gin tiède avec une poignée de cacahuètes. Après, j'ai fait dix abdominaux au sol, tout heureuse de pouvoir étirer mes jambes.

– Vous vous rendez compte qu'il y a des gens qui croient que le blanc est une couleur uniforme, a déclaré Oscar.

Nous étions accoudés au bastingage, tandis que le bateau entrait doucement dans le Magdalenafjord. C'était un fjord étroit, à l'échelle du Svalbard. La mer était couverte de bouts de banquise, de plaques de glace, de toutes les tailles. Les couleurs allaient du blanc sale au turquoise profond. À l'avant du bateau, Per tenait salon. Les moteurs tournant au ralenti, on entendait clairement ce qu'il disait : la glace aux reflets turquoise était la plus ancienne, elle pouvait remonter à des milliers d'années.

Un morceau de glace s'était détaché du glacier et il nous a promis qu'on allait en récupérer un peu pour l'apéro.

– Vous savez ce que c'est, ces oiseaux-là ? ai-je demandé à Oscar en pointant du doigt.

À mon avis, c'étaient les mêmes que ceux qui nous suivaient depuis le début. Très gros, ressemblant à des goélands.

– Ce sont des goélands ?

– Des fulmars boréals, a répondu Oscar, aussi appelés des pétrels fulmars, les amis du marin. J'ai trouvé leur nom dans un des livres au salon. Au fait, entre Turid et vous, il y a eu une dispute ?

– Comment ça ? Pourquoi vous me posez cette question ?

– J'ai pensé… peut-être qu'elle a entendu ce que vous avez dit sur la chasse au phoque et les supermarchés, je ne sais pas…

– Pourquoi, ça vous a frappé ?

– Ce qui me frappe, c'est qu'elle a une drôle de façon de vous regarder dès que vous avez le dos tourné. Quand vous sortez du mess, par exemple, et aussi quand vous êtes sortie du magasin à Ny-Ålesund.

– Et elle me regarde comment ?

J'ai essayé de dire ça en riant. Oscar aussi a souri et a répondu :

– Je ne sais pas trop… C'est pas méchant comme regard, mais ce n'est pas franchement amical.

– Bizarre…, ai-je dit.

Per nous a appelés.

– Vous ne voulez pas venir écouter ?

– On vous entend d'ici, a répondu Oscar.

Et à moi, à voix basse, il a chuchoté :

– On se croirait à la maternelle.

J'ai laissé mon regard traîner sur une plaque de glace turquoise surmontée d'une formation ressemblant à l'Arc de Triomphe à Paris, et j'ai songé : Du calme, tout va bien se passer. Pas de panique.

J'ai allumé une cigarette en disant à Oscar :

– Oui, c'est comme à l'école. Il faudrait vivre les choses sur commande, à la queue leu leu… À vrai dire, je m'en fous complètement du réchauffement climatique.

– Je ne vous crois pas !

– Si, honnêtement. J'en ai rien à cirer. Je n'ai pas d'enfants, pas d'héritiers, pas de famille pour me survivre. Moi, je serai morte bien avant que New York se trouve sous l'eau et que l'effet de serre ait tout bousillé. Je me fous des forêts pluviales aussi. Elles sont trop loin. D'autres n'ont qu'à s'en occuper.

– Mais vous êtes venue ici pour visiter le Svalbard !

– Oui, pour prendre des vacances. Loin de tout. Je n'aime pas les voyages dans le Sud où on vous présente le menu en espagnol et en suédois. D'ailleurs je n'aime pas les Suédois, et il y en a plein dans le sud de l'Europe. Des Suédois et des Allemands… beurk…

– Vous êtes vraiment raciste.

– Vous me l'avez déjà dit. Parlez-moi plutôt de vous, de votre travail.

Il n'en a pas eu le temps, car on s'approchait du bord du glacier, et Per ne tolérait plus que certains fassent bande à part.

– Venez ici tous les deux ! a-t-il crié d'une voix autoritaire.

On a obéi.

Au bastingage, je me suis mise à côté de Turid, en espérant qu'Oscar le remarque.

– La face du glacier fait soixante mètres de haut ! *Two hundred feet* ! a hurlé Per.

Cela ne me disait pas grand-chose, je n'avais pas d'éléments de comparaison et je pensais qu'on était plus près du glacier. Constitué de couches successives de turquoise, foncé en bas, plus clair vers le haut, il me paraissait énorme. Au milieu, le tunnel du glacier ressemblait à une gueule béante, d'où s'écoulait de l'eau claire qui, mélangée à de l'eau de mer, formait comme un éventail. À l'instar de tous les Norvégiens, je m'étais souvent promenée dans les régions montagneuses et ce n'était pas la première fois que je voyais un glacier. Mais c'était sur le continent, pas en pleine mer. Tel le glacier Buar, un des trois bras de l'immense Folgefonna : j'avais été muette d'admiration en le découvrant, il y a quelques années. Pourtant c'était un trou de souris, comparé à l'énorme ouverture dont on s'approchait maintenant. J'ai vu des oiseaux qui, inconscients du danger, volaient à l'intérieur, et ça m'a permis d'avoir un ordre de grandeur. L'ouverture devait faire au moins trente mètres de haut. Au bord, j'ai aperçu des fissures.

– Peut-être que tout le truc est en train de se détacher ? ai-je suggéré.

– C'est juste des petits bouts, a répondu Per, mais il a demandé à Sigmund de faire machine arrière. Le bruit des moteurs a changé, mais l'inertie du bateau a continué à nous pousser vers le glacier.

Soudain, on a entendu des craquements sourds. Des morceaux de glace ont dégringolé dans la mer en provoquant de grosses éclaboussures glacées. Penchés par-dessus le bastingage, Philippe et Frikk photographiaient avec frénésie. Izu a posé pour Sao ou Nuno avec le glacier en arrière-plan. Notre bateau ne bougeait plus et il était tout près de la paroi de glace. Beaucoup trop près, ai-je songé à l'instant où j'ai vu se détacher toute la partie de glace au-dessus du tunnel. Le gigantesque morceau est tombé, comme au ralenti, provoquant une vague colossale, tel un mur d'eau, qui s'est dirigée vers nous…

Per a hurlé :

– Attention !

J'ai lâché ma cigarette et je me suis cramponnée au bastingage. Notre bateau était perpendiculaire au mur d'eau. Quand la vague nous a frappés, le *Ewa* s'est dressé verticalement, avant de basculer vers l'avant, et de piquer du nez dans la mer. Pendant la courte seconde où l'on s'est retrouvés tête en bas, face au glacier, j'ai cru voir le fond de la mer et le sourire de Marie-Madeleine, puisque le fjord portait son nom.

À cet instant, j'ai senti Turid m'agripper les côtes, comme le grappin d'une grue qui m'aurait soulevée pour me lâcher dans l'eau. Je me suis jetée en arrière et je suis retombée par terre sur les fesses. Tout le monde s'était mis à hurler. Dana et Izu plus fort que les autres. Le dos tourné, Turid s'agrippait de nouveau au bastingage avec ses deux mains. Je n'ai pas pu voir l'expression de son visage.

Per faisait de grands signes à Sigmund. Frikk gueulait :

– Mon appareil photo, merde !

Le bateau était ballotté par les remous de la vague, les moteurs s'emballaient. Le *Ewa* a fortement gîté quand Sigmund, au lieu de reculer, l'a fait avancer à pleine vitesse en décrivant un arc de cercle pour revenir au point de départ.

– Mon appareil photo ! a hurlé Frikk.

Turid l'a tiré par la manche.

– Je t'en achèterai un autre !

– Mais les photos… !

Izu pleurait, Dana aussi, naturellement.

– Il s'en est fallu de peu ! a lancé Samuel en se séchant le front avec un geste théâtral.

– C'était génial ! a commenté Oscar. C'est bien pour ce genre d'expérience que vous êtes venu, Sam, non ?

– Je m'en serais volontiers passé, a dit Per.

– Mon Dieu, j'ai failli passer par-dessus bord, a lancé Turid, sans me regarder. Si je n'avais pas pu me cramponner à Bea, je ne sais pas comment je m'en serais sortie !

– Per, c'est pas une raison pour oublier la glace pour l'apéro, ai-je rappelé.

– Vous n'avez pas eu peur qu'on chavire ?

– Non, c'est pas ça qui m'a fait peur.

La thérapie psychiatrique post-traumatique consiste à parler à satiété de l'événement qui vient d'avoir lieu, jusqu'à ce que le travail mental dédramatise les faits.

Autour d'un café accompagné d'un gâteau à la banane encore tiède et de sandwichs, chacun a raconté sa version de l'incident, et on aurait pu croire qu'on n'était pas sur le même bateau. Le visage rouge d'excitation, Dana et Izu comprenaient qu'elles avaient, pour ainsi dire, frôlé la mort.

J'ai pris du café avec du cognac. Georg s'était réveillé et regrettait d'avoir loupé le spectacle. Dana n'a même pas daigné le regarder. Lena et Stian s'étreignaient, soulagés.

– Une expérience aussi authentique où chacun se trouve en prise directe avec les forces naturelles, ça devrait être compris dans le programme ! Vous devriez l'indiquer dans vos brochures, ai-je suggéré, vous pouvez être sûrs que vos expéditions afficheraient toujours complet.

– Toi, tu n'as même pas eu peur, je parie, m'a lancé Georg, la bouche pleine de gâteau.

– Elle est tombée, a dit Oscar.

– Je suis tombée, mais je n'ai pas eu peur, ai-je rectifié.

– Quelqu'un a perdu son appareil photo, non ? a demandé Georg.

– Oui, Frikk, ai-je répondu. Et moi, j'ai perdu ma cigarette, pas de bol !

Per s'est posté à l'endroit habituel pour essayer de calmer les esprits. Il a été interrompu par Nuno et Sao dont les rudiments d'anglais ont été mis à rude épreuve. Ils ont évoqué les responsabilités conjointes du propriétaire du bateau et de l'agence de voyages. Il s'agissait d'évaluer le préjudice qu'aurait subi leur chère Izu si elle avait été engloutie par les paquets d'eau. Plusieurs personnes, dont Per et Pia, savaient à présent qu'Izu était une star dans son pays. Cette dernière a voulu prendre tout cela à la rigolade en pouffant de rire comme Dana. Mais j'ai bien vu qu'elle évitait tout contact oculaire avec son avocat et son manager.

– Et ce soir, on va à terre, ai-je poursuivi. On rencontrera sûrement une bande d'ours polaires qui nous déchiquetteront en mille morceaux.

Per m'a jeté un regard sévère. Je l'ai rassuré :

– J'ai dit ça en norvégien. Ces trouillards n'y comprennent que dalle.

– Changeons de sujet, a-t-il répliqué, mais il était trop jeune et inexpérimenté pour savoir que c'était la dernière chose à dire à quelqu'un comme moi, cynique et à moitié ivre.

C'est pourquoi j'ai continué, sans mollir :

– Si quelqu'un d'entre nous meurt, est-ce qu'on est obligés de faire demi-tour ?

– Oui, a répondu Georg. C'est un cas de force majeure qui interromprait le voyage. Après, on devrait passer des heures dans le bureau du préfet du Svalbard pour s'expliquer.

– Eh bien, ça vaudrait le coup d'en discuter, ai-je repris, puisque ça gâcherait les vacances de tous les autres.

– Ne parlons pas de malheur, a chuchoté Per.

Je me suis levée, et j'ai tout répété en anglais, lentement, en terminant par :

– Pourquoi on ne ferait pas un deal… une sorte de contrat… dans lequel on préciserait que si l'un de nous venait à mourir, les autres pourraient malgré tout finir le voyage ?

Samuel a hoché la tête.

– Ça me paraît sensé.

– Moi, si je crevais, j'en aurais rien à foutre de ce que vous feriez, a dit Frikk.

– Même si Frikk s'exprime d'une manière, disons, un peu… immature, je suis d'accord avec lui, a renchéri Turid.

– Et vous ? ai-je demandé aux Japonais.

Izu a fait oui de la tête.

– D'accord.

Mais Sao et Nuno ont protesté.

– Pas d'accord, se sont-ils écriés d'une seule voix.

– C'est moi qui décide ! a affirmé Izu.

On aurait pu entendre une mouche voler. L'heure était grave. Mais il ne s'est rien passé, car l'un des Japonais a ajouté une phrase qui a vraisemblablement embarrassé Izu.

– Très bien, ai-je dit en norvégien. Les Japonais ne peuvent pas se permettre de mourir, sinon notre périple autour de la Terre du Nord-Est tomberait… à l'eau. Et vous, Philippe ?

– Moi, ça ne me dérange pas, a-t-il répondu.

Jean a acquiescé.

– Et vous, Oscar ?

– Mais c'est quoi, toute cette histoire ? a-t-il dit en riant. On ne prend pas ce genre de décision comme ça !

– C'est bien mon avis, a approuvé Per.

– Peut-être, mais c'est ce qu'on vient de décider entre nous, ai-je rappelé. Alors, Oscar ?

– Bon, bon.

– Je ne vois pas pourquoi les guides et les membres de l'équipage auraient besoin d'être d'accord avec nous, puisque c'est nous, les passagers, qui payons pour ce voyage ! ai-je ajouté, sur un ton ferme.

Ce qui avait commencé sur le ton de la plaisanterie se terminait par un accord bien précis, mais chèrement payé, pour ma part. Car à voir l'expression des yeux de Per, il ne faisait aucun doute sur l'identité de la personne qu'il aurait aimé voir mourir sur-le-champ.

– Je ne comprends pas pourquoi ça vous dérange, ai-je poursuivi avec un sourire innocent.

– Parce que vous leur faites peur. Et…

– C'est ça qui vous dérange ?

– Il faut que j'en parle à Sigmund.

– Pas la peine. Je monte de ce pas sur la passerelle.

Quand on assume, on va jusqu'au bout.

Sigmund a eu l'air intrigué de me voir arriver.

– Je croyais que c'était Georg, a-t-il dit.

– On s'est tous mis d'accord sur un truc. Sauf Sao et Nuno, et peut-être Izu.

– D'accord sur quoi ?

– Que si par malheur l'un de nous mourait pendant le voyage, les autres ne seraient pas tenus d'interrompre l'expédition.

– Comment ?

– C'est-à-dire que ça nous a paru naturel de parler de la mort quand on a vu s'effondrer le tunnel du glacier sous nos yeux. Ce serait trop con de faire demi-tour dans ce cas-là.

– Trop con… ?

– Oui. C'est une affaire réglée. De toute façon, c'est nous qui payons… Voilà, c'est tout ce que je voulais vous dire. À plus tard.

Au moment de sortir, j'ai vu que la porte du placard sous la table des cartes était entrouverte. Un petit bout de caoutchouc orange dépassait de l'ouverture. Intéressant… Sigmund avait donc sa combinaison de survie personnelle à portée de main. Et de toute évidence, il avait pensé en avoir besoin récemment. L'incident avait dû être bien plus dangereux que ce que j'avais compris dans ma petite tête.

– Mais en définitive, c'est vous qui décidez, ai-je ajouté par souci de diplomatie.

Puis j'ai descendu l'escalier quatre à quatre.

– Un phoque ! a hurlé Frikk en déboulant dans le mess.

Devant mon deuxième cognac, je me réjouissais à l'idée de notre prochaine sortie à terre. Un tour en Zodiac à fond les manettes, peut-être plein d'ours et un peu d'histoire ancienne. Pia nous avait brossé un tableau, de manière étonnamment vivante, sur la chasse à la baleine qui avait eu lieu pendant des centaines d'années dans cette région. Des milliers de marins venus des quatre coins du monde y avaient capturé des baleines avec des harpons. À bord de bateaux à rames, ils encerclaient la baleine pour l'épuiser, en priant pour qu'elle ne plonge pas dans les profondeurs, auquel cas, elle entraînait les bateaux avec elle et faisait de nombreux morts, en gros un homme d'équipage sur cinq.

La baleine était ensuite cuite à terre. C'était l'huile qui intéressait les chasseurs, et l'odeur devait être particulièrement épouvantable. Pia nous avait promis qu'on irait voir les usines à huile, au port de Virgo, d'où était partie l'expédition en ballon d'hydrogène de Salomon August Andrée, un Suédois, vers le pôle Nord. Elle était en train d'expliquer l'échec de cette tentative, quand Frikk était arrivé au pas de course.

Un phoque ? Et alors ? Comme si on ne savait pas à quoi ça ressemblait ! À moins que ce soit un bébé phoque tout mignon à immortaliser avec un appareil photo ?

– *Stampede !* me suis-je écriée en voyant les gens se ruer vers la sortie, non sans avoir décroché leurs doudounes au passage.

Samuel a été le seul à comprendre ce terme typiquement américain qu'emploient les éleveurs de bétail. Il m'a adressé un grand sourire :

– Un phoque ! Extraordinaire !

On s'approchait du port de Virgo à travers des chenaux étroits. Georg nous avait rassurés : la profondeur de l'eau était largement suffisante pour passer.

J'ai rejoint les autres pour fumer une cigarette et je me félicitais de ne pas avoir d'appareil photo. Tout penaud, Frikk regardait le phoque sur la plaque de glace, incapable de profiter du spectacle dans la mesure où il ne pouvait pas le photographier.

Le phoque, bien grassouillet, s'est retourné sur le côté, en clignant des yeux vers le soleil. Sigmund avait approché le bateau tout près de la plaque et les moteurs ronronnaient, au point mort. Le cliquetis des appareils photo faisait une petite musique continue. Le phoque, lui, restait imperturbable malgré ce remue-ménage. Soit il était vraiment bête, soit il était très courageux. J'ai opté pour la première hypothèse. Tant d'hommes ont été estampillés courageux, uniquement parce que leur intelligence était rudimentaire.

– C'est un phoque à capuchon ! a crié Georg par la fenêtre de la passerelle.

Sigmund et lui étaient ensemble là-haut. Au fait, est-ce qu'il y avait une deuxième combinaison de survie dans le placard ?

Tiens, voilà donc un exemplaire du spécimen « phoque à capuchon ». Pendant des années, j'ai cru qu'il avait vraiment une capuche sur la tête…

Dana a lancé un coup d'œil haineux à Georg qui a agité sa main en criant :

– J'lui tirerai pas dessus ! *Take it easy !*

Mais il en fallait plus pour amadouer Dana. Sans esquisser le moindre sourire, elle a échangé des regards avec Izu en levant les yeux au ciel. À ce moment-là, le phoque s'est laissé glisser dans l'eau et a disparu pour apparaître un peu plus loin. Il était vraiment mignon, je dois l'avouer, avec sa bouille juste au ras de l'eau.

– C'est le phoque à capuchon qui a des blanchons ? ai-je demandé à Per.

Sans me regarder, il a répondu :

– Non, les bébés des phoques à capuche s'appellent des *bluebacks*. C'est le phoque du Groenland qui a des blanchons. Vous pourriez lancer un débat, après le déjeuner, sur la chasse au bébé phoque ? En Italie, en France et aux États-Unis, c'est un sujet qui les préoccupe beaucoup…

– J'ai l'impression que vous me confondez avec Brigitte Bardot. Serait-ce à cause de ma beauté irrésistible ?

Avant notre excursion à terre, il a fallu qu'on avale un déjeuner consistant, sinon Lena et Stian ne pourraient pas se joindre à nous. Seul Ola allait rester pour surveiller le bateau. Pendant que nous mangions le plat principal, Pia a parlé du voyage en ballon d'Andrée au-dessus du pôle Nord. Ça m'a tellement fait rire que j'ai failli m'étouffer. Ah, ces Suédois ! Andrée n'était pourtant pas novice en matière d'expéditions polaires, lui qui avait hiverné au Spitzberg avant d'avoir eu, en 1897, la folle idée de ce voyage en ballon à hydrogène. Il avait été fabriqué au port de Virgo, tout près d'ici, d'où était partie l'expédition. L'ingénieur suédois et ses deux compagnons s'étaient envolés, très optimistes, mais dès le départ, ils avaient perdu plusieurs des *guideropes*, – ces cordages qu'on laisse traîner sur le sol depuis la nacelle du ballon pour freiner ou garder une altitude constante. Du coup, ils n'avaient plus aucune maîtrise du ballon... Il faut dire que leur projet était audacieux : deux jours de voyage pour survoler le pôle Nord, direction la Russie. Ils n'avaient emporté que très peu de vêtements, surtout des vestes élégantes, à col d'hermine, qu'ils avaient prévu de mettre pour rencontrer le Tsar, avec qui ils se voyaient déjà trinquer à la vodka. Une petite excursion de deux ou trois jours en ballon à hydrogène, telle était leur idée de départ. Au bout de deux jours, le ballon s'était écrasé sur la banquise à 82°N, et les pauvres Suédois avaient dû continuer à pied, vêtus de leurs vestes de fête. Ils avaient marché pendant deux mois et demi, jusqu'à l'île de Kvitøya. Ils n'avaient été retrouvés, morts évidemment, que trente-trois ans plus tard par un navire norvégien. En somme, un fiasco total.

Au milieu des éclats de rire, je me suis rendu compte qu'Oscar me dévisageait d'un air sévère. Il a dû se douter que j'avais envie de lancer des piques sur les Suédois. J'avais la bouche pleine de grains de riz que j'ai noyés dans du vin rouge. En définitive, je me suis retenue, car j'ai senti aussi les yeux de Per sur ma nuque. S'il avait su comme j'aimais me disputer avec lui ! Quand les gens me trouvent antipathique, j'en suis soulagée, car je n'ai plus besoin de me conduire comme il faut. Les dés sont jetés. On peut discuter, même si on n'est pas d'accord, et ça peut être très rafraîchissant. C'est peut-être pour ça que j'aime mon métier de caricaturiste politique. Cela me permet d'attaquer des personnes de pouvoir qui roupillent tranquilles sur leur piédestal.

Cela dit, je respectais beaucoup Per, et Pia aussi. Ils avaient déjà accompagné un grand nombre de touristes. Ils possédaient des armes, pour nous défendre. Si Per me prenait en grippe, je risquais, à la première occasion, de servir de goûter à un ours. Sans que les autres soient obligés d'interrompre le voyage !

Le vin rouge m'avait réchauffée. En me changeant dans ma cabine, j'ai chantonné *My Way*, tout heureuse à l'idée de sortir, et j'ai même mis une grosse couche de mascara, en pensant à Georg.

« Le Svalbard comme zone érogène… », me suis-je rappelé en riant. Subitement, j'ai entendu une nouvelle dispute dans la cabine d'à côté. Sans un bruit, je me suis jetée sur la couchette en collant une oreille au mur.

Mais mes voisins savaient que tout le monde était en bas comme eux pour se changer, et leurs voix étaient quasi inaudibles. J'osais à peine respirer mais je n'ai entendu que des bribes de leur conversation. Ils parlaient d'un winch. Et de moi, Bea. Eh ! Ils n'avaient quand même pas l'intention de me balancer à la mer ? Dans ce cas, ils manquaient singulièrement d'humour. J'ai toussé très fort pour qu'ils arrêtent de discuter d'éventuels détails concernant mon sort, et ça a été le silence radio.

Le corridor était plein de gens habillés pour supporter le froid qu'ils s'imaginaient extrême, à tel point qu'il était difficile de nous distinguer les uns des autres. On ressemblait à des jambons ficelés qui montaient l'escalier avec des bras tout raides.

Il faisait +2°C dehors, et on n'aurait guère plus chaud dans le Zodiac. Quand Pia disait qu'il fallait s'habiller chaudement, on s'exécutait. Le pneumatique était déjà sur l'eau. Bjørn avait pris place derrière le volant, et Georg s'occupait du winch. Per et Pia sont arrivés à pas lourds avec chacun un fusil sur l'épaule. Sigmund en avait un aussi. Georg portait une ceinture avec un revolver. On voyait le long canon de l'arme contre sa cuisse.

– Qu'il est gros ! ai-je plaisanté.

– C'est un Magnum, a-t-il répondu avec fierté. Je les attends de pied ferme, les ours !

Lena, Bjørn et Sonja nous ont fourni des gilets de sauvetage, et Georg nous a montré comment les enfiler en les nouant entre les jambes. Si nos mouvements étaient déjà entravés par nos vêtements, c'était pire maintenant. On arrivait à peine à bouger le petit doigt. Samuel avait serré sa chapka sous le menton.

– Comment est-ce qu'on va pouvoir descendre l'échelle de corde avec un tel accoutrement ? ai-je demandé d'un ton plaintif.

– On va utiliser l'échelle de métal aujourd'hui, a annoncé Sigmund. Il y a peu de glace dans la mer. Ça va très bien se passer. On vous emmène à terre en deux fournées. Per, tu accompagnes la première ?

– Moi aussi, je veux venir en premier, ai-je lancé en montant les deux marches pour me hisser au-dessus du bastingage.

Je me suis retournée, et j'ai commencé à descendre lentement. Mes moufles glissaient sur la rambarde. Du coup, je les ai enlevées et les ai fourrées dans ma bouche. La coque du bateau se dressait verticalement devant moi et la mer m'attendait en bas. J'ai tourné la tête pour voir où se trouvait le Zodiac, mais je n'ai vu que le col de mon gilet de sauvetage.

– Merde, ai-je murmuré, au moment où une main a saisi ma cheville.

Bjørn a guidé mon pied, mais je n'ai pas voulu lâcher la rambarde avant d'avoir les deux jambes bien plantées au fond du Zodiac, c'est-à-dire à l'intérieur de ce gros boudin en caoutchouc.

Les autres sont descendus à leur tour. Bjørn nous a montré comment il fallait s'asseoir côte à côte sur le bord, et nous tenir à une corde. Au-dessus de nous, des oiseaux criaient. Les fameux fulmars, les amis du marin. Mes amis. J'en ai reconnu un, plus foncé que les autres, très gros et affamé. Je lui lancerais des morceaux de pain plus tard.

Quand le soleil s'est caché derrière une montagne, la température a chuté et l'humidité a tout envahi. Une fois le Zodiac plein, Bjørn a démarré et a foncé à tombeau ouvert vers la rive. Ah, ça décoiffait ! Bjørn était aux anges. À mes côtés, les Français qui avaient enfilé des vestes de ski assorties à leurs pantalons étaient aussi ravis que le conducteur : ils devaient aimer la vitesse. C'était du genre à posséder des voitures de sport super rapides. L'avant du bateau percutait chaque vague avec un gros bruit et bondissait comme s'il était un lapin dans la garrigue. Et si on heurtait des morceaux de glace affleurant à la surface ? ai-je songé tout à coup. Je n'avais jamais eu peur des machinistes défoncés, mais là, c'était différent. Quatre-vingt-dix chevaux entre les mains quand on pratiquait la fumette… J'ai regardé les yeux de Bjørn, ils étaient limpides et vifs. Il nous a transportés jusqu'à une plage brune entourée de montagnes noires. Per a sauté à terre et tiré le Zodiac sur la rive pour qu'on puisse débarquer en gardant les pieds au sec.

– On peut laisser les gilets ici ! a-t-il déclaré en enlevant le sien.

La plage était pleine de cailloux et très glissante. On a fini par arriver sur la terre ferme. Partout, d'énormes troncs d'arbres éparpillés, du bois flotté venant de Sibérie. On aurait dit une poignée de biscuits apéritif géants que Neptune aurait jetée là. Bjørn est reparti vers le *Ewa* qui de loin ressemblait à un jouet : un tout petit bateau bleu dans un paysage désert. Cette vision a suscité en moi un sentiment d'abandon…

– On reste groupés et on attend les autres ! a ordonné Per.

Il regardait partout, tout le temps : les flancs des montagnes, la vallée qui coupait le paysage en deux vers l'est, la plage, à droite et à gauche.

Au loin, on voyait le reste de la bande descendre l'échelle, on aurait dit des fourmis. Turid était l'une d'elles. Mais si elle tombait à l'eau maintenant, il y aurait plein de monde pour l'aider. Jamais elle n'y resterait assez longtemps pour clamser.

Le silence était pesant. Les oiseaux ne nous avaient pas suivis à terre. La nature semblait morte. Pas de coquillages au bord de l'eau, aucune algue. Uniquement de l'eau salée clapotant contre les pierres. Il fallait s'appeler David Attenborough pour trouver de la vie ici. Ou attendre qu'un ours pointe son nez.

La deuxième partie du groupe était en route. Le bruit du Zodiac m'a calmée. Un moteur en état de marche, du carburant qui alimentait tout ça... on n'était pas en situation de détresse. La différence était mince, mais de taille.

Cependant, une sorte de bagarre s'était déclenchée dans le Zodiac. Des bras s'agitaient. Quand ils sont arrivés plus près, on a vu Dana qui tapait sur la poitrine de Georg avec ses petits poings, tandis qu'Oscar et Pia tentaient de l'arrêter. Georg riait à gorge déployée.

– Oh non, ça va pas recommencer ! a gémi Per.

– Il veut tuer l'ours ! a hurlé Dana.

J'ai allumé une cigarette.

– Samuel ! Surveillez les flancs des montagnes ! a commandé Per. Et vous...

Il m'a montrée du doigt.

– Vous, Bea, surveillez la vallée.

Oscar et Per ont tiré de force Dana hors du Zodiac. Elle était en larmes. Sigmund était furieux et l'a saisie par les épaules quand elle a enfin réussi à poser les pieds sur la plage.

– Écoutez-moi cinq minutes ! a-t-il ordonné.

Dana sanglotait.

– On n'a pas le droit de tuer les ours, mais il faut se défendre si quelque chose arrive. C'est pour ça qu'on emporte les armes. Est-ce que vous comprenez ce que je dis ? C'est pour nous protéger ! Pour faire peur à l'ours !

– Mais…

– Vous ne pouvez pas participer à cette excursion si vous vous comportez comme ça ! Vous mettriez les autres en danger…

L'air torturé, Dana a acquiescé et fermé les yeux. Elle a encore chuchoté :

– Il ne faut pas qu'il le tue…

– Et si l'ours essayait de vous tuer ? De vous dévorer ?

Dana, cette fois, a secoué la tête. Le problème la dépassait, elle n'y comprenait plus rien. Elle avait envie de rencontrer un ours blanc, mais il fallait qu'il soit inoffensif. Rien ne devait être dangereux, seulement extraordinaire, exotique et, surtout, écologiquement correct…

– Vous avez compris ? a répété Sigmund, en la lâchant.

– Où sont les Japonais ? ai-je demandé.

– Il ne faut pas faire l'inventaire des passagers, a dit Per, je vous ai demandé de surveiller la vallée. C'est sérieux.

– Je l'ai fait.

– Les Japonais n'ont pas voulu venir, a répondu Sigmund. Nuno a jeté un coup d'œil sur l'échelle et sur le Zodiac, et ça lui a suffi. Izu a dû partir précipitamment dans sa cabine.

Georg a rangé les gilets de sauvetage, en rigolant.

Je me suis approchée de lui.

– Raconte-lui donc que tu as fait changer tes draps !

Il s'est tapé sur les cuisses en se marrant :

– J'aurais pu lui raconter autre chose qui lui aurait foutu la trouille de sa vie.

– Quoi donc ?

– Que si elle rencontrait un ours blanc, avant qu'elle ait eu le temps de dire ouf, il lui mangerait la tête et ensuite les nénés !

S. A. Andrée avait laissé des souvenirs sous forme d'un tas de pots en terre cassés dans lesquels il avait transporté du chlorure d'hydrogène pour faire voler son ballon. Ces débris étaient éparpillés un peu partout sur une grande superficie, et dataient donc du 11 juillet 1897. Ce n'était pas beau à voir.

– Il faudrait enlever tout ça, a commenté Turid en serrant sa capuche sous le menton.

– C'est un site protégé, a expliqué Pia. Il ne faut surtout pas y toucher. Ça fait partie de notre patrimoine culturel. Là-bas, vous voyez le sol du hangar à ballon.

Tout ce qu'on voyait c'était une butte de terre battue. Dire qu'un Suédois était venu jusqu'ici pour survoler le pôle Nord en ballon ! D'un autre côté, ai-je pensé, certains Norvégiens aussi avaient été atteints par le même virus…

Les usines à extraire l'huile de baleine étaient de simples monticules de terre, rien de plus. Je me suis mise à genoux pour renifler le sol, mais n'ai rien senti.

– Ne marchez pas dessus, ce sont aussi des vestiges culturels, a mis en garde Per.

C'était lui qui nous donnait les informations, tandis que Georg, Sigmund et Pia restaient postés autour du groupe. Dos tourné, ils surveillaient les alentours.

– On est bien sur une île ? ai-je demandé à Per.

Il a confirmé.

– Dans ce cas, il ne peut pas y avoir d'ours polaires ?

– Des ours, il peut y en avoir partout. Ils sont capables de nager pendant des jours. La mer n'est pas un obstacle pour eux.

– Pourquoi vous m'en voulez ? lui ai-je demandé à brûle-pourpoint.

– Je ne vous en veux pas. En tout cas, vous êtes beaucoup mieux que Dana.

– Quel compliment !

Évidemment, pour un guide touristique, une Italienne hystérique était plus difficile à gérer qu'une enquiquineuse de Trondheim, fût-elle sympathique, qui avait été capable de conclure un pacte entre tous les passagers, au cas où l'un d'eux décéderait ! Ce que Per ignorait, c'était que ce pacte lui serait très utile, car si notre bateau devait faire demi-tour avant la fin du voyage, en tant que guide, il serait perdant au niveau financier.

J'ai jeté ma seconde cigarette par terre et l'ai écrasée avec mon pied.

– Ramassez-la, m'a ordonné Per. On ne va pas laisser la moindre trace de notre passage. La nature ici est fragile, les matières se décomposent très lentement.

Je l'ai ramassée et l'ai remise dans mon paquet, tout en donnant des coups d'œil furtifs pour essayer de repérer celle que j'avais jetée tout à l'heure. Soudain, je l'ai vue, aux pieds de Frikk. Je l'ai prise vite fait. Frikk et Sonja étaient en pleine conversation sur le voyage en ballon d'Andrée. Plus loin, un peu à part, recroquevillée sur une grosse pierre, cachée par sa grosse doudoune, Turid étudiait ses mains.

Elle paraissait vieille. Maigre. Sa peau était desséchée, comme un poireau resté trop longtemps au frigo. Elle avait enlevé sa capuche et je voyais son cuir chevelu luire à travers ses cheveux gris. Elle qui autrefois avait été si belle ! Petite et douce ! Le genre de femme que les hommes aiment soulever du sol et toucher, renifler, porter jusqu'à la chambre la plus proche et déshabiller… se doutant qu'elle sera aussi douce en dessous, une poupée de chiffon aux lèvres peintes et aux yeux de biche. À présent, elle ressemblait à un vieux nounours en peluche que quelqu'un aurait descendu du grenier.

Elle a levé les yeux, mais ce n'était pas moi qu'elle visait dans ses grosses loupes : c'était Sonja et Frikk. Ils étaient très près l'un de l'autre. Sonja a dit une phrase qui a fait rire le jeune homme, et Turid s'est tassée davantage. Soudain, j'ai senti les larmes me monter aux yeux. Je les ai ravalées. Puis je me suis concentrée sur ce que disait Per, de sa voix puissante de guide touristique, et j'ai pensé : Le seul sentiment qui soit plus fort que le chagrin, c'est la peur.

La déception était palpable quand on est retournés sur le bateau sans avoir rencontré un seul ours en colère susceptible de nous dévorer. Mais seuls les passagers étaient mécontents.

– Tu n'as pas eu besoin de ton fusil, alors ? ai-je dit à Georg.

On était dans le dernier groupe pour retourner sur le bateau.

– Non, et Dieu merci.

– C'est si beau ici, a dit Samuel. Mais c'est effrayant aussi. Si isolé… et désert.

– Pourquoi avez-vous choisi ce voyage ? ai-je voulu savoir.

Le regard de Samuel a balayé le bras de mer et l'île aux rochers bruns de l'autre côté.

– Ma femme est morte, vous comprenez, m'a-t-il confié tout bas. Alors je suis entré dans une agence de voyages en déclarant que j'avais envie de partir très loin. La jeune employée m'a demandé : « Un endroit chaud ou plutôt froid ? » « Froid », ai-je répondu, vu mon état d'esprit à ce moment-là.

Je n'ai fait aucun commentaire. Je l'avais catalogué comme un Américain blasé en recherche de sensations fortes. À cet instant, il ressemblait à un petit garçon. La chapka cachait une grande partie de son visage et de ses rides. Enfouies dans des moufles beaucoup trop grandes, ses mains dépassaient des manches de sa doudoune. On aurait dit un jeune homme qui avait enfilé les vêtements que sa mère lui avait ordonné de mettre.

– Vous vous sentez mieux maintenant ? ai-je hasardé.

– Le fait est que oui. J'aime bien les gens à bord, et l'ambiance aussi.

Georg a levé une main en l'air et frotté ses doigts.

– Le temps va se gâter. Il fait humide, maintenant.

– Ah bon, il fait humide ? ai-je dit en riant.

– Oui, avec ces putains de nuages !

– Et que dit la météo ?

– La météo ? a ricané Georg. Il n'existe pas de météo pour cette partie du monde ! Personne n'y pêche et il n'y pas de trafic maritime régulier.

– Alors, tout ce que tu peux faire, c'est frotter tes doigts pour savoir s'il fait humide ?

– C'est une méthode qui a fait ses preuves.

– L'air est humide ! ai-je traduit en anglais pour Samuel.

– L'air ?

– Oui, le temps !

– Vous n'aimez pas les phoques ? a-t-il soudain demandé, en passant du coq à l'âne.

– Je ne dirais pas ça comme ça.

Samuel m'a regardée, incrédule.

– La chasse, c'est pas votre truc ? lui ai-je demandé.

– Non.

– Mais vous mangez de la viande.

– Oui, bien sûr. Je ne vois pas le rapport.

– Il y en a un pourtant, ai-je dit en allumant une nouvelle cigarette.

– Éteins ça tout de suite, a dit Georg. Je ne veux pas de trous dans mon Zodiac. Et mets ton gilet !

Sur le bateau, j'ai aidé Pia à ranger les gilets de sauvetage, pendant que Bjørn et Sigmund ont hissé le Zodiac à bord.

Nos doigts étaient gourds, nos visages brûlants après le retour aussi rapide que l'aller.

– Vous savez bien tirer au fusil ? ai-je demandé à Pia.

– Ça peut aller.

– Vous avez déjà tué un ours ?

Pia a fait tomber un gilet par terre. L'éclairage jaune à travers les bâches changeait complètement la couleur de la veste.

– Des perdrix, oui, et des lièvres. Avec mon père. Il désirait un fils. Ma première carabine à air comprimé, je l'ai eue pour mes sept ans.

– Vous avez quel âge ?

– Vingt-trois ans.

– Et qu'est-ce que vous faites le reste de l'année ? Je veux dire, quand vous n'êtes pas ici ?

– C'est un interrogatoire, ou quoi ?

– Non, non, c'est juste par curiosité. Je suis toujours curieuse…

– Je suis étudiante à l'École vétérinaire.

– Ce sont des études qui doivent coûter cher…

– C'est un investissement pour l'avenir.

Les gilets étaient enfin solidement attachés.

– Bon, c'est fait, a-t-elle dit. Et vous ?

– Vous voulez dire : qu'est-ce que je fais le reste de l'année ?

– Oui.

– Je dessine. Sans arrêt.

– Vous êtes artiste ?

– Oui, en quelque sorte…

– Alors cette région vous inspire ?

– C'est le cas de le dire. Mais maintenant, il me faut une bonne bière. Ou un apéro. Per devait nous rapporter des glaçons…

– Ah, oui, mais vu ce qui s'est passé !

– C'est vrai. On aurait tous pu terminer en esquimaux glacés ! Vous croyez qu'on nous aurait retrouvés ?

– Oui. Avec Superman.

– Superman… ?

– Tout le monde l'appelle comme ça. Le Super Puma du préfet du Svalbard. L'hélicoptère.

– Et Superman nous aurait repérés ?

– Bien sûr. On a des balises de détresse à bord.

– Mais… est-ce qu'on aurait eu le temps d'enfiler nos combinaisons ?

– Je ne pense pas.

– Alors Superman n'aurait retrouvé que l'épave du bateau. Et nos cadavres.

– Oui, a reconnu Pia.

Elle est partie. Je me suis dit qu'elle me raconterait peut-être moins de bobards à l'avenir.

Au mess, on se plaignait en riant, et dans toutes les langues, de l'absence d'obscurité, car on risquait de rater des choses intéressantes pendant que le soleil brillait et qu'on dormait.

La bouteille de bière était fraîche et sa forme s'adaptait parfaitement à ma main.

– Est-ce qu'on va arriver à contourner cette fameuse pointe ? ai-je demandé.

– Mais oui, a répondu Georg. La banquise se trouve à 80°N et flotte vers le nord. Il vaut mieux, car nous, on va jusqu'à l'archipel des Sjuøyane. Bon, je m'en vais relayer Sigmund.

– On va débarquer à l'île de Phippsøya, l'une des sept îles des Sjuøyane, a dit Per.

– Phippsøya ? D'où vient ce nom ? a voulu savoir Oscar.

– Sûrement d'un Anglais, Mr. Phipp, ai-je dit.

J'ai vidé ma bière et suis allée en chercher une autre, quand Samuel m'a demandé si j'avais fait des dessins pendant le voyage. Dana et les Français se réjouissaient à l'avance. Pia avait dû cafter.

– Oui, quelques-uns, ai-je répondu.

Samuel a insisté pour les voir. J'ai filé dans ma cabine, pris la bouteille de gin sous la couette, mangé quelques cacahuètes avant d'arracher la page avec le croquis de Dana et du phoque. Les dessins de montagnes et de renards étaient beaux, je pourrais toujours leur montrer ça.

Ils voulaient sûrement que je les dessine. Tout le monde aime être caricaturé. J'en ai gribouillé, des frimousses, sur des serviettes en papier dans les restaurants ! Mais toujours contre rémunération. Un cognac par tête m'a paru un prix juste. Sur le continent, je me contentais d'une pinte, mais ç'aurait été bête de ne pas profiter des prix hors taxes ici. Cela dit, je risquais d'être soûle comme une grive avant d'avoir immortalisé les dix-neuf individus. Peut-être que je pourrais obtenir un avoir sur ma fiche de consommation d'alcool ?

Mais ce qu'ils voulaient, c'étaient des montagnes. Tous, sans exception. Même les Japonais se sont extirpés de leur petit salon pour venir voir. J'ai jeté un coup d'œil furtif sur Izu. Elle paraissait en forme, pas du tout sous influence, même si l'expression de son visage était difficile à interpréter. Le sourire de rigueur était en place, et je n'ai pas pu résister à l'envie de la dessiner, rapidement, en deux coups de crayon : son sourire impressionnant, ses yeux pétillants. Autour de son visage, une capuche bordée de fourrure qui ressemblait à un soleil. Et en dessous, les montagnes. Izu a sautillé de joie et frappé dans ses mains en criant :

– *I love it ! I love it !*

J'ai arraché la feuille de mon cahier pour la lui donner. Izu s'est inclinée très bas, puis elle a pointé son doigt sur un coin de la feuille.

– *Your name ! Your name ! Please !*

– Pour une fois, c'est vous qui voulez un autographe ?

Elle a fait oui de la tête et rigolé si fort que j'aurais dû ajouter au moins cinq centimètres de sourire sur le dessin. J'ai écrit « B.A. » dans le coin.

– Vous ne voulez pas nous révéler ce que veut dire ce B. ? a demandé Turid.

– Il ne veut rien dire du tout, ai-je répondu. B.A. Bea. Alors, qui veut un dessin ? Prenez votre place dans la file d'attente !

J'ai dessiné des montagnes sur des feuilles A3 coupées en deux. Mon crayon était chauffé à blanc. Je leur ai expliqué le système de rémunération : ils devaient faire un trait sur leur propre fiche, et un trait dans la case « Avoir » sur la mienne. Tous ont trouvé que cet arrangement était génial. La bière et le cognac ont coulé à flots pendant que je dessinais, et Lena est allée chercher des cacahuètes et des sticks salés. Samuel m'a demandé si je voulais bien lui offrir le croquis avec les renards.

– Alors, deux traits dans la rubrique « Cognac », ai-je répondu.

– Ça marche.

Sigmund m'a regardée en souriant. C'était la première fois que je le voyais sourire.

– Et vous, Sigmund ? Vous m'offrirez ce voyage gratis si je vous dessine plein de montagnes et de renards et aussi des caricatures où je vous ferai ressembler comme deux gouttes d'eau à Kevin Costner ?

Il a ri, et ce n'était plus le même homme.

– Transformez mon *Ewa* en un superbe yacht.

– À vos ordres, capitaine.

Le *Ewa* est devenu vraiment beau : des courbes rondes et sensuelles. Un silence total régnait pendant que je m'exécutais. L'alcool me désinhibait. Le bateau avait l'air maintenant d'une femme faisant la planche sur l'eau, les cuisses ouvertes. J'avais d'abord pensé dessiner le Zodiac dessus, mais ça aurait fait penser à une araignée et ça aurait tout gâché. La tête rejetée en arrière, sa belle chevelure flottait dans l'eau, devant la proue. Sa pose était volontairement impudique. Mais le hors-bord... ? Il fallait que je trouve un truc.

Soudain, j'ai eu une idée. J'ai dessiné le Zodiac sous la forme d'une Bible noire que la femme serrait voluptueusement contre ses seins nus.

– *Holy shit,* a murmuré Samuel.

Je m'étais surpassée. Curieusement, le dessin ne semblait pas du tout obscène.

– Ça, ça sera encadré, a déclaré Sigmund.

Il s'est posé devant nos fiches sur le tableau et j'ai compté pendant qu'il inscrivait les traits dans la case « Avoir ». Cinq traits !

J'étais seule accoudée au bastingage à fumer une cigarette. Tout le monde avait rejoint son lit. Sigmund avait repris son quart sur la passerelle après le café, en déclarant qu'il était parfaitement éveillé, et avait laissé Georg aller se reposer. Mes quatre heures de sommeil m'avaient donné un peu d'avance, je n'étais pas du tout fatiguée.

La mer était lisse. Je ne savais pas que la pleine mer pouvait être aussi plate, sans la moindre ride. Des nuages s'approchaient, lentement, du côté opposé au soleil, une boule orange juste au-dessus de l'horizon. On était loin de la terre : dans toutes les directions, on ne voyait que la mer et le ciel. Les plaques de glace se reflétaient et rendaient flou la ligne d'horizon. Des phoques jouaient dans le lointain. J'étais heureuse d'être là, seule. Un bruit sourd se faisait entendre chaque fois que la coque heurtait un morceau de glace. Il était impossible d'éviter ces plaques. Certaines étaient si fines qu'elles se cassaient comme du glaçage en sucre. J'avais fini par trouver ce bruit familier.

Dans la cambuse, j'ai déniché du pain. Les oiseaux allaient se régaler. Dans la foulée, je me suis servi un autre verre de cognac, que j'ai posé sur le pont à mes pieds. J'ai jeté des bouts de pain, en pensant que les fulmars les attraperaient au vol, mais ils n'y arrivaient pas. Ils repêchaient le pain une fois qu'il était tombé dans la mer. Leurs ailes formaient de petites vagues en touchant la surface de l'eau et ils chopaient la nourriture avec leur bec crochu.

J'ai lancé les dernières miettes et suis montée à la passerelle. L'admiration qu'avait suscitée mon dessin m'avait boostée.

– Ils ne sont pas rapides, dites donc, ces fulmars, ai-je dit, en me félicitant d'avoir eu l'idée d'aborder ce sujet.

– Non, c'est vrai, a répondu Sigmund. Ils arrivent à peine à décoller par un vent un peu fort, ils ont besoin de prendre de l'élan. De temps à autre, ils atterrissent sur le pont. À ce moment-là, on est obligés de les flanquer pardessus bord, car le pont n'est pas assez long pour leur permettre de s'envoler.

– Ce sont des fulmars, ces oiseaux qui nous suivent en permanence ?

– Oui. Ils passent toute leur vie sur la mer et ne vont sur terre que pour nicher. Ils possèdent une sorte de filtre qui élimine le sel de l'eau pour la rendre potable.

– Vous connaissez beaucoup de choses sur les oiseaux ?

– Oui, comme tous les marins. Mais le fulmar est spécial. Pas beau, mais fidèle.

J'ai trouvé ça drôle. Je lui ai dit :

– Et la banquise, où ça en est ?

– Prenez les jumelles et regardez vous-même.

Le front de la banquise était comme un trait double à l'horizon, de couleur nacrée telle une huître, et scintillante comme l'émail des œufs Fabergé.

– Ça fait quelle hauteur ?

– Oh, c'est pas très haut. Toute la glace ici dans la mer vient du front de la banquise quand elle se fissure. Ça doit faire quelques mètres.

– Alors il n'y a pas d'icebergs ? Ces trucs énormes ?

– Non, pas ici.

– Vous n'aimez pas vraiment trimbaler des touristes, n'est-ce pas ?

Il m'a regardée droit dans les yeux.

– C'est pas ça. Il y a beaucoup de choses à penser, c'est une lourde responsabilité.

J'ai acquiescé et j'ai regardé de nouveau dans les jumelles pour essayer de revoir les phoques que j'avais aperçus, mais je ne les ai pas retrouvés dans ce panorama gigantesque, cet océan si isolé que la météo ne le couvrait même pas. Soudain, j'ai vu autre chose. Une masse d'un blanc sale, sur une grosse plaque. Loin devant.

– Je crois que je vois un ours, ai-je dit.

En un bond, Sigmund était à côté de moi et a repris les jumelles. J'ai montré l'ours du doigt.

– Je le vois ! s'est-il exclamé. Il faut qu'on réveille tout le monde, je l'ai promis à Per et à Pia.

– Quoi ? Réveiller tout le monde ?

– *Yes.* C'est ça le deal, vous payez pour ça. Vous pouvez vous en charger ? Mais laissez Georg dormir. Des ours, il en a déjà vu.

J'ai quitté la passerelle et je suis descendue sous le pont. J'ai d'abord réveillé Per et Pia, puis j'ai continué tout le long du couloir, en frappant à toutes les portes. De la cabine de Turid et Frikk, j'ai entendu de sourds murmures avant d'avoir eu le temps d'abattre mon poing sur leur porte. Je crevais d'envie d'ouvrir, mais je me suis retenue.

– Debout tout le monde ! Ours polaire en vue ! *Polar bear !*

Je suis remontée sur le pont au pas de course. On était encore trop loin pour voir quoi que ce soit, alors je suis retournée sur la passerelle.

– On est dans la merde, a dit Sigmund en me voyant. On a fait trop vite. Il y a un problème avec cet ours. On aurait pu s'en occuper discrètement, mais là… tout le monde regarde… on ne peut rien faire…

– Un problème ?

– Il est malade. Il se traîne.

On s'approchait. Sigmund ne lâchait pas les jumelles. Une fois redescendue, je suis allée jusqu'à la proue. Jean et Philippe arrivaient déjà en courant, suivis de Samuel et Oscar.

– L'ours ne va pas bien, ai-je annoncé. Sigmund dit qu'il est malade.

– Je ne le vois pas, a geint Philippe.

Son appareil photo était prêt.

Sur la grosse plaque, on ne distinguait qu'un tas de neige. Mais dès que le bateau l'a contourné, on l'a soudain vu, devant nous.

Comme tous les habitants des pays nordiques, combien de fois n'avais-je pas vu des photos d'ours polaires ? Au cinéma, à la télévision, sur des cartes postales, dans des livres, sur des pulls et des tee-shirts… Des milliers de fois ? J'aurais pu fermer les yeux et dessiner un parfait *ursus maritimus* : une tête longue et fuselée, presque comme celle d'un serpent ; un corps lourd et massif, une queue courte, un arrière-train plus volumineux que l'avant ; des pattes pourvues de griffes noires avec des touffes de poils entre chaque.

Mais la vue d'un vrai ours blanc m'a prouvé que les photos et les dessins étaient loin de la réalité. Comme si c'était un animal qui venait d'être découvert, que les hommes ne connaissaient pas encore. L'ours n'était qu'à dix ou douze mètres de moi. Je pouvais voir de près l'humidité de son museau, son regard, sa langue, ses canines.

Il était malade, ça crevait les yeux. Tourné sur le côté, immobile, il avait l'arrière-train paralysé et s'appuyait sur ses pattes avant. C'est à ce moment-là que j'ai entendu le hurlement. Un hurlement de douleur au-delà du temps et de l'espace, mêlé à l'angoisse déclenchée par la proximité du bateau. Incapable de se défendre, l'ours devait sentir qu'on était trop proches de son territoire. À présent, ce n'était pas lui le prédateur, mais nous.

Plusieurs personnes nous ont rejoints. Le *Ewa* a fait machine arrière. Sigmund a laissé les moteurs pratiquement au point mort. Alignés, muets, nous ne pouvions détacher nos regards de l'ours blessé. Le hurlement s'est transformé en gémissements rauques. On entendait le clapotis de l'eau et notre propre respiration.

– Oh, putain, c'est pas possible, ai-je chuchoté.

J'étais bouleversée. Georg. Il fallait que j'aille chercher Georg.

– L'ours a le dos cassé ! Allez réveiller Georg ! a crié Sigmund par la fenêtre de la passerelle.

J'ai dévalé l'escalier en me tenant à la rambarde pour ne pas tomber jusqu'en bas.

– Georg ! GEORG !

J'ai ouvert sa porte d'un geste violent, je l'ai secoué comme un prunier.

– Quoi ? Qu'est-ce qui se passe ? On coule ?

– L'ours ! Il est malade ! Il faut… je crois qu'il faut que tu…

– Du calme, petite chouette… t'es pire que les Italiennes. Qu'est-ce qui se passe ? Je croyais que tu venais pour… Regarde, mes draps sont propres…

– Georg, arrête ! Mets ton froc et viens !

Au lieu de retourner à mon poste d'observation à la proue, je suis montée à la passerelle. Je me retenais de chialer. Il fallait que je garde la face, dans la mesure du possible. Sigmund était à côté de la radio de bord.

– Alors réveillez-la ! a-t-il lancé. *Over and out !*

– À qui vous parlez ?

– À l'agent de garde. Il faut que j'arrive à joindre le préfet. Pour avoir l'autorisation de tuer l'ours.

– L'autorisation ? Mais il a… il a le dos cassé ! C'est ce que vous m'avez dit…

– Oui.

– Et il faut quand même une autorisation ?

– Oui, on aura la réponse dans un instant.

– Mais c'est pas possible, même s'il est protégé, c'est…

– Il nous faut une autorisation. Sinon, c'est le souk. Et le mot est faible. Si on n'avait pas réveillé les autres, peut-être que… Quoique, non, quelqu'un aurait entendu le coup de fusil, et ça aurait été le cirque aussi.

L'ours s'était traîné jusqu'à l'autre extrémité de la plaque. Il remuait la tête. Hurlait à nouveau, la gueule, rose, béante. Ses pattes avant gigotaient tout le temps, tandis que l'arrière-train restait immobile. Il se déplaçait en rond, avec sa queue au centre. Je lui ai tourné le dos, j'attendais Georg.

– Il a dû se faire coincer entre deux plaques de glace, a dit Sigmund. Peut-être en chassant un phoque…

Georg est arrivé sur la passerelle, a pris les jumelles.

– Merde, a-t-il dit tout bas. T'as parlé au préfet ?

– Non, a répondu Sigmund, mais j'aurai la réponse dans quelques minutes.

Rassemblé à la proue, notre petit groupe ne bougeait pas. Personne ne prenait de photos. Jean avait passé son bras autour des épaules de Dana, secouée par les sanglots.

Vous voilà servie, Dana ! ai-je songé. Regardez ce paysage splendide : le soleil de minuit, une mer d'huile, de la glace aux mille nuances de bleu et de turquoise…

La radio s'est mise à crépiter.

L'autorisation nous a été refusée. Il fallait appliquer à la lettre le règlement de la protection des animaux. La nature devait suivre son cours. Georg a tourné les talons. Moi aussi. Sur le chemin vers la remise pour chercher le sac de graisse de phoque, il a ponctué d'un juron chacun de ses pas. Dix-sept personnes grelottaient à l'avant pendant que Georg et moi avons sorti le sac. Il a mis ses gants, toujours en jurant.

– … ces foutus bureaucrates à la con qui passent leur temps à se gratter le nez derrière des guichets, c'est eux qu'on aurait dû couper en tranches pour le nourrir. Ou alors leur casser le dos, les balancer sur une plaque de glace et bon vent ! Quelle merde, bordel…

Il s'est redressé et a dit à Sigmund :

– Mets-toi de côté, lentement… surtout pas tout droit ! Il ne faut pas qu'il ait peur et qu'il tombe à l'eau !

J'ai ouvert le sac. Une forte puanteur m'a prise à la gorge. On a tiré le sac jusqu'au bastingage. En m'accroupissant, j'ai replié le plastique pour que le contenu soit plus facile à attraper. La peau du phoque était grise avec des taches noires, les poils luisaient. Ça m'a fait penser à des pantoufles. La graisse, d'un blanc jaune, était striée de minces filets de sang.

Georg était prêt. En deux ou trois gestes rapides, il a lancé la viande de phoque par-dessus bord sur la plaque de glace. J'ai entendu les hurlements. Hébétée, j'ai fixé l'eau mêlée de sang au fond du sac noir en plastique.

– Tu as réussi ? ai-je demandé.

– Oui, c'est bon…

Puis il a crié à Sigmund :

– On s'arrache, et plus vite que ça !

Et, au groupe silencieux à l'avant du bateau :

– Vous voyez, un phoque mort, ça peut servir !

La consommation d'alcool a été considérable dans l'heure qui a suivi. Si les langues s'étaient déliées spontanément après l'effondrement du glacier dans le Magdalenafjord, ce n'était pas le cas maintenant : on aurait entendu une mouche voler. Au lieu de parler, on a bu. Et de grosses quantités. Tous, sauf Per et Pia qui se partageaient une bouteille d'eau gazeuse. Lena avait préparé des sandwichs auxquels personne n'a touché.

– Oscar, ai-je commencé, vous êtes psychologue. Dites quelque chose d'approprié.

– Qu'est-ce que vous voulez que je dise ? a-t-il répondu.

– Et vous, Per ? Ou Pia ?

– On ferait mieux d'aller se coucher, a déclaré Per, et de suivre l'exemple de Georg.

– Bon, alors c'est moi qui vais dire quelque chose, ai-je affirmé.

Je me suis mise debout et j'ai crié :

– Le préfet est un con ! On est tous d'accord ?

Tout le monde a fait oui de la tête, sauf Samuel, qui a rétorqué :

– Ils ont des consignes à respecter. Un animal protégé… On n'est pas bien placés pour reprocher à quelqu'un d'appliquer la loi…

– Ah si, au contraire, ai-je dit. Justement ! Le préfet est un con. On peut même en faire un refrain…

Avec ma voix complètement fausse, j'ai improvisé :

*– Le préfet est un con,*
*ses ordres sont bidon !*
*Tralala lalère !*

Oscar a esquissé un sourire, Nuno et Sao aussi.

– En tout cas, maintenant, il a de quoi manger, a dit Jean.

Frikk regardait, les yeux humides, son nouveau pull avec le motif d'ours sur la poitrine. Turid attaquait son troisième cognac, je les avais comptés. Izu ne pouvait retenir ses larmes qu'elle ne prenait même plus la peine d'essuyer.

– Pauvre, pauvre ours, a gémi Dana. Il était tellement beau…

– Oui, allez-y, faites-nous part de vos émotions, ai-je dit en levant mon verre, qui contenait beaucoup de gin et peu de tonic. Buvons à la santé de ce beau nounours ! Eh, notre premier ours polaire ! *Cheers !* À votre santé ! *Skål !*

– Vous êtes soûle, m'a fait remarquer Oscar.
– Oui, Dieu merci ! Maintenant, il me faut une tomate avant de me coucher.

Il dormait. J'ai posé mes vêtements bien en ordre sur la couchette supérieure et je me suis blottie contre lui, en fourrant mon nez contre sa poitrine.

Le petit rideau devant le hublot était tiré, mais il y avait assez de lumière pour que je voie ses poils gris. J'ai caressé son corps, et je me suis rendu compte qu'il grinçait des dents en dormant. Son corps était ferme et musclé, même son ventre. Mais il était pâle. Dans la pénombre, je distinguais la limite de démarcation au niveau du cou, avec la peau du visage burinée et hâlée.

– Georg, ai-je chuchoté. Georg !

Il s'est réveillé, à peine.

– Oh, tu es là…

Il a passé sa main sur mon visage.

– Tu pleures… ?

J'ai hoché la tête avant de la blottir dans le creux de son épaule.

Il m'a serrée fort, très fort.

– Maintenant, on va dormir, toi et moi. Une chose à la fois.

Au moment où je suis sortie de la cabine de Georg, Per passait dans le couloir.

– Tiens donc…, a-t-il lâché.

– Ça vous dérange ? ai-je répondu en continuant vers ma cabine. Il fallait s'appuyer aux parois. Le bateau tanguait sérieusement. Les livres dans la bibliothèque se déplaçaient de gauche à droite derrière la vitre. Le piano tremblait.

– Georg avait raison : le temps se gâte.

L'expression était faible. Les éléments se déchaînaient. Ça pouvait difficilement être pire. Des blocs de glace heurtaient la proue chaque fois que le bateau plongeait au creux d'une vague. Les objets que j'avais posés sur ma commode étaient éparpillés un peu partout. Ma brosse à dents et mon tube de dentifrice se trouvaient à présent dans le lavabo et ma valise avait glissé au beau milieu du plancher. Le hublot n'était plus qu'un petit écran couvert d'éclaboussures et de bouts de glace. Une douleur brûlante m'a prise au niveau du ventre.

J'avais remarqué que Bjørn et Ola – et ils n'étaient pas les seuls – portaient un patch rond derrière l'oreille, apparemment un moyen d'éviter le mal de mer. J'ai farfouillé dans mes affaires pour trouver les comprimés contre les brûlures d'estomac, et j'en ai avalé deux avec une gorgée de cognac. J'ai remis les petits objets dans la commode et j'ai fermé tous les tiroirs en mettant les crochets de sécurité.

Le buffet du petit déjeuner nous attendait. Le fromage avait valsé par terre, mais les plateaux adhéraient bien à la nappe en caoutchouc. Les thermos étaient arrimés au mur avec des cordons. Il n'y avait pas grand monde au mess. Jean et Philippe, le teint blême, buvaient du thé. Per croquait une pomme en regardant par les hublots. Debout au milieu de la pièce, les jambes écartées, Georg avalait de grandes cuillerées de porridge avec du lait et de la confiture. Il souriait, les moustaches pleines de bouillie.

– Je me sens bizarre, au niveau de l'estomac, lui ai-je annoncé. Ça me brûle…

– Il faut manger quelque chose, ma belle. Dommage qu'on n'ait pas d'ananas.

– De l'ananas ? Pourquoi ?

– Si on a le mal de mer, c'est bon de manger de l'ananas. Tu sais pourquoi ? Ça a le même goût quand on l'avale que quand on le régurgite.

J'ai dégluti, je me suis penchée pour ramasser le fromage. Ce n'était pas simple. Il fallait adapter ses mouvements au roulis. Au troisième essai, j'ai réussi à l'attraper, mais le mess tournait comme une toupie quand je me suis redressée.

– Ah !

– Mange ! m'a ordonné Georg. Au moins trois tartines, même si tu n'as pas faim ! Et bois un verre de lait. Après, sur le pont, je te roulerai une cigarette. Un peu de Rød Mix, et tu seras fraîche comme un gardon !

Georg est sorti du mess en criant joyeusement :

– Tout le monde sur le pont !

Du lait… non, je voulais d'abord une bière. J'ai mis le cap sur le frigo, en zigzaguant.

– Ha ha, a dit Per.

– Quoi donc ?

– Georg et vous…

– Taisez-vous. Je fais ce que je veux. Je fais toujours exactement ce que je veux. Allez donc boire un peu d'huile de foie de morue !

Mon intention avait été de l'embêter, mais c'est moi qui ai vomi. Malgré cela, j'ai saisi la bière, tel un assoiffé dans le désert, et j'ai bu au goulot. Je suis retournée tant bien que mal à table, et j'ai avalé les trois tartines obligatoires, avec de la tomate et du saucisson dessus. En mastiquant, j'ai fermé les yeux, car je ne supportais pas la vue de la nourriture, c'était déjà assez dur de l'avaler. Mais je n'ai pas bu de lait. Le lait, c'est bon pour les bébés et les chatons.

– Il y en a qui sont malades ? ai-je demandé.

– C'est le moins qu'on puisse dire, a répondu Per. Ils sont couchés dans les cabines où ils rendent tripes et boyaux. Pia a fait le tour avec des seaux. Elle en a rempli un elle-même…

– Qui a préparé le repas ?

– Stian. Lena est malade.

J'ai fini la dernière goutte de bière.

– Moi, je me sens beaucoup mieux ! ai-je annoncé. Même très bien !

Sigmund est descendu de la passerelle en se frottant les yeux. Il a ramassé le fromage qui était à nouveau tombé par terre.

– Sale temps !

– Au fait, cet ours..., ai-je commencé.

– Il a coulé maintenant. Il est mort le ventre plein, c'est déjà ça.

La mer. Dans des tons gris et blancs. Le ciel aussi était blanc. L'horizon et les couleurs avaient disparu. De la pluie et de la neige fondue balayaient les vitres et s'amassaient en une masse gluante. Mon seul repère visuel était Georg. J'ai refusé sa cigarette roulée, et allumé une des miennes. Georg a entrouvert la fenêtre pour que je puisse souffler la fumée au-dehors. Il retournait régulièrement voir la carte pour y marquer notre position. Le bateau penchait en avant et se cabrait à tour de rôle. Je m'agrippais au rebord de la fenêtre.

– C'est dur, aussi près du pôle, a-t-il dit. Le gyrocompas n'aime pas.

– C'est dangereux ?

– Comment ça, dangereux ?

– Ce temps de chien, en mer ?

– Mais non, tu es folle ! C'est rien du tout, ça. Juste quelques coups de vent. Une simple brise, quoi.

– Combien de degrés sur l'échelle de Beaufort, à ton avis ?

– Vingt et quelques, peut-être, a-t-il répondu mécaniquement, avant de se redresser et de me lancer un coup d'œil : Tu t'y connais, en degrés Beaufort ?

– Je fais un peu d'avion. Mais je crois que je serais restée au sol avec un temps pareil.

– Tu voles ? Dans ton propre avion ?

– Oh, je viens à peine de commencer… Dans un biplace qui porte le nom d'un félin : un Cheetah. Et, comme tu le sais, les chats n'aiment pas l'eau !

– Moi, j'ai peur de l'avion. Ça doit coûter très cher ?

– Horriblement cher. Mais si je ne dépense pas mes sous en leçons de pilotage, ils disparaissent de toute façon. Je suis un panier percé.

– Ah bon… ? Un panier percé volant, alors ! Tu n'as pas peur ?

– Je n'ai jamais peur quand je pilote un avion. Mais là… tu es sûr que ce n'est pas dangereux ? Tu as dit que le temps se gâtait…

– Non, le vent s'est calmé depuis qu'on est debout. Tu vois, là-bas ?

Il a entouré mes épaules de son bras et m'a montré un mince filet de ciel à l'horizon, couleur bleu-gris.

– C'est là qu'on va.

– Quelle direction ?

– Plein est.

Il m'a indiqué sur la carte. Les consignes de Sigmund étaient claires : ne pas croiser le 80° N avant d'avoir beau temps et de voir tout le monde debout et en forme.

– Le 80°N a quelque chose de spécial. On va trinquer et vous aurez vos diplômes.

Mon Dieu, des diplômes ? Uniquement parce qu'on était restés sur le bateau ? J'ai trouvé ça un peu bête, et Georg était à moitié d'accord.

– Il faut que tu l'encadres. Un jour, ça te fera peut-être plaisir de l'avoir au mur chez toi. Tu l'admireras en pensant au vieux Georg qui t'a fait traverser la zone arctique saine et sauve !

Je n'ai pas répondu.

– Je pense qu'au fond, il y a un peu de zone arctique en toi, a-t-il continué. Je crois que tu as subi des coups durs, t'es comme un bateau qui doit fendre la glace avec sa proue.

– Mais je sais me défendre !

– Tu es douée pour ça ?

– Très douée. Fais gaffe, Georg, je suis une vraie salope.

– Une salope, non, mais… il y a quelque chose en toi que je n'arrive pas à saisir… d'ailleurs toi non plus.

– J'ai des bouffées de claustrophobie quand les choses deviennent trop sérieuses. Ça m'étouffe. Ma plus longue histoire d'amour a duré cinq mois. Il s'appelait Leif. Et si ça a duré aussi longtemps, c'est parce qu'il n'était pas trop attaché à moi, il me laissait tranquille. Je pouvais respirer. Je pouvais être clouée au lit avec la grippe sans que ça ne lui fasse ni chaud ni froid. Mais j'arrivais à respirer…

– T'es une drôle de petite chouette. Mais je comprends ce que tu me dis, je suis un peu comme ça moi-même. C'est pourquoi je vis tout seul.

J'ai éclaté de rire :

– Si un homme me dit qu'il m'aime, je panique.

– Bon, je sais ce qu'il me reste à *ne pas* faire !

– Oh ! Georg, regarde ! Un macareux moine !

L'oiseau qui volait contre le vent a manqué son virage et a disparu dans la houle.

– Le pauvre, il est perdu, avec ce sale temps, a commenté Georg.

– Je ne savais pas qu'il y avait autant d'oiseaux dans cette région. J'aime bien les fulmars. Ils sont beaux. Et hier, j'en ai vu un, petit et rapide, avec le bec rouge, il me semble.

– C'était une sterne arctique. Elles suivent rarement les bateaux.

– Et un petit, noir et blanc, qui ressemblait à un minuscule pingouin.

– Le pingouin torda. Ils sont très bons.

– Très bons à quoi ?

– À manger, pardi.

J'ai ri, et mon rire s'est transformé en toux.

– Tu es incroyable !

– Ici, dans le Nord, les gens n'aiment pas le manger. Ils prétendent qu'il a un goût d'huile de foie de morue. Mais il suffit de le laisser une nuit entière dans du vinaigre.

– Dis-moi, il existe des choses que tu n'as pas goûtées ?

Il a tiré sur sa moustache.

– Eh bien, toi, par exemple. Ce matin, on était pressés… mais on se rattrapera !

Je me suis mise tout contre lui pour sentir un peu son odeur. Il sentait bon, et je me suis rendu compte que ses rides d'expression étaient plus claires au creux des sillons. Il m'a reniflée à son tour, on a trébuché et dégringolé contre le mur, en faisant tomber au passage un calendrier avec une photo du cap Nord.

– Tu vois ! Ça me stresse d'avoir des chouettes dans la passerelle. Il faut que je me concentre sur le pilotage, que je tâte un peu le terrain ! Allez, descends vite, maintenant.

J'ai tiré sur sa moustache et je suis descendue, en pensant : Fais gaffe, Bea. Ne lui raconte pas ta vie uniquement parce que tu bois trop et que tu trouves agréable de dormir sur son bras…

Attablés dans le salon, les Japonais mangeaient des nouilles servies dans des gobelets à café et feuilletaient des livres sur le Spitzberg, pas le moins du monde troublés par le temps qu'il faisait. Le mess était vide. Le petit déjeuner terminé, Stian faisait le ménage dans la cuisine.

– Bonjour ! ai-je lancé sur un ton joyeux. Vous avez besoin d'aide ?

– Euh, oui. Pour éplucher les pommes de terre.

– C'est comme ça que vous et Lena avez négocié ce voyage ?

– Non, on fait tous les deux une école de cuisine pour devenir maîtres d'hôtel.

– Vous faites drôlement bien la cuisine. Je peux prendre ce couteau ?

On épluchait tous les deux et Stian me racontait comment il avait eu l'idée de ce voyage après un programme à la télé. Il avait décidé qu'il voulait aller au Spitzberg. Il m'a servi un long discours sur le mal de mer dont souffrait Lena. Elle était tellement malade qu'elle n'avait qu'une envie : rentrer chez elle. Ils avaient fait trois fois le tour de l'archipel du Svalbard cet été, et c'était le dernier voyage avant que la région soit entièrement prise par les glaces. Mais jamais ils n'avaient vécu un temps comme aujourd'hui. Je lui ai raconté le coup de l'ananas que Georg m'avait donné comme tuyau, et ça l'a fait rire. On était d'accord : cette tempête, que Georg appelait « une simple brise », était arrivée au bon moment. L'histoire de l'ours blessé était déjà loin et tout le monde pensait à autre chose.

– J'en ai pleuré, moi, a avoué Stian. Il y a longtemps que ça ne m'était pas arrivé.

Il était mignon, ce Stian. C'était la première fois que je réussissais à avoir un contact personnel avec lui. Voilà ce que c'était d'être amoureux…

– Vous trouvez ça agréable, d'être amoureux ?

– Drôle de question !

– Non, dites-moi.

– J'adore Lena.

– Oui, mais vous aimez l'état amoureux ?

– Je ne sais pas trop. Vous posez la question d'une drôle de manière. Et vous, au fait ?

– Moi, ça n'a rien à voir.

– Tout le monde est au courant, vous savez, pour vous et Georg.

– Comment ça ?

– Vous croyez qu'on peut cacher un truc comme ça sur un bateau ?

– Mais enfin, on s'est levés il y a à peine une heure !

– C'est largement suffisant. Les personnes malades retrouvent leurs esprits très vite, quand ils ont quelques ragots croustillants à se mettre sous la dent.

– Est-ce qu'il en drague une nouvelle à chaque voyage ?

Cette question m'avait échappé.

– Non, a répondu Stian.

J'ai pris le risque d'aller un peu plus loin :

– Sûr ?

– Certain. Il est très difficile, je crois. Et il déteste les bonnes femmes qui pleurnichent.

Lena était censée faire un gâteau pour le goûter. À ce moment-là, on serait en eaux calmes, avait promis Sigmund. Mais Lena était trop préoccupée par son estomac pour faire quoi que ce soit.

– Eh bien, je vais faire un gâteau au chocolat, ai-je proclamé.

Stian était impressionné. Moi aussi, d'ailleurs. Qu'est-ce qui me prenait ?

En serrant un bol en plastique contre ma poitrine, j'ai tangué entre les murs de la petite cuisine, tout en essayant d'y mettre les différents ingrédients. En tout cas, j'ai choisi la recette la plus simple : œufs, huile de soja et sucre bien mélangés pour commencer, ensuite farine, cacao et poudre à lever. On a trouvé des moules à muffins en papier à pois verts, et on s'est bien amusés à les remplir chacun à tour de rôle pendant les deux secondes où la proue du bateau était droite. Il faut reconnaître qu'on en a mis un peu partout…

– Est-ce que vous pourriez nettoyer ? ai-je suggéré. Moi, je paie mon voyage.

On a glissé les muffins au four et cherché du sucre glace dans le placard. Mais on n'a pas trouvé de M & M's.

– Il faut qu'on trouve quelque chose pour les décorer. Du sucre glace tout seul, c'est trop triste. Pourquoi pas des tout petits bouts de graisse de phoque ? On les prendrait pour des fruits confits…

– Vous êtes vraiment dingue, a dit Stian en rigolant.

– Bon, alors des cacahuètes…

Je n'avais toujours pas envie de dormir en attendant que la tempête se calme. Au contraire, j'étais en pleine forme après tout ce qu'on avait fait. Mais il a fallu que je me persuade que je n'étais pas amoureuse. Non, pas du tout. Un peu sous le charme, c'est tout, parce qu'il n'avait pas sa langue dans sa poche et qu'il n'avait pas peur du mauvais temps. En plus, j'aimais bien sa moustache. Elle piquait, me chatouillait. J'adorais ça. Mais c'était juste en passant, une petite aventure qui n'avait rien à voir avec mon projet initial. D'ailleurs, ce mauvais temps aurait été parfait pour ce que je voulais faire…

Une fois les muffins décorés sur un plateau avec de la cellophane autour et rangés dans la cambuse (j'avais assuré à Stian que ça pouvait aussi s'appeler un garde-manger), j'ai cherché d'autres trucs à faire. J'ai rangé un peu le mess, secoué les nappes et observé par le hublot la mer grise démontée et les fulmars qui ne nous lâchaient pas. Pendant les coups de vent les plus violents, leurs ailes étaient complètement à la verticale. La glace flottante heurtait violemment la proue ; les plats et les tasses à café s'entrechoquaient sur les étagères. En vérifiant que toutes les portes des placards étaient dûment bloquées, j'ai déniché un énorme seau à glace avec une publicité pour Coca-Cola. Vide, juste une pince à glace accrochée au bord.

Trouver de la glace pour l'apéro me donnait la motivation suffisante pour m'aventurer dehors par cette tempête. J'avais besoin d'un seau accroché à une corde, c'est tout. Mais d'abord, il fallait s'habiller chaudement : j'avais l'intention de jeter le seau par-dessus le bastingage pour attraper un peu de glace.

Dans le couloir, ça sentait le vomi. Les portes de la bibliothèque s'étaient ouvertes et les livres jonchaient le sol. Un joyeux mélange de Fridtjof Nansen, Helge Ingstad et Larry Kent. J'étais en train de les ramasser quand la porte de la cabine de Sonja s'est entrouverte. Frikk en est sorti, en titubant, avant de refermer la porte discrètement derrière lui.

– Tiens donc…

J'avais appris que c'était la chose à dire quand la mauvaise personne sort de la mauvaise chambre. Il était trop nase pour répondre et avait le regard fixe. Il a mis plusieurs secondes à comprendre ce que je faisais par terre au milieu d'un tas de livres.

– Et Turid, qu'est-ce qu'elle en pense ? lui ai-je demandé.

– Elle en pense rien, elle le sait pas !

Il était sur le point de vomir.

– Tu viens d'où ? D'Oslo ?

– Turid habite à Oslo. Et comme c'est ma mère, n'est-ce pas… Bon maintenant, je dois…

Il s'est mis à courir vers les toilettes au bout du couloir.

– Dégobiller, ai-je complété.

Je me suis relevée, j'ai frappé à la porte de Sonja et je suis entrée. Elle dormait. En tout cas, elle avait les yeux fermés. La puanteur était épouvantable. En respirant par la bouche, je l'ai secouée. Ses yeux étaient mi-clos.

– Sonja, ai-je chuchoté. Il ne faut pas roucouler avec Frikk. Ça fera des histoires. Faites attention.

– Hein ?

– Ne vous approchez pas de Frikk. Il y a des choses que vous ne savez pas…

– Mais c'est lui qui…

– Je vous préviens, c'est tout.

Sonja a fermé les yeux en gémissant.

– Essayez d'avaler un morceau d'ananas, ai-je dit en riant. Et si vous voulez boire un coup, je peux vous procurer de la glace.

La porte menant au pont était équipée d'une poignée à l'intérieur qui ressemblait à un gros levier. Jusque-là, on l'avait à peine touchée, mais maintenant, elle était poussée à fond, et j'ai eu tellement de mal à l'ouvrir que mes oreilles se sont mises à bourdonner. Où étaient passés Per et Pia ? Ils portaient des patchs contre le mal de mer, je ne devais pas m'en faire pour eux. Georg et moi, on avait dû leur donner des idées… Tiens, si j'avais eu le temps, j'aurais collé mon oreille contre le mur.

J'avais trouvé un seau en zinc dans le cagibi du couloir, et un gros rouleau de corde en nylon. J'avais fait fondre le bout de la corde en une grosse boule à l'aide de mon briquet car je ne tenais pas à être responsable d'un seau perdu en mer. J'étais habillée en vrai jambon de Noël. Quand j'ai donné un gros coup dans la porte qui s'est ouverte avec un bruit assourdissant, il m'est revenu à l'esprit la règle de sécurité en montagne : « Dites toujours à quelqu'un où vous allez. » Toutes les vannes étaient ouvertes : c'était comme entrer dans une piscine par le côté. Je me voyais déjà faire un geste vers le seau à glace, plus tard dans la journée, en me pavanant :

– Je me suis débrouillée pour vous trouver des glaçons, je vous en prie, servez-vous !

Et tout le monde serait à plat ventre d'admiration en se demandant si j'étais la réincarnation d'une exploratrice polaire.

Contre toute attente, je suis parvenue à refermer la porte derrière moi. Mais, une fois à l'extérieur, je n'ai pas lâché la poignée avant de pouvoir me cramponner à quelque chose de solide : le bastingage. Celui-ci descendait et montait en totale discordance avec les coups de vent. Il m'arrivait aux épaules, ensuite aux genoux. En face de moi, un fulmar se débattait comme un beau diable.

J'étais déjà trempée jusqu'aux os, même à l'intérieur de ma capuche. J'ai sorti la corde en nylon et je l'ai attachée à la poignée, puis fait passer deux fois autour de ma taille qui ne ressemblait plus à une taille mais à un boudin de tissu en forme de tonneau. Sûre de moi puisque j'étais harnachée, j'ai balancé le seau par-dessus bord et j'ai jeté un coup d'œil en bas pour attendre que des morceaux de glace flottante arrivent.

Et ça n'a pas manqué. Soudain, il y avait de la glace partout, sur les vagues descendantes et montantes. Mon seau avait atterri à plusieurs mètres. Il était vide, ouvert, prêt à accueillir ce qui croisait son chemin. J'ai guetté le moment où il fallait le remonter avec le moins d'eau possible. Un gin au goût salé, c'est pas génial.

J'ai mis du temps. Il fallait attendre le morceau de glace idéal. Il a fini par arriver, brisé au milieu, mais quand même à peu près entier. Dans la fissure, j'ai aperçu des cristaux turquoise. Le seau a cogné contre la glace au moment où le bastingage était en bas, et si je ne m'étais pas attachée solidement à la porte, j'aurais fini au fond de la mer comme friandise pour les crabes polaires, mais ça, c'était le programme prévu pour quelqu'un d'autre.

J'ai ramené le seau, très contente de moi. J'ai réussi à défaire les nœuds, ouvrir la porte et la refermer. Le passage à une température normale et un silence relatif était saisissant. À cet instant, Ola est sorti de la cuisine, les joues barbouillées d'huile de moteur, une banane à la main. Il m'a regardée, l'air ahuri.

– Vous êtes…

– J'avais envie de glace pour mon apéro.

– Vous ne vous rendez pas compte du danger ! Vous auriez pu passer par-dessus bord !

– Je sais. C'est pourquoi le contrat qu'on a conclu entre nous devrait vous rassurer. Imaginez que vous soyez obligés de faire demi-tour !

Georg a ébouriffé mes cheveux mouillés.

– Tu n'es quand même pas sortie ?

– Si. Fallait bien de la glace pour l'apéro.

– De la glace ?

– Oui, de la glace pilée.

La bande lumineuse à l'horizon s'était rapprochée. Des faisceaux dorés réchauffaient la grisaille.

– Et j'ai fait des muffins ! lui ai-je annoncé, pas peu fière.

– Tu ne devrais pas boire autant, m'a-t-il dit soudain en se penchant sur la carte.

Un crayon est tombé par terre.

– Excuse-moi, mais quel rapport avec les muffins ?

– Aucun. Mais ce que je te dis est vrai.

– Je ne bois pas beaucoup. Juste un peu de bière. Et je n'aime pas qu'on…

– Et du cognac. Du gin. Et…

– C'est Sonja qui te l'a dit ?

– Sonja ? Non… tu sais, moi aussi, j'ai des yeux pour voir.

– Écoute, Georg ! Je ne supporte pas qu'on me dise ce que je dois faire ou ne pas faire. Je deviens…

– Claustrophobe ?

Il a ri. Moi pas. J'ai évité son regard et fixé un point au-dessus de sa moustache.

– Oui, exactement.

– De toutes les âneries que peuvent débiter les chouettes, celle-là est la meilleure. Claustrophobe ! Et puis quoi encore ? Au milieu de l'océan Arctique ! Tu n'auras jamais plus de place qu'ici !

Il m'a donné une petite tape sur les fesses. J'ai essayé de le taper à mon tour, mais il m'a attrapé le poignet et attirée contre lui.

– Tu es vraiment un cas à part, a-t-il chuchoté. Mais tu verras, je t'aurai apprivoisée avant la fin du voyage.

– Essaie, ai-je répondu. Essaie, tiens.

C'était comme être un môme enroulé dans un tapis sur le sol et remarquer soudain la sortie. Il ne restait plus qu'à s'extirper de là, un peu sonné. Retrouver la lumière, les couleurs, la vie.

Lentement le *Ewa* a laissé le mauvais temps derrière lui, mètre après mètre. Les nuages se sont dispersés au-dessus de nos têtes, un ciel lisse et soyeux est alors apparu et, en dessous, l'océan aux eaux calmes, constellées du blanc des plaques de glace flottante, a scintillé sous la lumière du soleil.

Nous ne pouvions pas aller plus loin sans croiser le 80° N, même en ralentissant l'allure. La presqu'île de Mossel bouchait la route vers l'ouest, et plus au sud s'étendait le Wildefjord. On apercevait les sommets de Gråhuken et de Velkomstpynten. Georg a demandé qu'on jette l'ancre flottante et qu'on coupe les moteurs.

Il y avait des phoques partout. Sur la banquise. Dans la mer. Georg laissait tomber du tabac tandis qu'il montrait du doigt. Il savait faire la différence entre les phoques : celui du Groenland, celui à capuchon et celui annelé, qu'il préférait appeler phoque marbré.

– Tu vois le gros phoque là-bas ? Non… plus loin sur la droite. Oui, t'y es !

Il m'a pris le menton d'une main ferme pour orienter mon visage. Une des fenêtres était grande ouverte. Pas un souffle de vent. Ça sentait l'iode et l'huile de moteur. Et sa chemise, le tabac. Les oiseaux criaient et secouaient leurs ailes dans l'air. On n'entendait que ces cris et le clapotis de l'eau contre les flancs du bateau.

– C'est vraiment incroyable, ai-je chuchoté. On laisse ce temps pourri derrière nous et on croit soudain rêver. Mon Dieu, que c'est beau…

– Je ne crois pas que Notre-Seigneur soit mêlé à ça. Tu crois en lui, toi ?

– Non. Mais quand même… S'il y avait une grosse tempête, tu ne l'appellerais pas à l'aide ?

– Oh, ça m'est déjà arrivé plein de fois. Ou plus exactement… j'invoque quelque chose. Quant à savoir si je m'adresse au temps ou au Seigneur, c'est une autre affaire.

Il a ri, mais son rire s'est transformé en une quinte de toux.

– Tu ne devrais pas fumer autant.

– Oh, arrête avec ça ! Sinon tu vas me rendre claustrophobe, vieille chouette…

Il a pris les jumelles et a examiné le coin pour voir s'il y avait des ours polaires.

– S'il y a des phoques, c'est qu'il y a des ours, a-t-il déclaré. C'est un garde-manger de rêve pour le père ours.

Puis après un moment de silence, il a ajouté :

– Mais on ne sait jamais avec ce gars-là… Il peut surgir là où on s'y attend le moins.

Pia a voulu monter au nid-de-corbeau pour mieux guetter les ours. Je m'en suis voulu de ne pas y avoir pensé moi-même. J'aurais pu grimper comme un petit écureuil tout en haut, même par ce temps de chien, sous les regards de Georg, rien que pour lui prouver que sa copine n'était pas une chochotte.

Après qu'on lui a mis un harnais de sécurité, elle s'est passé les jumelles autour du cou, et hop, elle est montée. Arrivée sous le poste d'observation, elle a ouvert la trappe pour s'y hisser et l'a refermée sous ses pieds. Une paire de jumelles qui brillait au soleil sur le rebord du nid-de-corbeau, c'était tout ce qu'on voyait du pont.

– C'est plus haut que ça en a l'air, a précisé Oscar.

Lui, Samuel et moi, on était avec chacun notre bière sur les cordages à l'avant du navire et on savourait le silence et une sensation d'espace qui, à elle seule, justifiait tout le voyage. Il faisait au moins + 7°C ou + 8°C au soleil. On a pu ouvrir nos doudounes et j'ai fumé sans mes moufles. Quel luxe ! Le navire se balançait doucement et à l'horizon, vers l'ouest, on voyait le gros temps avec ses nuages d'un noir bleuté, ceux auxquels on venait de tourner le dos. Oscar et Samuel avaient été malades, mais ils avaient suivi mes conseils, pris une bière et une tranche de pain, et retrouvé un peu de couleurs.

– Vous avez beaucoup vomi ? ai-je lancé pour faire la conversation.

– Ça oui. Mais vous, vous avez l'air de tenir drôlement le coup, a répondu Oscar.

– Faut croire que j'ai des qualités insoupçonnées.

Mais je ne lui ai pas dit que j'avais des cachets contre les brûlures d'estomac. Et, surtout, du cognac.

– Vous avez déjà fait du bateau ?

– Non, pas vraiment. J'ai seulement pris des ferries, en vacances.

– Les langues vont bon train. Ça m'a même empêché de vomir plusieurs fois, a-t-il ajouté en riant.

– Très drôle. Et vous, Sam ? Ça va maintenant ? On peut remettre ça ?

– Ha ha…

– Ça vous fait rire ?

– À votre avis ?

– Vous avez beaucoup vomi ? Je viens de poser la même question à Oscar.

– Ça va mieux. Et ce qu'on voit là, a-t-il dit en écartant le bras pour montrer l'océan Arctique, c'est… c'est tellement grandiose que ça vous coupe le souffle.

– Oui, mais je m'y attendais. C'était marqué dans la brochure.

J'ai levé mon verre en direction de Georg sur la passerelle. Pour toute réponse, celui-ci a craché dans la mer. Touché, coulé. Ola et Bjørn sont arrivés en courant presque. Bjørn a bâillé.

– Allez, il faut gonfler le Zodiac ! a crié Georg.

– Du calme, ai-je dit. Laisse d'abord les enfants prendre un peu de repos !

– Personne ici ne posera son cul avant qu'on ait terminé le boulot !

– Sauf nous, ai-je dit à Oscar avec un sourire. Ça c'est la vie, la vraie ! *Cheers !*

Les uns après les autres, les malades se sont extirpés de leurs couchettes. En me penchant par-dessus le bastingage, j'ai vu que tous les hublots étaient ouverts. Une vague odeur de vomi est remontée. Ils ont cligné des yeux un bon moment avant de comprendre qu'il ne s'agissait pas d'un rêve, avec les montagnes dans le lointain, le Wildefjord qui s'ouvrait comme deux cuisses de femme, le ballet aérien des oiseaux, les phoques ici et là sur la banquise. On a trinqué en leur honneur au fur et à mesure qu'ils plongeaient dans l'eau, on a pris des chaises de jardin, à l'avant, et je suis allée chercher trois autres bières en inscrivant les traits correspondants sur ma fiche. J'avais déjà plein de traits de cognac, et j'allais en marquer un autre, lorsque j'ai senti Georg derrière moi. Nous étions seuls au mess. Il m'a embrassée dans la nuque, ça chatouillait, et il a passé ses bras autour de moi, sous la doudoune.

– On fait jaser, ai-je chuchoté en penchant ma tête en arrière vers son épaule.

Il m'a embrassé l'oreille, m'a mordillé le lobe. Ça m'a donné envie illico d'aller refaire un tour dans ses draps.

– T'avais raison, ai-je murmuré.

– À propos de quoi ?

Sa voix était pâteuse, son souffle plus lourd.

– Des zones érogènes. Si je t'avais rencontré à Trondheim, au Pianobar par exemple…

– Tu m'aurais même pas regardé…

– Non, ça c'est sûr.

On a entendu des cris résonner sur le pont. Georg m'a aussitôt lâchée et a bondi dehors.

– Quelqu'un a dû voir des ours ! s'écria-t-il. Allez, viens !

Ce n'étaient pas des ours, mais deux morses qui s'avançaient vers nous. J'ai donné à Oscar et Samuel leur bière.

Seuls Jean et Turid manquaient à l'appel, ainsi que Sigmund, qui dormait. Philippe avait sorti son appareil photo et attendait que les morses soient à bonne distance pour les mitrailler. Oscar et Samuel se parlaient à voix basse, en se fichant carrément de ce qui se passait avec les morses. Ils étaient devenus bons amis et avaient sûrement des choses à se dire qu'ils ne voulaient pas qu'on entende. Mais là, c'était différent. Il y avait entre eux une proximité et un mystère. Plutôt que de me rapprocher pour espionner leur conversation, je me suis placée à côté de Georg et me suis concentrée sur la vie dans l'océan. Les coudes appuyés sur le bastingage, Georg se roulait une cigarette.

– Les morses… y a pas à dire, c'est vraiment des drôles de bêtes ! a-t-il lancé en riant.

Ils devenaient de plus en plus gros, au fur et à mesure qu'ils fonçaient vers nous. J'ai d'abord cru qu'ils étaient plus nombreux, car je n'arrivais pas à imaginer que c'étaient les mêmes animaux qui remontaient à la surface à quelques secondes d'intervalle, une cinquantaine de mètres plus loin. Frikk a, encore une fois, vivement regretté la perte de son appareil photo.

À la fin, ils sont apparus, énormes, même si la moitié de leur corps était encore sous l'eau. De longues dents d'un blanc jaune. De minuscules yeux de cochon de chaque côté d'une petite tête. Les moustaches rigides, hérissées, ruisselantes d'eau. Au moment même où ils émergeaient, ils soufflaient en rejetant de l'eau par leurs narines.

– C'est un mâle et une femelle ! a déclaré Georg. Ça se voit à leurs défenses. Celles de la femelle sont plus courtes, plus fines.

Une bière à la main, Per a raconté en anglais tout ce qu'il savait sur les morses. L'atmosphère était plus détendue, tout devenait un peu irréel, on se serait cru partis pour une balade en barque sur un étang. Les morses ouvraient grands leurs évents, ils n'étaient plus qu'à une vingtaine de mètres du bateau et, apparemment, ne se lassaient pas de nous regarder.

– Ils mangent jusqu'à plus faim, a expliqué Per. Ils n'arrêtent pas. Après ils dorment sur la plage pendant deux jours. Un morse adulte mâle, ça peut peser une tonne et demie, oui, beaucoup plus qu'un ours polaire !

– On ne pourrait pas sortir avec le Zodiac ? a demandé Oscar, tout excité. Comme ça on les verrait de plus près !

– Vous n'y pensez pas ! a répondu Georg. Avec leurs défenses… ça vous troue un Zodiac en moins de deux.

– Ah, oui, j'y avais pas pensé. Mais vous êtes sûr qu'ils pèsent aussi lourd que ça ? Deux fois le poids d'un ours polaire, ça paraît difficile à croire.

– Oui, ça paraît vraiment incroyable, comme vous dites, marmonna Philippe, l'œil collé à son appareil, absorbé par sa séance de shooting.

Les Japonais éternisaient ce moment en se photographiant les uns les autres, avec le même appareil, dans la position classique : contre le bastingage avec l'océan en arrière-plan. Dana se tenait plus loin, cachée derrière des lunettes de soleil de grande marque. J'avais remarqué qu'elle me battait froid depuis un moment. Je savais pourquoi. Pour avoir une relation avec un tueur de phoques, il fallait être de la même étoffe. Oui, c'était exactement ça.

– Ta mère ne va pas bien ? ai-je demandé à Frikk.

Il n'a rien répondu.

– Est-ce que Turid est toujours malade ? a renchéri Oscar.

– Oui, a dit Frikk, l'œil rivé sur les morses.

Le teint verdâtre, Sonja avait pris place sur les cordages où j'étais assise tout à l'heure. Elle était trop fatiguée pour se tenir debout ou pour fouiner dans les cabines des autres. Lena était assise à côté d'elle.

– J'ai fait des muffins, leur ai-je dit.

Sonja a fermé les yeux et avalé sa salive, mais Lena a souri.

– Super, a-t-elle répondu.

– Nous allons réveiller Sigmund dans une heure et on ira plein nord, a dit Per. On prendra le café après avoir célébré le passage du 80°N.

Sonja a fini par ouvrir la bouche :

– Bea… c'est vous qui êtes passée me voir ? Et qui m'avez parlé de… de…

– On en rediscutera une autre fois. Pas ici. Pas maintenant.

Les vieux loups de mer ont un œil de lynx et des oreilles qui traînent partout, c'est pire qu'une femme jalouse.

– Qu'est-ce que t'as… ? a chuchoté Georg.

– Pas maintenant, ai-je répondu à voix basse.

Le radar a indiqué que le bord de la banquise s'était déplacé plus au nord et atteignait le 80°N. L'archipel des Sjuøyane était enfin accessible. Pia guettait toujours l'ours, quand Sigmund et Jean sont remontés. Sigmund venait de dormir pendant six heures, il était prêt à prendre son quart.

Jean grignotait une tranche de pain sec.

– C'est ça qu'il faut faire, se remplir l'estomac ! ai-je lancé gaiement. Je parie qu'il est vide !

– C'est même pire que ça ! a-t-il soupiré.

Un garçon gentil et assez mignon. Pour moi, lui et Philippe n'étaient pas homos. Mais c'était du pareil au même : à mes yeux, ils ne présentaient pas le moindre intérêt. Trop jeunes, trop ennuyeux. En revanche, si je les avais rencontrés au Pianobar, ç'aurait été tout à fait différent ! Le monde est bizarre. Je n'aurais jamais cru que ma situation géographique pourrait influer sur mon type d'hommes.

– Quelqu'un devrait peut-être aller voir Turid, a hasardé Oscar.

– J'y vais, a dit Lena en se levant.

Au bout de quelques minutes, elle est revenue.

– Elle ne vomit pas mais elle dit qu'elle ne se sent pas bien et qu'elle veut rester au calme.

– Dans ce cas, a dit Sigmund, on repart et on met le cap sur le nord. Allez, Ola, on y va !

– Moi, je monte sur la passerelle, a fait Georg. Comme ça, tu peux t'occuper des passagers.

Pia est redescendue de son poste d'observation. J'ai jeté un coup d'œil vers là-haut. Il fallait que j'y fasse un tour à l'occasion. Il suffisait de grimper avec un harnais de sécurité. C'était trois fois rien.

Le bruit des moteurs quand ils se sont remis en route nous a fait regretter le silence. Les fulmars boréals devaient crier plus fort pour se faire entendre. Ce n'était plus le même monde, nous étions de nouveau en mouvement. Je n'ai pu m'empêcher de penser à Camilla Collett, cet écrivain qui disait que l'important n'était pas tant de se détacher des choses que d'aller vers elles. Pourquoi ça m'est soudain revenu en mémoire ?

Lena et Stian sont apparus avec des plateaux et des verres de vin. Hé, pas de vulgaires gobelets en plastique, mais des vrais. On commençait à savoir vivre ici. Bjørn a apporté des cacahuètes et des sticks salés, tandis que Per est arrivé avec une grosse enveloppe dont je connaissais le contenu. Pour finir, Sigmund a surgi avec deux magnums. J'ai dégluti. Zut ! Une vulgaire piquette… J'aurais pu faire de l'esprit en disant que le prix du voyage et celui de la bouteille me paraissaient inversement proportionnels. Oscar aurait trouvé ça drôle, Sigmund m'aurait regardée de travers Mais je me suis abstenue de tout commentaire et j'ai crié :

– Ah, du champagne !

– Allez chercher le caviar ! a proposé Samuel.

– Et puis quoi encore ! ai-je rétorqué.

Le *Ewa* avait mis le cap sur le nord et les machines tournaient à plein régime. Les bouteilles apportées par Sigmund nous attendaient sur le pont. Soudain la corne de brume a retenti trois fois et on a tous poussé un cri de surprise – en tout cas, ceux d'entre nous qui n'avaient jamais entendu ce son avant.

Sigmund a débouché la première bouteille en veillant à ce que le bouchon ne parte surtout pas au-dessus du bastingage. Je trouvais leur peur de polluer l'océan quelque peu exagérée, mais j'avoue que la vision d'un fulmar au bec empêtré dans le muselet d'une bouteille de champagne m'a fait changer d'avis.

On a bu à la santé de tous. Ceux qui avaient été courbés en deux au-dessus de la cuvette des W.-C. ou d'un seau en plastique et venaient de se relever, trempaient seulement leurs lèvres, histoire de s'assurer que leur estomac était d'accord. Mais moi, j'avais une bonne descente. Du reste, le vin n'était pas si mauvais que ça. Et bien glacé.

– Il faut en donner aussi à Georg, a rappelé Sigmund.

– Je vais lui en apporter un verre, ça vous fera un sujet de conversation, ai-je dit.

Quand je suis montée sur la passerelle et que j'ai regardé les autres rassemblés en bas, à l'avant du bateau, avec leur verre à la main, j'ai compris au regard surpris des Japonais que ces derniers ne s'étaient doutés de rien jusqu'alors. Izu a agité sa main et fait le signe V avec ses doigts. Je lui ai adressé un sourire crispé.

– On dirait que les ragots, c'est encore pire ici que dans une petite ville de Norvège, ai-je constaté. Allez, à ta santé !

– À ta santé, vieille chouette ! C'était bien, le dessin que t'as fait pour Sigmund. Ça l'a dégelé. Tant qu'il ne se dégèle pas trop au point de croire que tu veux le draguer…

– Toi, si tu continues, je vais te dessiner tout nu et je t'accrocherai sur le *whiteboard* pendant que tu dors, l'ai-je menacé.

– Comment t'as appelé ça ?

– Le *whiteboard.*

– Moi, je dis juste « tableau blanc ».

– Voilà qui résume parfaitement nos différences, Georg. Dire qu'on s'est retrouvés dans le même lit, faut vraiment être cinglés ! Oui, complètement givrés !

– Arrête avec ce charabia. Cela dit, on a passé un bon moment. Rien que d'y penser, ça me fout des frissons jusque dans le bas-ventre.

Je me suis penchée à la fenêtre de la cabine, mon verre à la main :

– Encore ! J'en veux encore !

– Dans ce cas, vous n'avez qu'à descendre et arrêter de flirter ! a crié Bjørn, ce gamin qui devait avoir des piles de *Penthouse* planquées sous son matelas.

À cet instant, j'ai repensé au nid-de-corbeau. J'avais vraiment envie d'y grimper.

– Tu sais, Georg, les chouettes, ça aime bien être perchées. Eh bien moi, je veux monter au nid-de-corbeau.

– Mais qu'est-ce que tu veux foutre là-haut maintenant ? T'auras peur.

– Peur ? Moi qui sais piloter un avion ? Arrête.

– Bon, si tu le dis. Mais tu verras, c'est pas pareil. C'est plus haut que tu crois. Allez, laisse tomber.

Il n'aurait jamais dû dire ça. Je suis redescendue en trombe de la passerelle et je me suis retrouvée sur le pont avant qu'il ait pu me retenir.

Sigmund m'a fait passer le harnais de sécurité. Au-dessus des épaules, autour du corps, à l'entrejambe.

– C'est vraiment nécessaire ? ai-je protesté.

– Oui, absolument, a dit Sigmund.

– Je peux emporter un peu de champagne pour là-haut ?

– Non. Concentrez-vous sur les marches. Il y en a beaucoup. C'est ça, bonne ascension !

J'ai grimpé sans les moufles. Le contact du métal me brûlait les mains de froid. J'ai entendu le compte-tours diminuer un chouïa, c'était une manière pour Georg de m'aider à grimper. J'avais des baskets aux pieds, et heureusement. Des chaussures de montagne auraient été trop rigides pour ces marches.

– Ne regardez pas en bas avant d'être tout en haut, m'a recommandé Sigmund.

Pour une fois qu'il voulait mon bien, j'ai suivi son conseil.

J'ai dégluti. J'avais la nuque et le corps tout raides.

Presque arrivée. Mes doigts et mes poignets m'élançaient. Tout tanguait. Et dans tous les sens. Est-ce que le vent s'était remis à souffler ? Est-ce que la tempête était revenue ? Le métal était peint en jaune. Jaune poussin. J'ai essayé de me rappeler un poussin de Pâques que j'avais dans un placard à la maison, un qu'Andersen aimait bien. Il avait fait des mouvements innommables au-dessus de lui et attendu ensuite pendant des semaines d'avoir un descendant.

Ça y est. Le plancher du nid-de-corbeau. J'étais là-haut. J'ai soulevé le plancher et ai continué à grimper. J'ai posé les pieds sur les hiloires prévues à cet effet et qui avaient beaucoup servi, vu l'état de la peinture. J'ai refermé. Et regardé enfin par-dessus bord.

La seconde d'après, je me suis retrouvée le cul par terre, le visage dans les mains.

– Oh, mon Dieu ! C'est pas vrai…

Et cette fois, je savais qui j'invoquais.

– Ho hé ! m'a-t-on crié d'en bas.

Est-ce que Sigmund avait élevé la hauteur du mât ? L'avait-il déployé comme un périscope ? J'étais au moins à cent mètres du pont. En plus ce poste d'observation se balançait avec une amplitude de dix mètres d'un côté à l'autre et je ne pouvais rien faire pour contrôler ce mouvement, aucune barre à tenir, rien.

– Oh, la vache…

Je me suis relevée en me cramponnant au bord. J'avais l'impression que tout allait basculer. C'était contraire à toutes les lois de la nature. Nous allions chavirer, le bateau et tout l'équipage, et faire le grand plongeon au royaume des morses.

– Ho hé, en bas ! ai-je crié.

Mais ils ne m'ont pas entendue.

– HO HÉ ! ai-je répété en m'égosillant.

Ils étaient devenus des fourmis microscopiques. Des têtes avec des pieds en dessous. J'étais tellement haut que je n'arrivais même pas à voir les verres qu'ils tenaient à la main. Quant au Zodiac, il avait l'air d'un porte-savon.

– Est-ce que le vent s'est levé ? ai-je encore crié.

Impossible de se méprendre sur les rires qui s'élevaient du pont. Je connaissais l'histoire de ces jeunes garçons qui s'amusent à grimper aux antennes de radio avant de paniquer à mort, et que les pompiers sont obligés d'aider à redescendre. Et ça m'avait toujours fait rire. Mais plus maintenant. J'ai vérifié mon harnais de sécurité, il tenait bien.

– Je veux rester ici un moment ! ai-je lancé en essayant de donner le change.

Mais quelqu'un qui a la frousse ne trompe personne. Ça se remarque tout de suite. Et je n'ai pas tardé à entendre qu'on frappait sous mes pieds. J'ai hurlé.

– C'est moi ! Bjørn ! a dit une voix. Ouvrez-moi !

– Je n'ose pas…

– Remettez vos pieds sur le côté !

J'ai fait ce qu'il m'a dit, fermé les yeux, dégluti. Le sol s'est soulevé.

– On chavire, ai-je gémi, vous ne le sentez pas ? On va se faire embrocher par les morses.

– Mais non. Tout baigne, a dit Bjørn.

Bon, ai-je pensé, ce n'est qu'un gamin, mais c'est toujours mieux que d'être seule.

Il m'a alors saisi le pied. Je me suis dégagée en gueulant, au point de perdre un instant l'équilibre. J'ai hurlé de nouveau.

– Les gens rient, a-t-il dit.

Ça m'a fait taire illico.

– Une marche à la fois. Ne regardez pas en bas. Je vais guider votre pied de marche en marche. Faites-moi confiance. On va faire ça calmement et tout ira bien.

Je n'ai pas ouvert les yeux avant d'être tout à fait en bas. Tous m'ont acclamée, m'ont tapé dans le dos et m'ont assuré que j'étais très courageuse. Bjørn, quant à lui, n'avait même pas de harnais de sécurité. Je n'ai pas osé regarder Pia qui tout à l'heure était montée et descendue sans faire tout ce cirque.

– Comment était le paysage là-haut ? m'a demandé Samuel.

– Je n'ai rien vu, ai-je répondu.

C'est alors que j'ai remarqué un rire, en arrière-plan. C'était Georg. De sa fenêtre de la passerelle, il riait à la fois sur l'inspiration et l'expiration.

– Toi, la ferme, le Nordiste aux pieds plats ! ai-je braillé.

Sigmund a rempli mon verre, que j'ai vidé d'un trait.

– Et maintenant, diplômes pour tout le monde ! a annoncé Per en les distribuant à la ronde.

J'ai pris le mien avec des mains tremblantes.

*Certificate 80° North. Britta Abner has in the best Polar tradition participated in an Expedition in Arctic waters and crossed 80° North.*

Signé : Per et Sigmund.

Il y avait au milieu la reproduction d'une ancienne carte marine. Soudain, j'ai trouvé que je le méritais bien.

– Tiens, c'est comme ça que vous vous appelez ? a fait remarquer Oscar en jetant un coup d'œil par-dessus mon épaule.

– Non, ai-je dit. Je m'appelle Bea. Oubliez l'autre nom qui est marqué. Je ne m'en sers que pour le fisc et les certificats d'expéditions polaires.

Stian et Lena avaient préparé un ragoût de côtelettes de porc avec des oignons et des petits pois. Une bonne odeur s'échappait de la cuisine. Le soleil de minuit pénétrait par les hublots. Toutes les portes donnant sur le pont étaient grandes ouvertes. Cela a été un branle-bas de combat pour aller chercher cartes, appareils photo, livres d'ornithologie, bouteilles et verres. La tempête était loin maintenant, et on s'est tous retrouvés devant un bon déjeuner. On a réglé les horloges sur le nouveau fuseau horaire.

Sigmund a reçu l'ordre de redescendre de la passerelle alors qu'il était monté pour prendre son quart, et j'ai compris pourquoi : Georg voulait faire un maximum d'heures à la suite pour en avoir autant de libres après. Dans un certain domaine – je ne vous fais pas de dessin – le temps est un facteur non négligeable…

Plutôt que de lui en faire voir de toutes les couleurs, j'avais joué celle qui n'avait rien remarqué. Lui était prisonnier là-haut, obligé de manœuvrer avec habileté le bateau sur un océan où dérivaient des blocs de glace. Pour l'heure, il avait plus urgent à faire que de me rendre mon sourire.

C'était d'ailleurs idiot de ma part, vu que tout le monde était à présent au courant de notre liaison.

Les muffins ont soudain eu des jambes, car Lena est montée voir Georg pour lui en apporter trois, ainsi que du café. Je l'ai imaginé se les fourrer dans la bouche en sachant que c'était moi qui les avais faits.

– C'est de la vraie glace ? a soudain demandé Samuel.

Enfin le moment que j'attendais. Et ça tombait même à pic, après ma piètre prestation dans le nid-de-corbeau.

– Bien sûr, ai-je répondu. J'ai remonté un peu de glace de l'océan pendant que vous étiez tous en train de dégueuler.

– C'est vrai ? Vous étiez sur le pont ? Par cette tempête ? C'était pas drôlement risqué ? m'a-t-il demandé, les yeux écarquillés.

– Pas du tout, ai-je répondu. Je me suis seulement attachée à une poignée de porte.

Samuel a hoché la tête avec un air admiratif et s'est servi. Les Japonais avaient écouté la conversation, comme Dana, Sigmund et Oscar. Braver la tempête, c'était autrement plus dangereux que de grimper à un poste d'observation à quelques misérables pieds au-dessus du pont.

Les glaçons s'entrechoquaient dans le Campari de Samuel. Tous ont regardé son verre, comme s'ils s'attendaient à le voir exploser. Mais sa boisson s'est transformée en une sorte de sirop glacé. Samuel a bu une gorgée et a déclaré, très satisfait, en claquant la langue :

– Ça fait de la vraie glace !

Ce qui revenait à dire qu'il y avait de la vraie et de la fausse glace. Mon congélateur à la maison devait donc contenir de la fausse glace, mais jusqu'alors cela ne m'avait jamais gênée. Eh oui, le monde se développe au rythme de nouveaux concepts. Je me voyais bien servir des boissons sur ma terrasse en prévenant : « Désolée, mais je n'ai que de la fausse glace, c'est tellement difficile d'en trouver de la vraie, à Trondheim… »

Quelqu'un a crié du pont :

– Ours à l'horizon !

On a entendu le compte-tours des moteurs diminuer et on a perdu plusieurs secondes à monter sur le pont, puisque tout le monde a voulu sortir en même temps.

– Je vais prévenir Turid, a dit Per.

C'était une ourse avec ses deux petits. Debout sur une plaque de glace, elle mangeait un phoque qu'elle venait de tuer. Les oursons étaient à côté d'elle, déjà rassasiés. Une traînée rouge partait du phoque jusqu'au bord de la glace, avant de se diluer dans les eaux froides. Tout en mangeant, l'ourse nous observait du coin de l'œil, à cinquante mètres de là. Le bateau s'est lentement glissé vers le bout de banquise, et elle n'avait pas du tout l'air effrayée. Et comme elle n'avait pas peur, les petits non plus.

Tout était parfait : c'est comme ça que devaient être les ours polaires. En bonne santé, en train de manger sur la banquise, tandis que le soleil brille sur l'océan Arctique et que les fulmars boréals piquent une tête dans l'espoir de grappiller un morceau. Je me suis rendu compte que je souriais et je n'ai pu m'empêcher de lever les yeux vers Georg. J'étais accoudée au bastingage juste sous la passerelle dont la baie était ouverte. Son regard a aussitôt rencontré le mien. Il n'a pas dit un mot mais m'a adressé un large sourire qui a plissé tout son visage, comme si ces ours étaient un cadeau personnel pour moi.

– Mon Dieu qu'ils sont beaux ! s'est écriée Dana.

En revanche, le phoque qu'ils mangeaient ne lui faisait ni chaud ni froid. Sans doute parce qu'il n'avait plus sa fourrure. Il était déjà dépecé et ne ressemblait plus à un phoque, mais à un morceau de viande, le genre de produit qu'on achète en barquette sous cellophane dans les supermarchés.

– Et les oursons ! s'est exclamé Jean.

Les petits avaient eu le droit de se servir en premier. La maman avait attrapé le phoque, l'avait tué avec ses pattes avant et avait laissé ses bébés se servir d'abord. Une fois leurs petits estomacs remplis, elle avait pris de la viande rouge pour se récompenser. Avec peut-être un peu de cervelle. Le crâne était ouvert, offrant beaucoup de bons morceaux de graisse pour une maman ours. Les oursons avaient plein de sang autour de leur petit museau, sur la poitrine et leurs pattes avant. Ils nous regardaient de leurs yeux noirs, la tête relevée, on aurait dit des nounours en peluche, mais dont le fabricant se serait trompé de couleur. L'envie m'a pris de les caresser, de les toucher pour de vrai et me convaincre qu'ils existaient vraiment et pas seulement sur un écran en plein air montrant un vieux documentaire animalier tourné par la BBC.

– Turid n'a pas envie de les voir ? ai-je demandé à Per.

– Elle ne se sent pas très bien, a-t-il répondu.

Les fulmars nous ont fait bien rire, à tournoyer affamés autour de la plaque de glace. L'ourse essayait de les attraper, mais ils s'envolaient hors de sa portée, avant de revenir à l'attaque. Le flanc du bateau n'était plus qu'à quatre ou cinq mètres de là, poussé par une dérive. Immobiles au bastingage, on chuchotait entre nous quand on avait quelque chose à se dire. On entendait l'ourse claquer la langue et les oursons grogner de satisfaction. Il n'y avait plus beaucoup d'ourses qui étaient capables de nourrir deux petits à présent, nous a expliqué Pia, en raison de la recrudescence d'ours polaires dans la région. Ceux-ci avaient l'air d'être en bonne santé, bien nourris. Signe que la mère devait être une chasseuse hors pair.

– Tout comme Georg, ai-je dit à l'intention de Dana.

Mais elle n'a pas daigné me regarder. À cet instant, l'ourse a lâché sa viande de phoque et s'est dirigée à pas lents vers nous. Derrière son dos, les fulmars, hystériques, se sont jetés sur les restes. L'ombre du *Ewa* se profilait sur la plaque de glace, rendant les couleurs plus froides, plus bleutées. L'ourse est venue se coller tout contre le flanc du bateau qui éraflait à présent le bout de banquise où elle se tenait. L'animal a tendu le cou pour renifler le métal, pas le moins du monde inquiète, alors qu'elle avait deux petits à protéger. Je me suis souvenue de ce qu'avait dit Georg : le seul vrai danger pour les femelles, ce sont les mâles. Et dans le cas présent, elle n'avait affaire ni à un mâle ni à un ennemi naturel. Elle a levé la tête et nous a regardés. Ses oreilles étaient petites et rondes, profondément enfoncées dans la fourrure. J'ai cru sentir une vague odeur sucrée de sang frais. D'un geste lent, elle a posé une patte contre le métal, a redressé le haut du corps et est restée debout sur ses pattes arrière.

– Éloignez-vous du bastingage, nous a ordonné Georg.

Elle n'avait quand même pas l'intention de monter ? Toujours est-il que Per a aussitôt traduit en anglais, et on s'est tous reculés. C'est le moment qu'a choisi l'appareil photo des Japonais pour rembobiner le film avec un petit bruit de moteur. Nuno – ou Sao – a lâché une bordée de jurons en japonais que tout le monde a compris : se trouver à un mètre cinquante d'un ours polaire et ne plus avoir de pellicule, quel manque de bol ! S'il avait été au zoo de Londres, il n'aurait eu qu'à en mettre une autre dans son appareil, il aurait même pu manger un kebab avant. Mais cette bête n'était pas un objet d'exposition enfermé dans une tombe en béton avec une clôture électrifiée tout autour. Ils étaient pour une fois en face d'un vrai ours. *The Real Thing.* Comme le disait la pub de Coca-Cola.

L'ourse reniflait bruyamment, une manière de décoder le spectacle que nous lui offrions.

– T'es toute belle, tu sais, et t'es une bonne fille, lui ai-je dit. Allez, va retrouver tes petits…

Sa tête était plus large que je ne l'aurais pensé. Ses pattes aussi. Nous étions nez à nez avec un des plus gros animaux sauvages au monde. Et même si elle avait l'air pacifique et confiante, je n'ai pas éprouvé le besoin de la caresser davantage.

– Je te crois, ai-je chuchoté, tu m'as convaincue que tu existais en vrai…

Elle a tendu le cou pour essayer de voir par-dessus le bastingage. Personne d'autre ne s'était avancé pour la gratter derrière l'oreille, alors qu'elle avait l'air d'un bon gros nounours tout gentil, presque gauche dans ses mouvements. Inoffensive.

– Elle a senti l'odeur de la nourriture dans la cuisine, a glissé Per tout bas.

– Mais elle n'est pas capable de… de…, ai-je bredouillé.

– Mais non, a dit Per.

– On ne lui donne pas à manger ? a demandé Samuel.

– On n'a plus de phoque, ai-je répondu. Dommage.

Dana continuait à m'ignorer. J'ai failli lui proposer que nous en tuions un plus tard, pour en avoir en réserve au cas où, mais de toute façon, Georg se chargerait de le faire à notre place. Pas la peine d'échauffer inutilement les esprits, surtout quand on connaît le tempérament des Italiennes.

L'ourse s'est laissée retomber sur ses quatre pattes, ce qui a fait craquer la plaque de glace et gicler l'eau sur les bords. Elle s'est soudain rappelé le phoque et son repas interrompu. En la voyant s'approcher, les fulmars se sont jetés comme des fous sur les derniers lambeaux de viande. Plutôt que de les chasser d'un coup de patte, elle a poussé un bref hurlement devant le carnage. On aurait dit que la pression de l'air faisait rouler les oiseaux sur la neige. Ce hurlement a provoqué chez nous un rire nerveux. Un ourson s'est levé pour s'approcher du bord, avant de se laisser tomber sans grâce sur le ventre avec un petit « plouf ». Suivi de son frère.

– Ils ont trop chaud au soleil, a dit Pia.

Le *Ewa* a continué sa route, même si le bateau avait légèrement dévié sa course. Le bout de glace flottante aussi dérivait. L'ourse a jeté un dernier regard sur la dépouille du phoque avant de rejoindre ses rejetons dans la mer. Tous trois nageaient en direction de la terre ferme et des montagnes, vers l'est, vers la Terre de Gustav V. Une grosse tête et deux plus petites derrière, qui avançaient à vive allure.

– Bon voyage ! a crié Sonja en agitant la main.

La tension s'est relâchée d'un coup et tout le monde s'est mis à rire et à parler en même temps : une vraie cacophonie. C'était à qui s'extasiait le plus. Les moteurs ronronnaient dans le ventre du bateau. Sigmund paraissait plus que satisfait et a hoché la tête en regardant Per, comme pour dire que les touristes en avaient eu pour leur argent. La brochure nous avait promis qu'on verrait des ours polaires. Cela aurait été un peu raté si notre seul ours avait été celui avec le dos brisé.

– Et les baleines ? Vous croyez qu'on va en voir, Sigmund ? lui ai-je demandé.

– Mon Dieu, ai-je entendu Georg soupirer, ces bonnes femmes… jamais contentes…

– Jamais contentes ? Et toi, alors ? Va donc te regarder dans le miroir ! ai-je rétorqué sans lever la tête.

– Il serait peut-être temps d'avoir une petite discussion, toi et moi, a-t-il dit en me saisissant le poignet alors que je rapportais dans la cuisine les plats de pommes de terre.

Tout le monde mettait à présent la main à la pâte, que ce soit pour dresser la table, débarrasser, chercher de la bière ou du vin pour ceux qui en voulaient, ou traduire quand quelqu'un sortait une vanne.

Sigmund avait mangé avant de prendre son quart, puis il était monté relever Georg avec son bol de dessert à la main. Une mousse au citron, aussi jaune que l'échelle pour grimper en haut du nid-de-corbeau. Georg s'était assis à côté des Japonais. J'étais entre Samuel et Oscar, on s'était partagé une bouteille de vin rouge, et on s'était vite rendu compte que ce n'était pas assez. On avait fini par en boire trois et on avait beaucoup ri à l'idée de la pagaille sur les listes nominatives, avec des traits qui finissaient par n'en faire qu'un. Je n'avais pas beaucoup bu plus tôt dans la journée, et le vin rouge m'était monté tout de suite aux joues.

J'avais suivi d'une oreille les efforts de Georg qui tentait désespérément d'avoir une conversation avec les Japonais. Izu lui avait parlé de sa grande passion : les bonsaïs. Mais elle avait eu besoin du renfort de Nuno et Sao pour trouver les mots.

– De tout petits arbres, alors que normalement ce sont des grands ? avait résumé Georg.

– Oui, oui ! De tout petits ! Tout petits ! s'était écriée Izu, au comble du bonheur.

– Une discussion ? À quel sujet ?

– Pose ces pommes de terre et viens.

– Tu ne prends pas de dessert ?

– Si, mais viens.

Il m'a poussée en bas des marches, le long du couloir, à l'intérieur de sa cabine. Le rideau était encore tiré.

– C'est injuste, ai-je dit. Ton plancher fait au moins quatre centimètres de plus en largeur que le mien.

Il a ri, a pris mon visage entre ses mains, et m'a regardée droit dans les yeux.

– Alors, ma petite chouette, laisse-moi te contempler… T'as les joues en feu, ça me brûle les mains. Ah, ma chouette qui a le vertige…

Je n'ai pas répondu. J'ai pris ses mains et les ai descendues à la hauteur de ma poitrine.

– Montre-moi ton bonsaï, ai-je chuchoté.

– Plus tard, a-t-il répondu. D'abord le dessert.

Plus tard, beaucoup plus tard, je me suis rhabillée et je suis remontée au mess pour chercher deux cafés. Ensuite je suis allée dans ma cabine, j'ai pris sous le bras la bouteille de cognac et mon carnet à dessins, et je suis retournée auprès de Georg.

Son lit était comme une grotte. Lumière tamisée. Café et cognac. La couchette supérieure formait comme un toit. Ça faisait bizarre de savoir que la porte n'était pas fermée à clé et d'entendre les gens aller et venir dans le couloir.

– Je ne devrais pas boire. Si le vent tourne et qu'on se retrouve à longer la banquise, faudra que je remonte sur la passerelle.

– Pfft… il n'y a pas de vent.

Il allait rétorquer quelque chose, mais je lui ai lancé un regard noir pour le faire taire. Assis côte à côte, le dos contre le mur et la couette en travers, on était obligés de courber la nuque à cause de la couchette supérieure. Mon carnet à dessins servait de plateau pour poser le café et le petit verre de cognac.

– On ne va pas tuer un autre phoque ? ai-je demandé.

– Si. Quand l'occasion se présentera. Dès que Greenpeace ira dormir. Mais je n'ai pas de silencieux, alors il faudra que je calcule bien la direction.

– J'aimerais participer.

– T'es devenue plus douce, a-t-il lâché soudain.

– Plus douce ? Comment ça ? ai-je répété en riant. Parce que j'ai envie de faire comme toi et de tirer sur un phoque ?

– Non, pas pour ça. Ou si, à cause de ça aussi. On dirait que tu sors un peu de ta coquille. C'est pas comme quand t'as embarqué.

Ses paroles m'ont fait peur. J'ai soufflé sur le café, rassemblé mes esprits. De quoi avais-je rêvé cette nuit ? De rien. Avais-je reparlé avec Sonja ? Non. Est-ce que ça m'avait fait quelque chose que Turid reste dans sa cabine, alors qu'on avait un ours tout près du bateau ? Non. Avais-je pensé à elle, toute seule dans sa cabine, pendant qu'on était tous sur le pont, elle si tassée, si vieille et ô combien vulnérable ? Avais-je, en d'autres termes, profité de l'occasion pour discuter un peu avec elle ? Pour l'effrayer un peu ? Non. J'avais observé l'ourse et ses petits, souri à Georg, sorti des blagues sur les baleines et les phoques, et profité du spectacle de la famille ourse nageant pour rejoindre la Terre de Gustave V.

– C'était quoi, cette histoire avec Sonja ?

– Rien. Des bêtises.

– Allez…

– Non, je… Tu veux encore du cognac ?

– Oui. C'était à quel sujet ?

– Je crois que Turid est une mère très protectrice. C'est pourquoi j'ai dit à Sonja qu'elle devrait faire plus attention. Frikk et elle sortent ensemble, vois-tu, et certaines mères n'aiment pas que…

– Mais ce ne sont pas tes oignons !

– Peut-être, mais j'ai mis en garde Sonja, c'est tout.

– Écoute, laisse tomber. Qu'ils se débrouillent tout seuls.

– Je suis bien de ton avis. Bon, n'en parlons plus. T'es sûr que tu veux pas que j'aille te chercher de la mousse au citron ?

– Non merci. Montre-moi ce que t'as dessiné.

Je lui ai montré les montagnes et les renards, Dana brandissant le tiroir et lui-même tenant la gaffe. Puis je l'ai dessiné, mais d'après nature cette fois, tandis qu'il m'a observée faire.

Je l'ai représenté nu assis sur ses genoux, dans un lit, en pleine mer, skipper à la barre, un mégot à la bouche, un fulmar sur l'épaule et un verre de cognac à la main. Les icebergs heurtaient les piliers du lit. Un jeune morse, qui me ressemblait furieusement, en escaladait un en douce, un pic coincé sous sa nageoire droite. Et le fulmar avait les traits d'Andersen, ce que Georg ne pouvait pas savoir.

– T'es vachement douée, dis donc ! T'arrives à en vivre ?

– *Yes.*

– Bien ?

– Je crois. Je ne me rends pas trop compte.

– Mais ne dessine pas mon bonsaï, sinon je pourrai pas accrocher ton dessin au mur !

– Bien sûr que si. Ce n'est qu'un dessin !

– J'ai pas envie d'avoir ma bite encadrée sous verre, tu peux quand même comprendre ça !

Alors j'ai fait des concessions à mon intégrité d'artiste et ai accepté les exigences de mon commanditaire : j'ai relevé un des genoux du skipper…

– Comme ça, c'est bien. Faut bien un peu de décence, quand même ! a plaidé Georg.

J'avais exagéré la taille de sa barbe et ça lui a bien plu. Son menton avait une grosse fossette en plein milieu.

– C'est pour quoi faire, ce pic ?

– Je t'ai déjà dit que tu dois être sur tes gardes…

– T'as beaucoup d'amants ?

– Non, pas tellement. Sauf par périodes.

J'aurais pu ajouter : des périodes où je n'ai pas la force de penser mais où je vis dans l'instant, en essayant d'avancer tant bien que mal.

– Moi, c'est mon dernier voyage en tant que pilote des glaces.

J'en ai perdu mon coup de crayon. Tout à coup, je ne savais plus ce que je voulais faire.

– Tu n'as pas besoin de… J'ai pas dit ça pour te…, a chuchoté Georg.

– Je le sais. Mais ça me rend…

– Claustrophobe ?

Il n'avait pas dit ça pour rire.

– Non. Pas claustrophobe, mais… angoissée, peut-être.

– Angoissée ? Mais enfin, ma petite chouette, pour quelle raison ?

– C'est comme si je ne voulais pas être heureuse, ai-je répondu avec sincérité.

On aurait dit que les mots s'étaient collés les uns aux autres. Ils ne produisaient aucun sens. Georg m'a doucement pris le crayon des doigts et a envoyé le carnet à dessins par terre. Il m'a serrée dans ses bras. Le *Ewa* nous berçait, des blocs de glace flottante raclaient la proue.

– Toi, t'as vécu un truc horrible, a-t-il murmuré. C'est pour ça. Tu sais, tu peux tout me dire.

– Non ! ai-je crié en me dégageant de son étreinte.

– Mais… tu pleures…

– Pas du tout. Viens, on se lève.

Samuel a montré au mess des photos de sa femme décédée, de ses enfants et de ses petits-enfants. J'ai vu qu'il faisait des efforts pour ne rien laisser paraître, contrôler chacun des muscles de son visage. Il devait se sentir en confiance pour réussir à nous présenter ces clichés. Per et Pia chuchotaient entre eux. J'aurais bien aimé savoir de quoi ils parlaient. Des plans foireux pour se faire de l'argent ? Ou est-ce que je me montais la tête toute seule ? Toujours à cause de cette imagination débordante avec laquelle j'étais née et qui me faisait vivre ? Peut-être s'étaient-ils tout bonnement disputés pour une histoire de salaire ? Sur le moment, j'étais incapable de me rappeler les termes exacts de leur différend, d'autres réalités avaient pris le dessus dans mon esprit.

Georg est monté sur la passerelle, même s'il n'était pas obligé de le faire.

– Quand est-ce qu'on arrive à l'archipel des Sjuøyane ? ai-je demandé à Pia.

– Cette nuit, vers quatre heures du matin, a-t-elle répondu. On débarquera après le petit déjeuner.

Il était onze heures et demie, et la plupart étaient allés se coucher. Je ne suis pas montée sur la passerelle, mais me suis glissée dans ma propre couchette en mettant le réveil pour trois heures et demie. La porte n'était pas fermée. Il pouvait venir s'il voulait. J'ai repensé à notre conversation. Encore heureux que j'avais bu. D'ailleurs je me suis même relevée pour descendre encore un peu de gin, c'était la seule façon de me prémunir contre les cauchemars qui, je le savais, m'attendaient.

Il était pilote des glaces et manœuvrait le *Ewa* pour passer sans encombre au milieu des plaques qui dérivaient. Et il voulait aussi faire la même chose pour moi.

L'ivresse avait gagné tout mon corps, un entrelacs de fils ténus qui me faisaient vibrer du bout des doigts jusqu'au petit orteil. Dans moins d'une semaine, je ne le connaîtrais plus. Il serait loin. Lui et ses congénères se réduiraient de nouveau à une présence exotique au Pianobar, au sous-sol de l'hôtel Britannia. Des loups de mer en goguette, avec des revers de chemise beaucoup trop longs, des portefeuilles remplis de gros billets, des hommes forts en gueule, avec des rires habitués à couvrir le bruit des machines et les ouragans. Je voyais déjà d'ici la scène, Bergesen saluant Georg d'une poignée de main :

– Hé, Georg Korneliussen, c'est moi !

Une image absurde, Bergesen, après, comptait ses doigts, même si c'est Georg qui aurait dû le faire. *Whiteboard*. Mon Dieu, ce type ne savait même pas ce que c'était. Sur quelle planète vivait-il ? À supposer qu'on appelle ça vivre. Que faisait-il quand il n'était pas pilote des glaces dans la Terre du Nord-Est à presque 81° N ? Que savais-je de lui ? Ah, si, deux gosses. Il avait deux mômes que sa femme lui avait faits en son absence. Il était alors jeune et ne connaissait rien aux chouettes.

Je me suis réveillée parce que soudain il était là, à mes côtés, sa peau contre la mienne. Il sentait bon le savon, avait pris une douche, ses cheveux étaient encore mouillés et il avait glissé une serviette sous sa tête. Pendant quelques secondes, j'ai perçu ce qu'il me restait de l'ivresse de tantôt, afin de déterminer combien de temps j'avais dormi. Au moins trois heures.

– J'entends à ta respiration que tu es réveillée, a-t-il chuchoté.

– Je veux encore dormir.

– T'en aller, rejoindre… le pays des rêves.

– Oui, m'en aller. C'est ce que je voulais en venant ici, non ? Et maintenant…

– Tu ne vas pas plus loin.

Il était contre le bord. Au-dessus de moi, une autre couchette m'oppressait. Pourtant je ne ressentais aucune claustrophobie. C'était inhabituel. Je me suis mise à chialer.

– Mais, ma belle… ça va aller… il ne faut pas te mettre dans des états pareils… je te demanderai plus rien, a-t-il murmuré, la tête dans mes cheveux. T'as pas besoin d'avoir peur de moi, tu sais.

Je ne pouvais plus m'arrêter de pleurer, une vraie fontaine. S'il y a bien un truc que je déteste, c'est chialer quand je n'ai pas bu.

– Ah, putain ! ai-je gémi entre deux sanglots en enfouissant mon visage contre sa poitrine pour étouffer les bruits. Putain de merde ! Je ne veux pas…

– Ça va aller, ne jure pas. Les petites chouettes, ça ne leur va pas de jurer. Appelle le bon Dieu, si tu veux, mais les putains et les autres jurons, laisse-les aux hommes.

– Tu sais…, ai-je reniflé.

– Non, je ne sais pas, mais je sens que tu ne vas pas tarder à me le dire.

– Tu sais… une sorte de mantra…

– Mantra ? J'en ai entendu parler. C'est les moines qui méditent en marmonnant ça, non ? C'est un mot qu'ils répètent indéfiniment… pour ainsi dire, en eux-mêmes…

– Oui, c'est ça. Tu sais ce que je me répète sans arrêt quand je n'arrive pas à dormir et à chasser les mauvaises pensées ?

– Non. C'est quoi ? Abracadabra ?

– Non. Je répète « Je-m'en-fous »… des milliers de fois. *Je-m'en-fous-je-m'en-fous-je-m'en-fous…*

Il est resté silencieux. Je me suis dépêchée d'émettre un petit rire, mais il ne m'a pas imitée.

– C'est la chose la plus triste qu'il m'ait été donné d'entendre de toute ma vie, a-t-il chuchoté avec une drôle d'émotion dans la voix.

Au départ, il était venu pour me réveiller. Mais il a fallu un bon moment avant que je ne parvienne à détendre l'atmosphère, en m'asseyant à califourchon sur lui, plutôt que de me lever pour prendre la bouteille de gin, ce qui avait été ma première intention.

– Je ne peux pas respirer. Je ne savais pas qu'une petite chouette pouvait peser autant qu'un morse !

Enfin, il a ri. J'ai sauté sur le sol et regardé en grelottant par le hublot. Une mer d'argent, des plaques de glace à la dérive. Des bancs de brouillard montaient, traversés par les rayons de soleil obliques.

– On est arrivés à l'archipel des Sjuøyane ?

– Chut ! Reste tranquille, m'a-t-il suppliée. T'es pire qu'une corne de brume !

– Pourquoi tu veux que je reste tranquille ?

– Parce que j'ai de grands projets. Ola nous retrouve sur le pont à quatre heures du matin.

– Pour quoi faire ?

– Tu verras à quatre heures.

– C'est dans une heure…

– Oui, on a encore toute une heure, a-t-il souri. Et je viens de prendre une douche. Mon bonsaï avait besoin d'être arrosé. Car il a envie de grandir…

On allait chasser le phoque. En pleine nuit, avec Ola et le Zodiac, direction l'île de Phippsøya.

– Enfile tous tes vêtements, a dit Georg une heure plus tard avant de rejoindre sa cabine pour s'habiller à son tour. Et sors en catimini ! Pas la peine d'ameuter tout le quartier et de se prendre un tiroir sur la tête…

On avait coupé les moteurs et jeté l'ancre. Si personne n'avait été tiré de son sommeil par ce bruit-là, alors aucun risque que je réveille qui que ce soit. J'ai jeté un rapide coup d'œil par le hublot, la beauté du paysage m'a saisie : le soleil était caché derrière un brouillard nocturne jaune qui s'arrêtait à quelques hauteurs de bateaux au-dessus de la surface de la mer. Pas la moindre vague. Nous étions dans une sorte de couloir doré entre eau et brouillard. Autour de nous des fulmars dormaient sur les flots, le premier à quelques mètres de moi. Ils avaient la tête glissée sous leur plumage et se balançaient doucement au gré des mouvements de l'eau, réduits à de petits tas de plumes. L'ancre était jetée, tout le monde restait à bord, ils pouvaient se reposer. Je comprenais parfaitement qu'on les ait qualifiés d'amis du marin.

– Dommage, Andersen, tu n'auras jamais l'occasion de leur dire bonjour, ai-je chuchoté.

Le couloir était plongé dans la pénombre. J'ai entendu quelqu'un tousser et ça a été plus fort que moi : j'ai doucement ouvert la porte de Sonja. Comme je m'y attendais, ils étaient tous deux allongés dans le même lit. Endormis. Jeunes. Les joues rouges. Enlacés. J'ai refermé la porte sans bruit. J'aurais eu droit au même spectacle avec Lena et Stian si j'avais regardé dans leur cabine. Per et Pia aussi. À croire que le *Ewa* était un vrai *love boat.* Zone de défense érogène truffée de cachettes dans tous les coins. En poussant un petit rire, je me suis faufilée jusqu'au pont. Georg se tenait à côté du winch, vêtu d'une combinaison isotherme et d'un bonnet avec protections pour les oreilles. Sa ceinture avec le revolver bien en place.

– Tu vas tirer sur le phoque ? ai-je demandé tout bas.

– Je déteste emprunter l'arme de quelqu'un d'autre, alors je suis bien obligé d'utiliser celle que j'ai. À moins que tu préfères que je me serve de ma gaffe ?

– Non, t'es fou !

– Chut ! Ola, tu attrapes ?

Lentement le Zodiac est passé par-dessus bord et a amorcé sa descente, tandis que Georg manœuvrait le winch. Je suivais l'opération, tout comme les fulmars. Trois d'entre eux, ayant avaient compris qu'ils allaient gêner le bateau, ont sorti la tête de leurs plumes et se sont déplacés en pataugeant à bonne distance, avant de replonger leur tête sous leur aile, en gardant toutefois un œil à l'extérieur.

J'étais en sueur. Il faisait + 2°C et il n'y avait pas le moindre souffle de vent, le brouillard se levait. Georg est allé chercher le sac de matériel. Ola est descendu dans le bateau pneumatique et j'ai alors aperçu l'échelle. Ce n'était pas celle en métal qu'il avait installée de l'autre côté, avec une rampe solide et des marches larges. Non, celle-ci était une toute petite échelle de corde qui se balançait dans les airs, puisque le bateau gîtait.

Après avoir jeté le sac dans le bateau, Georg est descendu à son tour, léger comme une plume. Je m'étais penchée au bastingage pour voir sa technique, mais n'ai rien remarqué de spécial.

– Allez, à ton tour ! s'est écrié Georg une fois en bas.

J'ai hésité. Puis j'ai croisé le regard d'un fulmar boréal. L'œil rond comme une bille, noir comme du charbon, brûlant de curiosité. On aurait dit qu'il s'attendait à ce que je me donne en spectacle.

– Bof, ai-je marmonné. C'est rien du tout, ça…

Le plus difficile a été de passer de l'autre côté. J'étais suspendue comme un cochon de lait à essayer de trouver le barreau avec le bout de ma botte, tout en entendant les rires étouffés des deux autres en bas. L'énervement m'a donné une poussée d'adrénaline et de courage. À peine ai-je tenu la corde entre les mains et posé le pied sur le premier barreau, que j'ai dévalé comme un singe. Le fait de ne pas porter de gilet de sauvetage m'a aidée. Georg m'a réceptionnée.

– Ça, c'est une fille qui s'y connaît…

– Arrêtez, vous deux, vous voyez bien que je suis là ! a chuchoté Ola en saisissant une rame pour nous dégager du *Ewa*.

– Pourquoi on n'a pas utilisé l'échelle en métal ? ai-je demandé.

– Trop de glace dans la mer. Et trop de bruit.

On avançait à peine et il fallait qu'on soit assez loin pour mettre en marche le moteur.

Les fulmars boréals s'écartaient pour nous laisser passer.

La lumière surnaturelle, d'un jaune gris, qui sortait du brouillard, le silence impressionnant, les oiseaux qui dormaient sur la surface paisible de l'eau… je n'avais jamais vu quelque chose de semblable, jamais vu une telle lumière qui écrasait les ombres. Puis au loin, là-bas, j'ai aperçu la terre ferme. Une plage noire et une montagne dont le sommet disparaissait dans les nuages.

– On va contourner l'île par l'arrière, comme ça on pourra tirer autant qu'on veut, a dit Georg tout bas. Le son porte très loin quand le *Ewa* est immobile. Avec un peu de chance, le vent aura chassé la neige de la baie, comme ça Ola pourra s'amuser un peu lui aussi !

– Allez, on tente le coup, a dit Ola en démarrant le moteur.

Le vrombissement a rempli l'espace, mais c'était un bruit si régulier et anonyme qu'il n'aurait en aucune façon pu alerter Dana si elle s'était réveillée et avait tendu l'oreille.

Ça y est, nous étions partis ! En un rien de temps, on s'était éloignés du *Ewa*. Georg s'était agenouillé à l'avant pour faire contrepoids et éviter au bateau de pointer en l'air.

– Exactement comme sur le dessin ! ai-je crié.

– Il ne te manque plus que le pic ! a répondu Georg.

– Mais on a d'autres types de pics à bord, de beaux engins, s'est esclaffé Ola, avec un rire gras comme seuls en ont les jeunes garçons boutonneux quand ils veulent impressionner les femmes en la ramenant.

– Je sais, ai-je répliqué. Il y en a un grand et un petit !

– Qu'est-ce que vous en savez, bordel ? a rétorqué Ola, vexé comme un pou, en manœuvrant le bateau pour longer une plaque de glace.

– J'ai regardé par le trou de la serrure quand tu t'es douché hier !

– Hein ? Mais je ne me suis pas… Dis donc, tu t'es trouvé une drôle de gonzesse, Georg !

Georg riait. Il avait fière allure à l'avant. Avec le brouillard au-dessus de lui et les oreilles de son bonnet flottant au vent, le revolver sur la hanche. Exactement le genre d'homme que les féministes fuient comme la peste.

On a contourné un cap et aperçu une baie libérée des glaces.

– Youpi ! a hurlé Ola.

– OK ! a renchéri Georg. Toi d'abord, le phoque ensuite !

À ces mots, Ola a fait rugir le moteur, a serré les cuisses contre le banc et a mis la gomme en criant :

– Accrochez-vous !

Georg s'est recroquevillé à l'avant du bateau et moi, j'ai glissé du bord en caoutchouc pour me retrouver dans le fond.

On est entrés dans la baie en slalomant et en prenant la douche à chaque virage intérieur. J'ai hurlé. J'étais persuadée qu'on allait chavirer d'un moment à l'autre. Toutes ces bêtises allaient finir par nous projeter en l'air. Mais Ola était visiblement aux anges et il n'a arrêté son petit jeu que quand on a été ruisselants d'eau et que j'étais presque aphone.

– C'est malin ! Maintenant on a fait peur à tous les phoques des environs ! ai-je dit.

– Ils n'ont pas peur, a-t-il répliqué, ils sont trop bêtes pour ça. Bon, Ola… c'est le moment de la tirer sur la glace.

Elle, c'était le Zodiac. Une femme elle aussi, donc. Intéressant. Les féministes devraient faire une thèse là-dessus.

On a tout de suite trouvé des phoques. Deux phoques annelés sur une plaque. Ola a ralenti l'allure. Georg a sorti le revolver et fait feu deux fois à la suite. Les têtes des phoques sont tombées aussitôt, d'abord l'une, puis l'autre. La glace autour était tout à coup constellée de taches de sang. Je n'ai pas dit un mot. Je m'étais juré de ne pas me laisser envahir par les émotions. Ola a rapproché le bateau. Le regard fixé soudain sur rien, les phoques souriaient. Leurs poils de moustache – chacun aussi épais qu'un lacet de chaussure – pointaient en l'air. Un des fulmars qui nous avaient suivis s'est posé sur la plaque de glace et a secoué ses ailes comme pour se réveiller. D'autres n'ont pas tardé à rappliquer. Eux n'avaient pas les yeux au fond de leur poche.

– Rapproche-toi encore plus près de la plaque, je n'ai pas l'intention de monter dessus, bordel !

Je me suis éclairci la voix.

– Comme ils sont beaux !

Trop tard. Les mots étaient sortis. Il allait croire que je n'aimais pas qu'il les tue, que j'étais une fille de la ville et une horrible sentimentale qui chialait devant des chatons et des chiots, le genre qui a un calendrier des postes avec des bébés phoques au regard tendre sur le mur. Mais sa réponse m'a surprise :

– Oui, ce sont de belles bêtes.

– Tu trouves aussi qu'ils sont beaux ?

– Bien sûr. Tous les animaux sont magnifiques. Ça n'empêche pas qu'on peut se servir un peu.

– Tu as tué beaucoup de phoques ? Et des bébés phoques ?

– Oui, un bon paquet.

– Tu n'as pas trouvé ça affreux ?

Il avait réussi à attraper le premier phoque et le tirait à bord.

– Affreux ? Non. Si tu vas sur la glace et que c'est ton boulot, tu ne trouves pas ça affreux.

– Mais quand la mère rampe derrière et… et…

– Elle oublie vite. Mais c'est vrai que ça n'a pas toujours été amusant, cette histoire de mère. Eh, Ola, magne-toi le cul et viens m'aider !

Ensemble ils ont hissé les deux phoques dans le Zodiac.

– On va aller sur la plage pour les dépecer.

Sept ou huit fulmars boréals volaient patiemment derrière nous. Bientôt ils auraient à manger. Un bon souper.

– C'est vrai que certains phoques sont encore vivants quand ils sont dépecés ?

Georg m'a jeté un rapide coup d'œil.

– Non, a-t-il répondu.

– Mais s'ils gigotent encore…

– Je vais te dire une chose : un phoque peut gigoter même sans tête.

– Ce n'est pas possible.

– Mais si, c'est vrai. Je l'ai vu de mes propres yeux. C'est juste que le corps vit encore un petit moment. Comme les poules.

– J'ai en effet entendu dire que les poules continuaient à courir même une fois décapitées, ai-je avoué.

– Eh bien, c'est pareil. Je n'ai jamais compris comment c'est possible, mais c'est comme ça.

– Les gens n'aiment pas voir ça au journal télévisé.

– Les gens n'aiment pas voir ce qui est triste, sauf si c'est inventé. Mais quand on pense à tout ce qui s'est passé et que la nature elle-même a fait subir aux animaux… ah, bordel, c'est bien pire que ce qu'on peut faire, nous les hommes. Quand la nature s'en charge, crois-moi, c'est la souffrance garantie et la mort à petit feu… Mais quand Georg utilise son Magnum ou le piolet, c'est fini en un rien de temps.

– Raconte ça à Dana. Peut-être qu'elle comprendra.

– À quoi bon ? Je t'assure, à quoi ça servirait ?

– Mais il y a beaucoup de personnes qui torturent les animaux.

– Le pire, c'est de les enfermer dans des parcs zoologiques. Rien que d'y penser, ça me donne envie de vomir.

– Moi, j'ai un oiseau à la maison. Une perruche. Elle est enfermée.

– Laisse-la s'échapper.

– C'est un mâle. Il ne s'en sortira pas s'il se retrouve tout seul, il a besoin de moi.

On a remonté le Zodiac sur la plage. Un paysage aride nous a accueillis, jusqu'à l'endroit où commençait le banc de brouillard. Une plage de galets avec du sable clair tout au fond, le même bois flottant qu'au port de Virgo. Les sons étaient étouffés, sans le moindre écho. Je me suis assise sur une souche d'arbre blanchie par l'eau de mer et la glace. Georg a sorti le matériel : gants, couteau, planche en bois, plusieurs sacs plastique.

Il a incisé la peau du phoque sur toute la longueur de son ventre. La graisse a débordé. Puis il a coupé tout autour, pour séparer la viande de la graisse, et s'est retrouvé avec un grand carré épais de graisse qu'il a découpé en morceaux. Ola a tenu le premier sac en plastique ouvert. Puis un deuxième pour le second phoque. Les fulmars criaient, pour qu'on ne les oublie pas. Georg a coupé un morceau de viande qu'il leur a lancé.

J'ai alors remarqué un faisceau de rayons de soleil qui perçait à travers les nuages de brume. Tel un spot lumineux, il touchait la surface de l'eau en s'élargissant sous la forme d'un halo. Dans le même temps, une légère brise est venue caresser la plage.

En l'espace d'une minute, le brouillard gris s'est dissipé en laissant derrière lui des touffes cotonneuses, et entre elles, j'ai aperçu un ciel radieux, d'un bleu intense. Soudain j'ai cru assister à la création du monde. Le soleil nous a inondés. Le ciel s'est tendu dans un arc de cercle, et l'horizon était de nouveau là. Tout à coup je n'étais plus sur une plage, mais au pied d'une montagne. Une haute montagne cuivrée qui se dressait derrière nous.

– T'as vu ? a chuchoté Georg. T'as vu ça… Mais qu'est-ce qui t'arrive, ma petite chouette ?

Il s'est approché de moi. Avec ses gants en cuir couverts de sang, il s'est penché sur moi et m'a regardée droit dans les yeux. J'ai levé la tête vers lui, sans trop comprendre ce qui m'arrivait. C'est alors que j'ai senti mes larmes couler.

– Qu'est-ce qui t'arrive…

– C'est juste que c'est tellement beau, ai-je répondu en reniflant. Quand la brume s'est levée… je crois que je n'ai jamais rien vu d'aussi beau de ma vie. Comme si… comme si…

– Comme si tout recommençait à zéro, a complété Georg tout bas.

J'ai hoché la tête.

– Oui, c'est ça…

Et j'ai su à cet instant que c'était fini, que j'avais lâché prise. J'étais entière. À l'âge de trente-cinq ans, j'étais enfin en état de faire un choix en toute liberté.

Et j'ai pensé : Peut-être que ceci est Dieu. Que cette montagne, cet océan et ce soleil sont Dieu.

On a chargé les sacs remplis de graisse dans le Zodiac que nous avons remis à l'eau. C'est alors qu'Ola l'a aperçu. Un ours sur le flanc de la montagne. Immobile. À une centaine de mètres, au moins, sur les hauteurs.

– Il est mort, a dit Georg. Vous ne voyez pas qu'il est couché avec les pattes en l'air ?

J'ai plissé les yeux, cligné, mais je n'ai vu qu'une masse un peu jaunie.

Georg a pris le sac avec les gants et le couteau, et s'est mis à grimper.

– Tu viens ?

J'ai fait oui de la tête et l'ai suivi. Les pierres roulaient sous mes pieds, il n'y avait pas de terre pour les fixer au sol. Georg a passé son bras autour de moi. Sortant de son sommeil, l'ours pouvait se redresser d'un bond à notre approche et nous sauter dessus, ça n'avait plus d'importance. Je n'avais nullement l'intention de mourir aujourd'hui.

– Ça va ? m'a-t-il demandé.

– Oui, très bien, même.

– Alors laisse-moi te manger un peu…

Sa bouche avait bon goût elle aussi. L'ours aurait pu sauter sur l'occasion et faire d'une pierre deux coups. On était tous deux collés l'un contre l'autre, au pied d'une montagne, tendres à l'intérieur, durs à l'extérieur, comme des chocolats fourrés.

Mais il était réellement mort.

– Un mâle. Comme ton oiseau à la maison.

– Il s'appelle Andersen. Et il serait très fier d'être comparé à un ours polaire.

La fourrure était jaune et il avait de petites cicatrices sur le museau.

– Il est mort de faim, a constaté Georg. C'est tout récent. Trop vieux, épuisé. Il a dû mettre quelques jours pour mourir. N'a plus eu la force d'aller jusqu'à l'océan pour essayer de se nourrir.

Il a sorti le couteau.

– Qu'est-ce que tu vas faire ?

– Couper la tête.

– La tête ?

– En fait, seules les dents m'intéressent, mais on est obligé de se servir d'une hache pour les détacher des mâchoires. Et la hache est dans le bateau.

– Mais Georg ! me suis-je écriée. Qu'est-ce que tu veux faire des dents ?

– Les vendre à une chouette d'Oslo.

– Quoi ?

– Je les vendrai une par une, et avec un peu de chance, j'en tirerai bien cinq cents couronnes pièce !

– Mais pourquoi ? ai-je dit, interloquée.

– Il y a des chouettes thérapeutes et astrologues là-bas qui font toutes sortes de trucs. Il y en a qui posent des pierres – on aura tout vu, des pierres ! – sur le corps des gens en prétendant que ça va les guérir. Et ce genre de chouettes raffole des dents d'ours polaires.

J'ai ri à m'en décrocher la mâchoire. Cela faisait des années que je n'avais pas eu un tel fou rire. À supposer que j'en aie déjà eu dans ma vie, ce qui était moins sûr. Imaginer le pilote des glaces Georg Korneliussen vendre des dents d'ours polaire, à cinq cents couronnes pièce, à des femmes pratiquant des thérapies alternatives à Oslo, c'était trop drôle ! Je les voyais d'ici, la mine sérieuse, tenir entre leurs doigts une dent provenant de la tête d'un ours polaire mort de faim, et qui se faisait en ce moment décapiter.

– J'espère bien que c'est pas moi qui te fais rire comme ça, a dit Georg tandis que je reprenais mon souffle.

Je n'ai rien trouvé à répondre. J'ai sorti une cigarette et l'ai allumée, entre deux gloussements.

– Hein ? a-t-il dit en revenant à la charge.

Il a pris dans ses bras la tête de l'ours, à présent détachée du reste du corps, et s'est redressé.

– Non, ai-je soupiré. Je pense à cette chouette d'Oslo.

Georg a glissé la tête dans le sac à matériel, de peur qu'à notre retour, Dana, réveillée, nous attende au bastingage. On a contourné le promontoire et le bateau était là, paisible, bercé par la mer, sous le soleil matinal.

Georg a grimpé à l'échelle avant moi. C'était plus simple de monter que de descendre. Puis il est allé chercher dans la remise quelque chose qui ressemblait à une grosse corde en chanvre enroulée et il l'a jeté par-dessus bord à Ola. La corde s'est révélée être un filet et Ola a posé dedans les sacs plastique. Georg a fait descendre le winch, pour qu'Ola suspende le filet au crochet, et a remonté l'ensemble. Il a tout fourré dans la pièce à outils, à l'abri des regards indiscrets de l'Italienne et de ses semblables.

– On va laisser le Zodiac où il est. On débarquera les autres un peu plus tard pour qu'ils aillent sur la montagne voir les mouettes arctiques.

– Les mouettes arctiques ? Elles sont si rares que ça ?

– Elles sont protégées. C'est ici qu'elles nidifient, tout près du sommet.

Il était six heures. Malgré cela, il y avait des gens au mess : Oscar, Samuel et Philippe jouaient aux cartes. Ils n'avaient plus sommeil. Une théière trônait sur la table ainsi que des biscuits avec du fromage de chèvre.

– Vous êtes allés à la chasse au phoque ? a demandé Oscar.

– Oui. Pas la peine de traduire, ai-je répondu. Et en plus…

Georg m'a donné un coup de coude.

– Deux jolis petits phoques, a-t-il ajouté pour éviter de parler de la tête de l'ours. Bon, c'est pas tout, mais j'ai envie d'œufs sur le plat. Et toi, petite chouette, t'en veux aussi ? C'est moi qui vais les préparer.

– Oui, deux. Avec le jaune entier.

– Deux pour moi aussi, a dit Ola.

J'étais en tee-shirt et en petite culotte quand j'ai entendu le cri. J'ai cru quelques secondes qu'il s'agissait de Dana, qu'elle nous avait vus rentrer sans qu'on s'en aperçoive et qu'elle montait l'escalier en brandissant un tiroir. Je suis sortie en hâte dans le couloir, pieds nus.

Mais c'était Turid. La porte de la cabine de Sonja était entrouverte. Soudain, ce fut un chahut de tous les diables, des mouvements dans tous les sens : bras, visages, le motif d'une housse de couette, quelque chose de blanc qui volait dans les airs, comme des flocons de neige, des gens qui accouraient, d'autres qui criaient à leur tour. J'ai eu le temps de noter l'éclat du métal – on aurait dit celui de la lame d'un couteau – et ai entrevu le visage de Turid derrière la porte entrebâillée, son profil, sa bouche béante, la bave à sa lèvre inférieure. Elle n'avait pas ses lunettes. Aller vers elle, c'était comme m'approcher d'un pont de glace. Et le mur d'eau qui s'est dressé devant moi, ça a été une porte de cabine. Je l'ai poussée en grand, et Turid s'est trouvée projetée contre le hublot dont sa nuque a violemment heurté la partie métallique. Cela a fait le même bruit que quand on casse un œuf sur le rebord d'une assiette. Elle est retombée le long du mur en laissant une fine traînée rouge. Ce n'était pas un couteau qu'elle tenait, mais une lame de rasoir. Dans un bout de papier sur un des côtés. Et pourtant elle avait réussi à se couper toute seule, ses doigts saignaient. Des plumes de canard de la couette voletaient dans l'air. Quelques-unes se sont posées sur son menton, se collant à sa salive.

– Je l'ai tuée, ai-je déclaré.

Et j'ai pensé : Dire que je venais de changer d'avis…

Il était une fois une petite fille qui alla à la capitale pour entrer dans un lycée privé. Ses résultats scolaires au collège étaient tout sauf glorieux, c'est pourquoi elle se vit refuser l'accès des lycées de Trondheim, où elle habitait.

La classe de troisième lui avait filé entre les doigts, comme du sable chaud. L'année n'avait été qu'une suite de coups de cœur pour des garçons, des histoires plus brûlantes les unes que les autres, avec leur cortège de chagrins d'amour, d'hormones qui l'avaient mise sens dessus dessous. Du stade de gamine avec deux bonbons à la fraise collés sur la poitrine et un ventre de chiot qui ressortait du pantalon, elle était passée en l'espace d'une année à celui de jeune femme. D'un seul coup. Comme si quelqu'un avait voulu lui faire la surprise, lui avait demandé de fermer les yeux, et qu'en les rouvrant elle avait découvert son nouveau corps. À la différence de ses amies qui faisaient tout pour dissimuler leurs seins et avaient toujours honte des serviettes hygiéniques qu'elles trimbalaient dans leurs cartables, elle adorait son corps. S'était admirée dans le miroir de la tête aux pieds, en connaissait la moindre parcelle, la moindre courbe, le moindre pli qui suait en cachette.

Elle n'avait pas non plus regretté d'avoir négligé le travail scolaire, car elle avait un refrain dans la tête, une mélodie qui l'accompagnait en permanence et qui lui disait que la vie était faite pour être vécue, ici et maintenant, et que tout était une question de volonté. Certes, ses notes étaient catastrophiques, mais elle se savait intelligente. Douée. Il suffirait qu'elle arrête d'être paresseuse et décide de se mettre au travail pour être de nouveau dans la course.

Elle avait trouvé la petite annonce dans *Adresseavisen*, le journal de Trondheim. Son père l'avait élevée seule après la mort de sa mère et il avait assisté à la transformation d'un vilain petit canard en cygne. Aussi s'était-il effondré sur une chaise quand elle lui avait montré l'annonce en disant :

– Je pars à Oslo dans une boîte à bac ! Et c'est moi qui vais financer ça. Ils n'en ont rien à faire là-bas des notes que j'ai eues au collège.

– Mais enfin, Britta ! Je n'ai pas les moyens de…

– Je le sais. Je vais demander un prêt spécial étudiant et j'aurai un petit boulot. Je vais y arriver, tu verras, papa !

Elle partit. Trouva à se loger chez des cousins éloignés que son père n'avait pas vus depuis des années, mais qui lui offrirent l'hébergement en échange de quelques menus travaux dans la maison et le jardin. Tout allait pour le mieux et la jeune fille était bien décidée à réussir brillamment cette année scolaire.

Une année qui aurait pu être comme toutes les autres à l'échelle d'une vie. Une période un peu floue qu'on a du mal à dater précisément quand on se penche sur son passé.

Quel était déjà le nom de ce lointain cousin ? Quel était le motif des rideaux du studio ?

Mais la jeune fille eut du mal à suivre les cours. Elle avait largement sous-estimé ses lacunes. Et il fallait qu'elle réussisse dans toutes les matières si elle voulait avoir son examen qui se déroulerait sur deux semaines, en mai de l'année suivante.

La directrice de cette boîte à bac était une femme. Turid Haraldsen. Sans enfants. Très séduisante même si elle n'était plus toute jeune. Une beauté à la Elizabeth Taylor, avec une taille de guêpe qu'elle soulignait par des ceintures vernies fines, des seins hauts et pointus, des hanches rondes, des chevilles délicates, du rouge à lèvres toujours rouge vif, assorti à son vernis à ongles. Elle portait des lunettes aux branches serties de petites pierres précieuses.

Quand la jeune fille la croisait dans le couloir, elle retenait une seconde son souffle pour respirer le parfum que Turid Haraldsen laissait dans son sillage : l'odeur de son rouge à lèvres, de son blush, de son shampoing, de son corps et de ses vêtements. Elle s'habillait en blanc, en beige clair ou en rose, et portait toujours des perles aux oreilles.

Sa classe avait Turid Haraldsen comme professeur d'anglais. Elle se léchait la craie qui lui restait sur les doigts en utilisant l'intérieur des lèvres, pour ne pas laisser de traces de rouge à lèvres. Mettait sa bouche en cœur et suçait un à un ses doigts en faisant un petit bruit, comme un bouchon de champagne qui saute. La jeune fille s'acheta du maquillage et s'exerça devant la glace de son studio. Mais le maquillage paraissait faux sur elle, comme plaqué artificiellement. Chaque mouvement de main montrait qu'elle était consciente de porter du vernis à ongles, chaque mot devenait épais et embarrassé par les lèvres enduites de rouge.

La directrice était mariée à un homme qu'on apercevait parfois, il l'attendait dans une voiture noire près du portail en fer forgé, et tapotait la cendre de sa cigarette par la vitre.

Et cette directrice vit que la jeune fille avait du mal à suivre en classe, même si, comme elle, beaucoup d'élèves avaient des difficultés. Elle ne put jamais savoir, par la suite, si elle avait été la seule élue. Toujours est-il que personne n'entendit Turid Haraldsen l'inviter chez elle, un vendredi après-midi d'octobre. Il pleuvait, les feuilles mortes jonchaient les rues et on avait rangé les chaises des terrasses.

Il se dégageait de la ceinture de sécurité un léger parfum. La jeune fille admit qu'elle avait des difficultés mais exprima le désir de réussir tous ses examens. Assise à l'arrière, le mari au volant, Turid Haraldsen lui dit qu'elle allait l'aider. La jeune fille se représenta aussitôt des soirées à réviser dans ses livres de classe, une tasse de chocolat chaud posée sur la table. Elle s'imagina Turid Haraldsen pointer avec son ongle verni telle ou telle phrase, avant de le lécher avec un petit bruit mouillé.

L'homme derrière le volant paraissait calme et gentil. La jeune fille se demanda un instant pourquoi ils n'avaient pas d'enfants, elle dont la préoccupation majeure tout l'année passée avait été précisément de ne pas tomber enceinte. C'était même cette angoisse-là qui l'avait retenue de franchir le pas avec les garçons.

Une fois dans le salon, la directrice lui donna un baiser sur la joue et soudain ne se comporta plus du tout en directrice. Elle était une femme chez elle, dans une maison qui lui appartenait. La jeune fille ressentit longtemps une forme de vertige après que Turid Haraldsen l'eut serrée dans ses bras pour lui donner ce baiser. Le parfum de sa nuque, de sa peau fit surgir des images de bain moussant, de bulles blanches et de chaleur brûlante gagnant son corps.

Turid Haraldsen lui montra de belles choses. De la porcelaine et de beaux tableaux, des livres d'art avec les plus précieux trésors du monde, en Égypte, chez les Mayas, en Chine, dans l'atelier de Fabergé à Saint-Pétersbourg. Il fallait avoir une bonne formation pour avoir un bon travail avec un bon salaire, lui dit-elle. Après on voyageait dans le monde entier pour admirer toutes ces merveilles que l'on ne pouvait pas posséder soi-même.

La jeune fille n'avait que seize ans. Elle ouvrit de grands yeux en découvrant tout cet univers, elle regarda les fines mains bronzées qui tenaient ces livres, ces lèvres qui parlaient, un pli un peu moite dans le cou de Turid Haraldsen quand celle-ci tournait la tête. Le lobe de ses oreilles était recouvert d'un léger duvet blanc. C'était la première fois que la jeune fille le remarquait.

Elle continua à contempler la collection d'objets en porcelaine allemande et danoise de la directrice, sans oser les toucher, et elle repensa à l'appartement où son père et elle vivaient. Deux pièces. Le père dormait dans le salon. Sauf cette année où elle était venue à Oslo dans l'espoir fou de passer son bac en un an.

C'est alors que Turid prononça une phrase qui transforma la vie de la jeune fille. Au lieu de répéter ce qu'elle avait dit dans la voiture, elle précisa :

– Je vais améliorer tes notes, Britta.

Le mari apporta du champagne. La jeune fille vida son verre et pensa à ses notes. Qu'est-ce que cela signifiait ? Que voulait dire la directrice ? Elle remarqua que les mains de Turid tremblaient un peu et que sa poitrine se soulevait et s'abaissait à un rythme plus rapide que d'habitude lorsqu'elle lui annonça :

– Je peux te donner la meilleure note dans toutes les matières.

Le mari souriait et buvait. La jeune fille aussi. Elle avait chaud, ressentait un léger vertige qui ressemblait presque à du bonheur. Fritjof – tel était le prénom du mari – remplissait sans arrêt son verre, et, sans trop savoir comment, elle s'était retrouvée allongée sur un canapé de cuir rouge. L'homme la déshabillait, tout doucement, pendant que Turid Haraldsen le regardait faire. Tous les deux lui assuraient, en chuchotant d'une voix un peu rauque, qu'ils ne voulaient que son bien, qu'elle n'avait qu'à se laisser aller et se faire dorloter. Curieusement, la jeune fille les crut. Une musique douce, enveloppante, emplissait la pièce. L'homme lui montra son zizi. Elle se mit à rigoler, mais s'arrêta net en le voyant commencer à se branler et, après un moment, enfiler un préservatif. Turid Haraldsen l'aida à le mettre. Elle l'aida aussi quand Fritjof la pénétra. C'était affreusement serré. Mais la directrice, qui avait enlevé ses lunettes et dont le front luisait de sueur, lui mit de la vaseline. Ses doigts étaient chauds, ses ongles longs prenaient soin de ne pas l'égratigner ni de la piquer. Elle savait y faire. La jeune fille eut plus à boire. Ils l'assurèrent que personne, non absolument personne ne doutait qu'elle ferait une brillante année dans ce lycée privé d'Oslo. L'homme poussait des gémissements. Tout s'était mis à tourner dans la pièce. L'homme poussa un cri rauque. Les yeux clos, la main glissée dans sa culotte, Turid Haraldsen se pencha pour lécher la joue et les commissures des lèvres de la jeune fille avec la pointe de sa langue, sans s'arrêter.

Ensuite, Fritjof essuya son zizi avec un gant de toilette jaune et Turid Haraldsen aida la jeune fille à se rhabiller.

– Tu as du rouge à lèvres sur la joue, dit la directrice en l'essuyant doucement. La prochaine fois, on prendra un peu plus de temps, ma petite.

Ils la reconduisirent chez elle. Jusqu'à sa porte. Son père avait appelé, mais la jeune fille ne le rappela pas. Le lendemain, elle resta au lit. Le jour d'après aussi. Son cousin ne posa aucune question. La jeune fille pensait : « Il n'y aura pas de prochaine fois. »

Mais il y en eut.

Car la jeune fille eut plus de mal que jamais à retenir tout ce qu'il y avait dans les livres. Elle voyait la directrice tous les jours. Dans les couloirs, au cours d'anglais, dans la cour de l'école. Elle avait toujours le même parfum, mais ses lèvres étaient encore plus rouges qu'avant. Toutes deux faisaient comme si rien ne s'était passé, mais la jeune fille savait que la directrice la voyait couler scolairement.

C'est ainsi que cette année fut à marquer d'une pierre blanche. Certes, elle lui fila entre les doigts, comme du sable. Du sable chaud. Mais c'était une fièvre qui la fit grelotter au plus profond de son être. Fritjof appréciait les choses les plus étranges : la jeune fille apprit ainsi que certains hommes aimaient voir les filles faire pipi. Que des femmes peuvent faire l'amour entre elles quand bien même aucune d'elles n'a de pénis. Que le corps a beaucoup de trous. Que la peau a un goût et une odeur si on la lèche suffisamment longtemps. Que certains adultes aiment mêler la douleur à la jouissance, même si elle n'eut jamais à tâter du fouet, seulement à le tenir. La jeune fille apprit des choses sur son propre corps, découvrit son pouvoir de faire jouir les autres, l'ivresse qui suit l'abandon de soi, l'absurdité de dire non. Tout continua à tourner dans la pièce, même sans champagne. Et c'était une sensation forte, précieuse, qu'elle aurait voulu ressentir indéfiniment. Et Turid et Fritjof Haraldsen triomphèrent des tressaillements musculaires de la jeune fille comme si c'étaient les leurs. Cela ne servait même plus à rien de dire non en son for intérieur. Son corps jeune et frais savait exactement ce qu'il voulait et comment il fallait contracter tous les nerfs pour en faire une boule chauffée à blanc, quelque part sous le nombril.

Pendant les vacances de Noël, elle envoya balader son père qui s'inquiétait de la voir si maigre. Quand il l'interrogeait sur l'école et sur ses amis, elle s'inventait des amies et leur donnait de faux noms.

– Un an, et j'en aurai terminé, lui disait-elle en se forçant à sourire.

Le sablier marqua enfin le temps de la délivrance. Elle recouvra sa liberté de parole. Elle aurait pu tout balancer aux journaux, ou se confier à quelqu'un, mais elle ne fit ni l'un ni l'autre. Elle venait d'avoir dix-sept ans et son père ne cessait de lui répéter qu'elle était son unique raison de vivre. C'est pourquoi elle ne confia son secret à personne et ne déposa pas plainte.

Elle rentra à la maison, persuadée que personne n'allait lui manquer. Elle eut du mal à admettre, en se retrouvant au milieu de condisciples de son âge, qu'elle s'ennuyait un peu. Elle entra à l'École des beaux-arts. Elle rencontra des hommes qui furent stupéfaits et tout heureux de ne pas avoir à jouer le grand numéro quand tout ce qu'ils voulaient, c'était coucher avec elle.

Si elle finit par oublier Fritjof, la jeune fille n'oublia jamais, en revanche, Turid Haraldsen. Ses rêves gardaient intacts images, odeurs, goût, intonations de voix, mouvements. Et au fil des ans, elle développa une forme d'obsession, ayant à tout moment besoin de savoir où cette femme se trouvait. La jeune fille, entre-temps devenue adulte, faisait principalement appel aux annuaires et au service des renseignements téléphoniques. Elle comprit que Turid et Fritjof avaient fini par divorcer, car son nom à lui n'apparaissait plus. Quand elle était à Oslo, elle ne pouvait s'empêcher de passer devant la maison pour y jeter un coup d'œil. Elle restait des heures cachée derrière les arbres du parc en face, dans l'espoir d'apercevoir une silhouette à la fenêtre. Parfois, elle vit Turid Haraldsen en personne dehors dans le jardin bien entretenu. Une fois avec un foulard blanc sur la tête, pour tailler des arbustes. Elle se pencha en avant, le derrière en l'air. Il était devenu plus large avec les années. La jeune fille se rendit compte que Turid Haraldsen était en passe de devenir une vieille dame.

La jeune fille l'appelait à intervalles réguliers. Surtout après des ruptures sentimentales avec des hommes qui avaient compté. Elle se faisait passer pour telle ou telle personne : mère d'enfants qui envisageaient de suivre une scolarité accélérée dans ce lycée, acheteur potentiel qui croyait que la maison était à vendre et disait que l'agent immobilier avait dû se tromper d'adresse.

C'était facile de contrôler ses faits et gestes. Un jour d'août, elle avait téléphoné en prenant l'accent de Bergen pour lui demander le coût d'une année scolaire, la directrice Haraldsen s'était d'abord trompée dans les chiffres. Elle lui demandait de l'excuser car elle avait la tête ailleurs : elle prévoyait en effet d'aller au Spitzberg. Son interlocutrice s'en étonna et voulut savoir comment lui était venue l'idée d'un tel voyage.

Turid Haraldsen ne se fit pas prier pour tout raconter. La date du départ. Le nom du bateau. À vrai dire, ce n'était pas son idée à elle, expliqua-t-elle tout excitée, mais celle de son compagnon de voyage qui l'avait convaincue de le faire. La jeune fille lui souhaita un bon voyage, toujours avec le même accent. Elle était douée pour contrefaire les différents accents norvégiens, afin de ne pas éveiller les soupçons. La directrice lui conseilla d'appeler l'école pour qu'on lui envoie la brochure où seraient indiqués tous les détails ainsi que les frais de scolarité.

La jeune fille enfourcha aussitôt son vélo et fonça à l'agence de voyages la plus proche pour réserver le même voyage. Elle n'avait qu'une crainte : qu'il fût complet. Ce n'était pas le cas.

Le soir même, elle lisait dans la brochure les réactions corporelles au froid extrême. Comment la température plus basse du corps ralentit les battements cardiaques et diminue le transport d'oxygène au cerveau. Jusqu'à ce que mort s'ensuive. Dans l'eau, c'est très rapide. Autour du Spitzberg, la température de l'eau descend jusqu'à 0°C. L'eau salée ne gèle pas avant – 2°C. Il suffisait de quelques minutes pour passer de vie à trépas. Crampe cardiaque. Turid Haraldsen serait poussée à l'eau, de préférence quand le bateau irait à pleine vitesse, de sorte que, le temps de faire demi-tour, elle serait déjà morte. Vraiment morte. Et engloutie peut-être aussi. Avant, la jeune fille l'aurait confrontée à ce qu'elle lui avait fait subir, et lui annoncerait qu'elle allait mourir. Si la directrice reconnaissait plus tôt sa jeune élève, elle n'irait de toute façon pas crier cette histoire sur les toits, et elle passerait le reste du voyage, la peur au ventre.

Cela étant, ses plans étaient assez flous. L'essentiel était que cette chute devrait avoir l'air d'un accident, d'un triste, d'un malheureux concours de circonstances. La jeune fille n'avait aucunement l'intention de payer le prix fort comme elle l'avait déjà fait pour ses notes au lycée. La mer glaciale était une arme formidable, une arme qui recouvrirait tout cela jusqu'à la fin des temps. L'occasion était trop belle pour la laisser passer.

Mais ce que la jeune fille n'avait pas prévu, c'était que la nature, la lumière, la glace et le froid, qui devaient être ses alliés pour tuer Turid Haraldsen, furent au contraire ce qui suspendit la sentence de mort.

Au moment où cette femme glissa le long du mur en laissant une fine traînée rouge, le bout des doigts tailladés par une lame de rasoir, la jeune fille avait changé d'avis. Un vieux pilote des glaces, un banc de brouillard autour de l'île de Phippsøya se dissipant sous les rayons du soleil, avaient finalement eu raison de sa détermination.

– Je l'ai tuée ! ai-je répété.

Quelqu'un m'a prise par l'épaule. Avec force. C'était Oscar.

– Non, a-t-il dit. J'ai assisté à la scène. J'étais juste derrière vous. Vous ne l'avez pas tuée. Vous avez au contraire empêché qu'elle taille en pièces les deux jeunes dans le lit. Vous entendez ?

J'ai acquiescé. Je n'en revenais pas de son calme, de son air posé. Il avait raison car j'avais changé d'avis.

Sonja sanglotait. Frikk l'a tirée du lit et l'a fait sortir dans le couloir, loin du sang. Je me suis faufilée dans la cabine et me suis agenouillée près de Turid, pour chercher son pouls dans le cou. J'ai mis du temps à trouver l'artère, la peau formait des plis qui glissaient sous mes doigts. Oscar m'a tenue fermement et voulait que je me relève. J'ai alors senti un faible flux de sang dans l'artère. Puis un autre, suivi d'un autre encore.

– Elle vit, ai-je dit, et Oscar m'a lâchée.

Doucement je l'ai étendue sur le sol, j'ai pris un oreiller et je l'ai glissé sous sa tête.

– Turid, ai-je chuchoté. Ne meurs pas. S'il te plaît, ne meurs pas.

J'ai caressé ses joues. Pas le moindre mouvement de paupières. Oscar s'était pressé à mes côtés sur le sol étroit. Le couloir résonnait des voix des autres passagers. Une main me tendit par-dessus l'épaule un bandage blanc, ainsi qu'un rouleau de sparadrap orange. Oscar lui a relevé la tête pour que je lui fixe le bandage. Le sparadrap ne voulait pas coller à ses cheveux tout imprégnés de sang, mais le poids de la tête reposant sur l'oreiller a maintenu le pansement en place. Mes mains étaient rouges. Oscar a déroulé davantage de sparadrap pour lui en mettre au bout des doigts.

– Sortez, ai-je prié Oscar. Sortez… je voudrais rester seule avec elle.

– Non, a dit la voix de Pia dans mon dos. Il vaut mieux que je l'examine.

– Elle s'est violemment cognée à la tête, et s'est fait un trou… assez profond, apparemment, a déclaré Oscar en se relevant.

Je ne me suis pas retournée, seuls m'importaient le visage de Turid, ses paupières, son pouls.

J'ai entendu Sigmund annoncer :

– On n'arrive pas à établir le contact radio, mais on va réessayer.

Soudain un mouvement a parcouru une de ses paupières. Ses cils ont faiblement tressailli.

– SORTEZ ! ai-je hurlé. SORTEZ ET FERMEZ LA PORTE !

Je me suis accroupie et ai donné un violent coup de talon dans la porte pour la claquer, avant de m'agenouiller à nouveau à ses côtés.

– Turid, ai-je murmuré.

Quelqu'un a abaissé la poignée de la porte et j'ai redonné un grand coup de pied dedans. Cela les a calmés aussi sec.

– Turid ! ai-je répété.

Elle a entrouvert les yeux, à peine, deux minuscules fentes qui dévoilaient une cornée humide. Il fallut quelques secondes pour que ses iris parviennent à focaliser. Ses lèvres remuèrent :

– Mes lunettes…

– Ne meurs pas, ai-je chuchoté. Je ne voulais pas te… te…

Elle déglutit avec peine. La peau de son cou me faisait penser à un serpent qui aurait avalé une souris entière, on en percevait distinctement les contours, la tête pointue qu'on étouffait…

– Je t'ai reconnue… Britta…

Je n'ai pas répondu.

Elle a fermé les yeux, chuchoté :

– Tu as peur de moi ?

– Je suis montée dans ce bateau pour te tuer, ai-je dit.

Elle a gardé le silence. Son visage était si menu et ridé. C'était presque celui d'une étrangère. Elle reposait dans une chemise de nuit avec une broderie de papillons autour de l'encolure. Turid Haraldsen avait toujours possédé de jolies choses… et de jolies personnes.

– Tu as entendu ce que j'ai dit ? Que je suis venue ici pour te tuer ?

– Je saigne beaucoup… ? À la tête ?

J'ai regardé l'oreiller. Du duvet blanc s'était collé au sang.

– Rien qu'un peu. Ça va aller.
– Pourquoi… tu ne me tues pas… maintenant ?
– Parce que ça gâcherait tout. Pour moi-même.
– Tu peux me tuer maintenant.
Ses lèvres incolores remuaient à peine sur les dents devenues jaunes au fil du temps.
– Je ne savais pas que… ce n'était pas ce que tu désirais toi-même, Britta…
– Je voulais réussir mon année de lycée, c'est tout. Mais enfin, toi et Fritjof, vous deviez quand même vous douter que je…
– Que tu aimais… ça.
Mes larmes ont coulé sur son menton. Le sang sur l'oreiller formait comme une auréole rouge foncé à partir de sa nuque.
– Je te hais toujours autant, ai-je ajouté, mais je ne veux pas que tu meures. Et je ne voulais pas te…
– Pauvre Britta… pauvre petite… je ne t'ai jamais oubliée, tu sais… Tu diras à Frikk que je… qu'il…
Georg a surgi tout à coup, m'a relevée de force et m'a fait sortir de la cabine. Il tenait une pelle à friture dans la main dont des gouttes de graisse tombaient sur le sol.
– Non, me suis-je défendue. Je veux… je dois…
– Ça suffit maintenant, a dit Georg. Il faut que Pia puisse voir ce qu'elle a.
Pia se faufila à l'intérieur et s'agenouilla près de Turid.
– Elle se destine à être vétérinaire, ai-je protesté. Ce n'est pas la même chose. J'espère qu'elle ne va pas mourir. Oh, mon Dieu, Georg, il ne faut pas qu'elle…
– C'était quoi, ce que tu avais à lui dire que les autres ne devaient pas entendre ?

Georg a essayé de me pousser vers l'escalier, mais je ne voulais pas monter sur le pont. Je voulais rester à côté de la cabine pour avoir une chance de lui reparler. Elle était en vie. Il fallait que je lui fasse comprendre que…

– Assieds-toi là, m'a ordonné Georg.

Je me suis retrouvée sur le couvercle du piano, froid et lisse, les mains plaquées de chaque côté contre mes cuisses. Le bout de mes doigts rencontrait la laque du bois. Le piano était fixé au mur. Il était en quelque sorte suspendu. Et moi avec. Rien ne risquait de tomber ou de se renverser. Tout irait bien.

Georg m'a caressé les cheveux, puis la joue.

Pia est sortie de la cabine. Sans hâte, en s'attardant, la main sur la poignée de la porte. Elle avait des baskets blanches aux pieds. L'un des lacets était défait.

Je me suis cramponnée au piano. J'avais croisé le regard de Pia. J'ai regardé le visage de Georg, puis son pull, son pantalon, sa main avec la pelle, toujours aussi luisante d'huile.

– Je vais vomir, ai-je lâché.

Il m'a entraînée jusqu'aux toilettes en restant à la porte, pendant que je dégobillais. Oscar est venu.

– Elle est morte, ai-je annoncé à Oscar avant de me repencher au-dessus de la cuvette.

Ils ont continué à me parler mais je ne comprenais plus ce qu'ils me disaient. Derrière eux, j'entendais une cacophonie d'autres voix, d'autres langues. Georg est allé chercher une serviette dont il a humidifié un coin pour me laver le visage.

– Essaie de te calmer. Ne pense plus à rien. Une chose à la fois. Respire doucement. Comme ça, oui.

– Georg, je…

– Respire doucement. Je suis là. Je suis là auprès de toi. Je ne m'en vais pas. Une chose à la fois.

J'ai commencé à comprendre ce qu'il me disait.

– Prends-moi dans tes bras.

Il m'a serrée contre lui et j'ai pleuré jusqu'à ce que les relents de vomi me remontent dans les narines.

– Il faut que je sorte.

– Tu claques des dents, ma pauvre petite.

Georg m'a prise par la main et ne m'a pas lâchée. La pelle à friture est restée par terre dans les toilettes.

Pia était de nouveau à genoux près de Turid, la palpait, posait ses doigts sur son cou, écoutait son cœur. Per avait changé les sparadraps au bout des doigts. Cela m'a paru une chose absurde à faire, maintenant que le cœur n'envoyait plus de sang dans le corps. J'ai noté que la couette avait été lacérée à plusieurs endroits et que du duvet s'en échappait. Elle avait des traces de sang. Le bord de la couchette aussi. Georg m'a entraînée vers l'escalier, poussée dans la cuisine et installée sur un escabeau dans un coin.

– Surtout reste là. Ne bouge pas.

Il s'est précipité dans le mess, où la plus grande confusion régnait. Il a annoncé la nouvelle puis est revenu. En voyant mes mains ensanglantées, il m'a fait me lever et les a passées sous le robinet avant de les essuyer. Ensuite il a décapsulé une Carlsberg et me l'a mise dans la main gauche, avec un verre de cognac dans la droite. Il a refermé la porte de la cuisine et m'a dit :

– Bois.

J'ai bu le cognac d'un trait. C'était comme une longue brûlure que la bière a rafraîchie. Je ne pleurais plus. Georg s'était servi une bière.

– On va aller retrouver les autres, ai-je dit.

– T'es sûre ? Tu ne vas t'effondrer ou piquer une crise ? Tu m'as foutu une de ces peurs ! Quand j'ai entendu tout ce remue-ménage et ce qui s'était passé, je me suis inquiété pour toi, pas pour cette Turid…

J'ai soudain compris que ça servait à rien de prétendre être toujours en forme. Je me suis relevée en m'appuyant sur lui.

– Ça va aller. Je suis là. Moi aussi je suis là, Georg. En vie… enfin, je crois.

Dans le mess, les langues allaient bon train. Il fallait traduire en simultané et chacun ajoutait son petit commentaire. On n'arrêtait pas d'aller se servir dans le frigo et le décapsuleur n'avait pas le temps de rester longtemps immobile relié à sa ficelle. Georg est descendu chercher mes vêtements. Dans des situations dramatiques, il est des choses qui n'ont soudain plus d'importance. Personne n'a réagi en me voyant en petite culotte et en tee-shirt. Je n'étais d'ailleurs pas la seule à être en petite tenue, on était plusieurs à dormir comme ça. Per a pris une pile de grosses couvertures grises en laine et les a distribuées à la ronde. Un paquet de serviettes en papier blanches était posé sur la table, pour essuyer les larmes éventuelles. Sigmund s'est avancé vers Frikk, avec l'intention de le consoler.

– Vous fatiguez pas. C'était pas ma mère, a lâché Frikk.

La déclaration a eu droit à une traduction en japonais, en français et en anglais, tandis que Sonja lui a caressé la joue, pas le moins du monde surprise, déjà à l'aise dans l'univers mensonger des amoureux. Frikk a croisé mon regard et je l'ai soutenu, calmement, attendant ce qu'il allait dire.

– Elle n'était pas votre mère ? a demandé Sigmund, interloqué.

– J'étais son amant, contre rémunération. En l'occurrence, ce voyage.

Nouvelles traductions.

– Bordel de merde ! s'est écrié Georg.

On n'a pas traduit.

– Vous avez quel âge ? a voulu savoir Sigmund.

– Dix-huit ans.

Sigmund a aussitôt jeté un regard à Oscar. Tout le monde ayant les yeux fixés sur Frikk et sur Sonja, j'ai dû être la seule à voir Oscar secouer imperceptiblement la tête. Oscar et Sigmund. Pour sûr, il y avait quelque chose entre ces deux-là.

Sigmund s'est assis à côté de Frikk.

– Vous avez besoin d'aide ou de quelque chose ?

– Je ne veux pas qu'on fasse machine arrière, a dit Frikk. On a passé un deal, pas vrai ? Turid m'a dit qu'elle était d'accord.

Nouveau regard de Sigmund vers Oscar.

– Non, on est à la même distance de Longyearbyen, qu'on achève le périple en faisant le tour ou qu'on retourne tout de suite par là où on est venus. Je n'ai pas lancé de signal de détresse tout à l'heure, je voulais d'abord essayer par contact radio. Et je ne peux pas émettre de signal de détresse maintenant qu'elle est morte. On n'est plus… en détresse… pour ainsi dire…

– Je ne voulais pas qu'elle meure, a dit Frikk. Mais cette femme, c'était une malade ! Il faut pas me plaindre. C'est vraiment pas la peine. C'est pire pour Bea.

Du coup, tous les regards se sont tournés vers moi. Georg a serré fort ma main.

– Beaucoup ont vu ce qui s'est passé. Bea fera une déposition au commissariat quand on rentrera... Mais toi, Sonja, comment ça va pour toi ?

– C'est affreux de se dire qu'il y en a qui paient pour avoir de l'amour, a-t-elle commenté.

– De l'amour ? Qui parle d'amour ? Cette femme était une sorcière, a rectifié Frikk.

Le terme de « sorcière » a été dûment traduit, provoquant diverses réactions. Certains trouvaient qu'une personne morte méritait un minimum d'égards.

– Mais vous êtes venu ici avec elle de votre plein gré ? Je trouve que vous devriez quand même parler à quelqu'un, insista Sigmund. Vous croyez peut-être gérer la situation, mais vous risquez d'avoir un gros contrecoup. Bea aussi.

– Alors on en parlera ensemble, Bea et moi, a conclu Frikk.

Je me suis resservi un cognac, l'ai bu d'un trait et on s'est isolés dans la cuisine, Frikk et moi.

On s'est assis côte à côte sur le plan de travail. J'avais pris une autre bière et j'ai laissé la surface glacée de la bouteille rouler entre mes paumes. Mes mâchoires étaient engourdies à cause de l'alcool que j'avais ingurgité trop vite et en trop grande quantité, mais j'arrivais à parler d'une voix qui me convenait. Elle avait l'air comme d'habitude.

L'histoire de Frikk était différente de la mienne. C'était un homme, et Turid était une femme. Il n'y avait pas eu de jeu pervers, puisque Fritjof ne participait plus. Ces treize dernières années, elle s'était contentée d'entretenir de jeunes amants. Frikk aussi croyait avoir été le seul choisi pendant cette année scolaire. Et il lui était resté assez de jugeote pour se faire payer ce voyage au Spitzberg, même après avoir obtenu son attestation d'examen au printemps. Rien à voir avec moi, donc. Je lui ai laissé croire que j'avais eu une brève liaison avec Fritjof, à la demande de Turid. Il ne comprenait pas bien.

– Elle voulait nous regarder, ai-je dit.

– Ah, c'était pour ça.

– Oui, c'était pour ça.

– Alors vous aussi... J'ai compris que vous le saviez. Vous avez dit des choses...

– Oui, l'ai-je coupé. Mais ça ne se raconte pas, c'est pas possible. On n'est pas les seuls à avoir connu ça. Un bac qui vaut des clous...

– Vous avez réussi... à oublier tout ça ?

– Bien sûr. Ça a été. Et vous, vous avez Sonja.

– Je ne sais pas si Sonja... ça s'est trouvé comme ça. Si je l'avais rencontrée à Oslo, je l'aurais même pas regardée. Elle n'est pas mon genre. Mais j'ai soudain eu envie de faire chier cette vieille peau, ah bordel...

– Soyez gentil avec Sonja. Ce n'est pas la peine qu'elle sache que vous vous êtes servi d'elle. Ça voudrait dire que vous êtes comme Turid : quelqu'un qui utilise, qui exploite les autres. Promettez-moi d'être chic avec elle.

– Y a pas de problèmes avec Sonja. On s'entend bien, elle et moi. D'être ici... ce voyage... ça m'a changé. Maintenant je sais ce que je veux faire comme boulot. Travailler avec la nature, les animaux, les oiseaux… tout ça… j'ai vraiment pas envie que tout ça foute le camp. Qu'on fasse crever la nature à force de l'exploiter…

– Vous allez y arriver, Frikk. Maintenant que je vous écoute, j'en suis sûre.

Il m'a souri.

– Vous êtes vraiment une fille super, Bea. Mais… qu'est-ce que vous avez pensé, la première fois que vous nous avez vus ? quand vous avez compris qu'on serait sur le même bateau ?

– Ça m'a foutu un coup. Le monde est petit, me suis-je dit. Mais elle ne m'a pas reconnue. C'était il y a si longtemps. De l'eau a coulé sous les ponts, vous savez.

– Ouais, mais ça a dû vous faire un choc ! Vous n'avez pas eu envie de la balancer par-dessus bord ? a-t-il dit avec un petit rire.

– Non, ai-je souri. Ce n'est pas mon style.

– Mais maintenant elle est morte. C'est étrange.

– Oui, ça fait une drôle d'impression. Vraiment.

– C'était pas votre faute. Vous nous avez défendus, Sonja et moi. C'est comme ça qu'il faut voir les choses. Elle était dingue, cette bonne femme… Avec ses yeux écarquillés et la peau blanche autour… Vous auriez dû voir le visage qu'elle avait sans ses lunettes !

– J'ai faim, ai-je dit de but en blanc. Allez, on ne reparle plus de ça avec les autres, d'accord ?

Les gens étaient partis s'habiller, mais je ne suis pas descendue. J'ai mangé une tartine de pain avec de la confiture, sans dire un mot. Izu est venue vers moi et m'a donné un baiser.

– *Not your fault*, a-t-elle dit, *everybody says so*.

Dana m'a adressé un sourire pour me consoler. Si seulement elle avait su ce que Georg et moi on avait fait pendant qu'elle dormait. Il n'y avait pas seulement une personne morte à bord, mais aussi deux cadavres de phoques.

Après le repas, je suis montée sur le pont pour fumer une cigarette. Ola était en train de vider un des coffres blancs. À ses pieds les combinaisons de survie s'entassaient comme autant de corps fluo décapités.

– On va la mettre là-dedans ? ai-je demandé.

– Sigmund a dit que c'était la meilleure chose à faire. Il fait assez froid pour ça.

J'ai rempli mes poumons de nicotine. Ne pense à rien, m'avait dit Georg. « Une chose à la fois. » Les fulmars s'étaient réveillés, avaient lissé leurs plumes, criaient entre eux dans l'eau et sur la glace. La lumière avait changé, et la montagne s'était assombrie. Il aurait fallu remonter le Zodiac, même si on comptait s'en servir plus tard. Une plaque de glace venait de le heurter. Je n'avais pas envie de faire la sortie avec le groupe pour aller sur la montagne. Ce n'est pas moi qui allais déranger la mouette blanche pendant qu'elle nichait. Samuel avait regardé dans son livre d'ornithologie et l'appelait *ivory gull*, la mouette ivoire. La photo montrait un oiseau d'une blancheur immaculée. De petite taille, il avait l'air tout innocent. Mais je voulais dormir. Dormir dans ce bateau quand tous seraient partis à terre. Sans boire plus pour l'instant. Je voulais rêver et voir comment c'était maintenant dans ma tête, là où les rêves prennent forme. C'était bien qu'elle repose là-haut, sur le pont. Au grand air. Cela aurait été pire si on l'avait enfermée à clé dans sa cabine.

Jean et Philippe sortaient les gilets de sauvetage de la soute à l'arrière. Des personnes allaient débarquer. On pourrait allumer le poêle plus tard dans la journée. Se réunir et chanter une ou deux chansons scoutes.

– Vous êtes quelqu'un de bien, Bea. Ne l'oubliez pas, même si vous n'avez pas la langue dans votre poche, m'a dit Philippe, les bras chargés de gros gilets orange.

– Pourquoi ? Je devrais ?

– Non, vous êtes comme ça, c'est tout.

Je suis descendue.

Sigmund et Oscar étaient en train d'envelopper Turid dans une housse de couette, ils n'ont pas fait attention à moi. Agenouillés sur le sol, ils me tournaient le dos. Sigmund lui soulevait les pieds, pendant qu'Oscar tenait la housse. Les genoux étaient striés de plis tout secs.

– Zut, c'est pas assez long, a bougonné Oscar. Il faudra en mettre une de chaque côté.

– Deux en tout, a résumé Sigmund.

Le visage de Turid était devenu plus lisse. Les sparadraps au bout de ses doigts étaient tout imprégnés de sang. La force de gravité envoyait les liquides corporels vers le centre du corps, quand le cœur cessait de battre.

– N'oubliez pas ses lunettes, ai-je dit.

– Quoi ? s'est écrié Oscar à quatre pattes en se retournant et levant les yeux vers moi. Ah, vous êtes là !

– N'oubliez pas ses lunettes.

Puis je suis remontée.

À peine le temps de fumer la moitié d'une cigarette qu'ils sont montés en la portant. Georg s'était placé à côté de moi et m'avait passé un bras autour des épaules.

– Tu crois vraiment que c'est une bonne idée de…

– Je vais bien maintenant.

Elle ressemblait à une saucisse blanche avec de la ficelle autour, elle serait à son aise dans ce grand coffre blanc, son cercueil, en attendant mieux. Sigmund l'a refermé et a mis deux cadenas qu'il a sortis de sa poche. Puis ils ont tiré ce coffre le long du pont pour le laisser près de la porte des machines, hors de vue, là où seuls Ola et Bjørn se rendaient. Ironie du sort : elle reposait dans un coffre qui avait contenu des protections contre l'eau, dans laquelle elle avait été censée mourir…

Frikk tenait la main de Sonja, tous deux avaient enfilé des moufles rouges. Sigmund et Oscar sont revenus là où on était.

– Bon, elle est là-bas maintenant, a dit Sigmund. On ne peut pas faire grand-chose de plus. On va y arriver. C'était un accident. Le voyage continue. Ça sert à rien de faire une tête d'enterrement et de… je veux dire… personne d'entre nous n'était particulièrement attaché à elle. Même Frikk…

Oscar a pris le relais. Sigmund et lui étaient tout à coup d'accord là-dessus. Je me suis souvenue des regards qu'ils avaient échangés.

– Même si cette attitude peut paraître glaciale, on va maintenant essayer de penser à autre ose. On reprendra tout ça comme on sera rentrés à Longyearbyen et qu'on pourra parler aux les autorités.

– Comme si rien ne s'était passé ? ai-je demandé.

Georg m'a serrée plus fort et Oscar m'a dévisagée d'un air grave :

– Oui, Bea. Comme si rien ne s'était passé. Vous allez y arriver ?

– Faudra bien.

– Il faut que je voie enfin cet oiseau, a glissé Samuel. La mouette ivoire… Après tous ces événements, la pensée de cette mouette est la seule chose qui me mette du baume au cœur.

– Bonne balade, ai-je dit.

– Vous ne venez pas ?

– Il faut que je dorme.

Il a pris mes mains dans les siennes avec un regard amical :

– J'espère que vous ne prenez pas la faute sur vous ?

– Non, ça va aller, ai-je répondu.

J'en avais soudain marre de tous ces gens qui voulaient me consoler d'avoir fait un trou dans la tête d'une femme que j'avais eu l'intention de tuer de sang-froid et dans l'eau froide…

– Dites bonjour aux mouettes de ma part !

– Moi aussi, il faut que je dorme, a déclaré Georg à Per. Je ne viens pas non plus. Avec Sigmund, vous serez trois si vous rencontrez un ours, c'est assez. T'as des munitions pour ours ? Sinon, je peux t'en passer…

– J'en ai.

Le nez collé au hublot, Nuno et Sao observaient, découragés, la rive. Passant outre l'interdiction de son avocat et de son manager, Izu avait débarqué avec les autres membres du groupe.

– Pourquoi vous n'êtes pas partis avec eux ? ai-je voulu savoir.

– Nous pas aimer ours polaires.

– Mais lui vous aime certainement ! ai-je lancé gaiement.

Ils ont continué à fixer le rivage, mais on était trop loin pour voir si un ours, à cette seconde précise, était en train d'arracher les vêtements d'une petite Japonaise.

– Allez, détendez-vous ! leur ai-je dit.

Ils m'ont lancé un regard dubitatif.

– Vous êtes OK ? a demandé l'un des deux.

– Tout à fait OK, ai-je répondu. C'était un accident. Tout le monde le dit.

Georg est entré et a refermé la porte qui donnait sur le pont.

– Je croyais que tu voulais t'allonger ?

– Oui, mais il faut que je dorme, Georg. Seule.

– Moi aussi. On serait trop à l'étroit.

– Je viendrai te voir si je n'y arrive pas, mais il faut que j'essaie de dormir.

Il n'y avait pas assez de tirant d'eau, le chenal n'était pas assez large. L'océan était trop recouvert de glace pour que je puisse manœuvrer seule, et le bateau trop lourd, avec un cadavre dans sa cargaison…

Impossible de trouver le sommeil, alors je me suis rhabillée et suis allée dans la cabine de Georg. Il dormait déjà, le visage posé sur son bras. Sa moustache ressortait sur la peau de l'avant-bras, aussi blanche qu'une mouette. J'aurais tellement aimé ne pas avoir à lui parler, et m'endormir toute seule comme une grande. Je me suis assise sur le bord de sa couchette, lui ai caressé le bras, l'ai effleuré d'un baiser. Sa moustache s'est allongée, remontant un peu sur la lèvre supérieure, quand il a souri dans son sommeil.

– Je me lève, ai-je chuchoté. Dors. Je vais surveiller les icebergs. Ne t'inquiète pas.

Et si j'expliquais plutôt à Georg que j'avais vu Turid embrasser Frikk, il y a quelques jours, et que ce n'était pas – c'est le moins que l'on puisse dire – un baiser maternel ? Je pourrais lui dire que j'avais deviné qu'il y avait anguille sous roche, ou plus exactement, sous glace, et que c'est pour ça que j'avais prévenu Sonja. Si une sorte de complicité s'était établie entre Frikk et moi, c'est qu'il avait compris que j'avais vu Turid l'embrasser. D'où son désir de me parler seul à seul dans la cuisine. Et si je m'étais enfermée avec Turid dans la cabine, c'était pour lui demander pardon de l'avoir envoyée valdinguer contre le hublot…

Oui, mon histoire tenait la route. Je me la suis répétée en boucle.

J'avais laissé Georg se reposer et j'étais montée sur le pont. Il devait bientôt prendre son quart. Les Japonais, tout habillés, attendaient dehors quand je suis sortie fumer. Avec leurs jumelles, ils ne cessaient de scruter le rivage où s'activaient des fourmis humaines, éclats de couleur contre la pierre nue et le bois flottant. D'après ces couleurs, j'en ai déduit qu'ils avaient tous enfilé leurs gilets de sauvetage, donc qu'ils étaient sur le retour. J'ai voulu plaisanter avec Nuno et Sao en leur demandant de compter le nombre de taches colorées, histoire de vérifier que personne ne manquait à l'appel, mais ils n'ont rien compris.

– Vous êtes encore pires que les Finlandais, ai-je marmonné en norvégien. Car les Finlandais, eux au moins ils comprennent un peu le suédois. Deux pour cent, certes, mais c'est mieux que rien.

J'ai jeté ma cigarette à l'eau. Dans la cuisine, j'ai trouvé un plateau en plastique, ai posé une serviette blanche dessus avec des verres de cognac. Combien étaient-ils ? J'ai fait un rapide calcul mental : vingt moins Turid, soit dix-neuf, moins Georg, moi et les Japonais. Ils étaient donc quinze à revenir à bord. J'ai rempli quinze verres de cognac en effaçant tous les traits sur ma fiche dans la case « Avoir ».

– Bienvenue à bord !

– Eh bien, quel accueil ! s'est écrié Samuel en se servant.

J'avais les doigts gelés. Impossible de tenir ce plateau avec des moufles.

– Comme c'est gentil ! s'est exclamée Dana à son tour, en se débarrassant de son gilet de sauvetage avant de prendre un verre.

L'un après l'autre, ils sont apparus en haut de l'échelle et ont découvert le petit cognac qui les attendait. Izu a été littéralement hissée au-dessus du bastingage par Nuno et Sao. Ils l'ont aidée à enlever son gilet et se sont mis à lui parler en japonais en même temps. Izu secouait la tête, les joues toutes rouges, elle riait.

– Vous voulez un cognac ? ai-je proposé.

– Ah, magnifique ! Merci beaucoup !

Per a approuvé d'un hochement de tête :

– Bonne idée.

– Est-ce qu'on peut chauffer la pièce à l'arrière ? ai-je demandé. On pourrait fredonner quelques chansons scoutes.

– Je n'en connais aucune. Et vous ?

– Je n'ai jamais fait de scoutisme. Je n'ai d'ailleurs jamais été membre de quoi que ce soit, sauf de l'Association des dessinateurs norvégiens. Mais chanter, ce n'est pas trop leur truc à ces gens-là. Et pourquoi pas un psaume ? Du style *Voici, je me tiens à la porte de l'âme...*

– Le temps d'allumer le poêle, vous aurez bien une chanson qui vous reviendra. Ça fait plaisir de vous voir debout, un verre à la main. J'avais peur que vous ne craquiez et fassiez une crise de nerfs...

– Une crise de nerfs ? Ce n'est pas mon genre.

– On a pu voir la mouette ivoire ! s'est écrié Jean en saisissant un verre. J'ai pris plein de photos !

– À votre santé ! ai-je dit.

– C'était incroyable, la vue de là-haut ! a soupiré Samuel. Vous savez, j'ai pas mal bourlingué dans ma vie, mais je n'ai jamais vu quelque chose qui puisse se comparer à ça.

– Vous n'avez pas rencontré d'ours ? ai-je demandé à Oscar.

Il a secoué la tête :

– Non, sauf un qui était mort. Sam et moi, on l'a vu du sommet de la montagne, il était en bas sur le rivage de l'autre versant. On aurait dit qu'un autre ours l'avait en partie mangé… en tout cas, la tête.

– Ah, vraiment ? ai-je dit. Faut croire que la nature peut être très cruelle…

Pia a attaché les gilets pendant que j'allumais le chauffage. Mon poêle marchait à fond chez moi tout l'hiver, je savais comment m'y prendre : des morceaux d'écorce et du papier, un bon tirant, la porte entrouverte, souffler un peu sur le tas pour que le feu prenne bien avant de mettre la première bûche. J'ai pris un verre de cognac que j'ai posé par terre, et ai avancé une chaise de jardin pour m'installer près du poêle.

– Tout se passe bien, a dit Pia. Nous avons réussi à surmonter le premier choc. Et vous ?

– Moi aussi, finalement. S'il vous plaît, refermez la fermeture éclair de la bâche, pour que la chaleur ne s'en aille pas.

Je suis restée enfin seule un moment, le temps que les autres se changent à l'entrepont et j'ai repensé à mes petits arrangements avec la vérité… et au champagne que j'avais acheté au Palais des Glaces à Longyearbyen. J'étais censée le boire pour fêter la mort de Turid. Un brut Carte Jaune, Veuve-Clicquot…

Le ventre du *Ewa* s'est mis à gronder, il avait faim de carburant. J'ai entendu qu'on remontait l'ancre à l'avant.

La vibration se transmettait jusqu'à l'arrière, sur le pont, quarante mètres plus loin. Nous étions en mouvement, cap vers le sud-est, en direction de Storøya, « la grande île ». On était samedi.

Une fois que le poêle a ronronné, je suis allée sur la passerelle retrouver Georg. Vêtu d'un pull marin blanc, il fumait, fenêtre ouverte, tout en observant les conditions de glace sur l'écran de l'ordinateur.

– Qu'est-ce que t'as fabriqué ?

– J'ai servi du cognac. J'ai allumé le poêle sur le pont arrière, dans la pièce du fond.

– La pièce du fond ?

– Oui, c'est comme ça que je l'appelle. C'est dommage que tu ne puisses pas venir.

Il a toussé. Une méchante toux.

– Mais enfin, Georg, il ne faut pas fumer ces trucs-là. C'est de la dynamite ! Tu tiens absolument à attraper un cancer des poumons ?

– Si ça doit m'arriver, on verra bien. Ça vaut pas le coup de stresser. Comment tu vas ?

– Très bien. Et maintenant je vais descendre boire du Rémy-Martin.

Tous s'étaient rassemblés à l'arrière, sauf Bjørn et Ola. Le premier s'activait dans la salle des machines et le second récupérait un peu de sommeil avant de prendre son quart.

Oscar alimentait le poêle et resservait du cognac. Il avait détaché la bouteille du mur. Les tasses de café étaient posées à même le sol, ainsi qu'un plat avec les restes du pique-nique : des brioches à la cannelle un peu écrasées. Il n'y avait pas assez de chaises, nombre d'entre elles ayant été sorties pour que les gens profitent du soleil quand la tempête s'était calmée. J'ai détaché deux gilets de sauvetage et je me suis assise dessus.

– Bon, et si on chantait ? ai-je proposé.

Oscar a fait remarquer qu'un certain nombre de chansons étaient universelles, comme *Lili Marleen* ou *Frère Jacques* par exemple.

Philippe a commencé :

– *Frère Jacques, Frère Jacques, dormez-vous, dormez-vous… ?*

Les autres ont repris en canon, en norvégien et en anglais. Ça a duré longtemps. Les Japonais ne connaissaient pas cette chanson, mais Izu en a chanté une, toute seule, qui parlait d'une fleur de lotus, a-t-elle expliqué. Portée par sa voix, elle faisait toutes sortes de gestes et de mimiques pour montrer que la fleur, pourtant modeste, osait fleurir même en période de typhon. Fiers et solennels, Nuno et Sao ne la quittaient pas des yeux. Nous l'avons applaudie à tout rompre, elle s'est inclinée très bas avant de porter un toast. Le poêle était brûlant. Dana massait les muscles de ses cuisses en avouant qu'elle était épuisée.

– Je n'ai pas l'habitude de grimper en montagne !

– Qu'est-ce que vous faites… d'habitude ? a demandé Samuel.

Elle s'occupait d'une agence de mannequins à Rome, mais n'avait pas envie de s'étendre sur le sujet. Personne n'a insisté. Au fond, personne n'avait envie de penser à son quotidien et au métier qui l'attendait au retour. On flottait tous dans une vacuité temporelle, laissant à Georg et au bateau le soin de tracer un sillon dans l'océan Arctique. Même Sigmund a repris du cognac !

– Sam, s'est soudain écrié Oscar. Vous ne pouvez pas porter ce nom et ignorer la fameuse chanson dans le film *Casablanca* !

– Bien sûr que je la connais, a-t-il dit en riant.

Et il s'est mis à fredonner l'air.

– *Sing it*, Sam, ai-je lancé.

Il connaissait les paroles par cœur et avait une jolie voix. Tout le monde s'est tu, on n'entendait plus que le poêle et le bruit des machines.

– *You must remember this… a kiss is just a kiss… a sigh is just a sigh… the fundamental things apply… as time goes by…*

Je me suis appuyée au bastingage et j'ai fermé les yeux.

– *The world will always welcome lovers… as time goes by.*

C'étaient les derniers mots de la chanson.

Il fallait absolument que je raconte tout à Georg.

– Vous avez dû entendre dire qu'il ne faut jamais épouser la personne avec qui on voit le film *Casablanca* ?

– J'étais toute seule quand je l'ai vu, ai-je répondu. Je l'ai vu en entier, chez moi, à la télé…

Tout à coup, la sirène a retenti. Trois coups brefs.

Sigmund a sursauté au point de renverser une tasse de café.

– Rorquals communs en vue !

Cinq de ces mammifères suivaient le bateau. Dana était si excitée tout à coup qu'elle a failli passer par-dessus bord. Elle était bien du genre à décorer son agence de mannequins avec des posters de queues de baleines fendant l'eau.

– Ils sont sacrément gros ! s'est écrié Oscar.

– Plutôt petits pour des cétacés, a rectifié Stian, en connaisseur.

Ils nageaient en formation, à bâbord. Leurs dos ressortaient de l'eau, on aurait dit des ailerons de requin. En expirant, ils rejetaient l'eau en l'air grâce à leur évent, avec un effet de douche et en produisant un formidable sifflement, avant que leur évent se dilate et prenne à nouveau de l'air, et que le dos plonge dans la mer. Penché à la fenêtre de la passerelle, Georg était expert en la matière, car il en avait harponné un certain nombre. Heureusement qu'il a parlé en norvégien :

– Un bon steak de baleine avec une sauce à la crème… qu'est-ce que t'en dis, Per ?… On essaie d'en prendre un ? On pourrait leur jeter l'Italienne en guise d'appât ! a-t-il plaisanté en agitant son mégot.

– Ils font quelle longueur ? ai-je crié.

– Dix mètres maxi ! Ce ne sont pas des gros morceaux… mais y a rien que du muscle !

Sur l'un d'entre eux, nous avons aperçu le ventre blanc couvert de rainures. Ils allaient d'un océan à l'autre, allaitaient leurs petits comme le font les humains, et chantaient entre eux en vocalisant à basses fréquences. Que savaient-ils du monde, de celui qui était à l'air libre, cet air dont ils avaient besoin mais où ils ne pouvaient pas vivre en permanence ? Leur monde était, tout compte fait, plus vaste que le mien, car il y a davantage de mer que de terre ferme. Philippe et les Japonais mitraillaient avec leurs appareils photo.

Mais soudain, la surface de l'eau est redevenue noire, calme et couverte de plaques de glace. Le vent s'est levé.

J'ai jeté ma cigarette dans la direction des photographes et suis montée sur la passerelle.

Georg fermait la fenêtre.

– Qui a tricoté ton pull ? ai-je demandé.

– Une chouette dans une usine ! m'a-t-il répondu en riant.

– Tu l'as donc acheté…

– Personne n'a le droit de me tricoter des pulls. Ça ne fait que des histoires. Il faut être reconnaissant à n'en plus finir et on se retrouve coincé…

– Mais t'es pire que moi, dis donc…

– C'est possible. J'aime pas me faire embobiner par une chouette. Mais regarde-moi maintenant.

Il m'a fixée.

– Tu vois, j'ai l'impression d'être un phoque pris dans le filet d'un chalut…

Je me suis blottie contre son pull en fredonnant tout bas :

– *You must remember this… a kiss is just a kiss… a sigh is just a sigh… the fundamental things apply… as time goes by…*

– *Casablanca.* Je m'en souviens bien.

– Avec qui t'as regardé le film ?

– Ma femme.

– Celle de l'Immaculée Conception ?

Oscar avait raison.

– Oui, elle a chialé comme une Madeleine. Je ne savais vraiment pas quoi faire.

J'ai éclaté de rire.

– Ça fait du bien de te voir rire à nouveau !

– Oh, Georg…

– Eh, attention ! Sinon, le cap Nord va encore nous filer entre les doigts.

Lena et Stian avaient préparé une brandade de morue pour le déjeuner. Les Japonais ont aspergé leurs plats de sauce soja. Sigmund dormait. Lena est montée porter à Georg sa part.

Personne n'éprouvait le besoin de parler de Turid. Les mouettes, la balade en montagne, les rorquals et *Casablanca* avaient purifié l'air. On en avait oublié le coffre blanc. Il y en avait d'autres sur le pont et ils étaient là depuis le début. J'ai pris ma doudoune et suis sortie m'en griller une avant le dessert. J'ai frotté mes doigts pour sentir l'air, comme Georg le faisait. Le vent soufflait plus fort, ce qui expliquait pourquoi on ne voyait plus un seul phoque. Comme ils n'aimaient pas le vent, ils restaient sous l'eau. C'est fou tout ce que j'avais appris sur la nature polaire… J'allais devenir une experte sur la chasse aux phoques, la pêche clandestine dans les zones protégées et les conflits dans le Smutthålet, ces eaux internationales situées à l'est de la zone économique de la Norvège. Je savais maintenant à quoi ressemblait le fameux chant des baleines. Même si j'avais cru le connaître avant. Je pensais alors qu'il suffisait d'une photo envoyée par fax, d'un extrait de film, d'un paragraphe dans une encyclopédie, d'un ou deux articles sur Internet pour boucher les trous dans ma connaissance de la vie polaire…

On avait la terre ferme à tribord et le grand large à bâbord. Le soleil bas jetait des éclats rose et turquoise sur la glace flottante, la lumière se voilait à l'approche de la surface de l'eau. J'aurais bien aimé voir tout ça d'en haut, en avion, savoir ce que c'était de voler dans l'Arctique, avec les problèmes spécifiques que ça pose pour le carburateur et le gyrocompas, l'instrument dont Georg m'avait parlé. Sans oublier les formations de brume, quand la mer est glaciale et que la terre est chauffée par le soleil, et que ces deux qualités d'air se mélangent la nuit.

C'était un accident.

Je ne voulais pas la tuer.

J'ai jeté ma cigarette, enlevé ma capuche et me suis avancée à la proue. J'avais le pied marin. Quelle vue splendide ! ai-je pensé. Trois mots creux en comparaison du paysage qui s'offrait à mes yeux. J'avais perdu la faculté de peindre la beauté. Impossible de fixer sur le papier ce panorama. Quelque chose de l'ordre du soleil couchant sur le désert de Gobi ou de l'arc-en-ciel au-dessus des chutes du Niagara, quelque chose d'absolument unique, qui portait en lui-même sa propre finalité. Mais un paysage que je portais dorénavant aussi en moi, parce que j'en faisais partie à présent, je baignais moi aussi dans cette lumière qui me donnait envie de peindre avec des peintures à l'huile et non plus avec un feutre noir.

Je me suis retournée. Le winch et le Zodiac bouchaient un peu la vue qu'on avait des fenêtres de la passerelle. Les plaques de glace se reflétaient sur les vitres. Mais j'ai réussi à apercevoir Georg, dont le pull blanc était comme une tache de lumière. Les mains dans les poches, il avait le visage tourné vers moi, à quinze mètres de là. Il me regardait sans sourire mais sans mauvaises intentions. Il devait penser à moi, à nous et au temps qui passait. Ce voyage en bateau allait s'achever dans quelques jours, à Longyearbyen. Quand

Lupes m'avait qualifiée de salope, il avait eu raison. Mais les salopes aussi ont droit à un peu de tranquillité. Personne ne se donne la peine de fouiller dans leur passé pour comprendre comment elles en sont arrivées là. C'est pratique d'être une salope. Ça n'intéresse personne de savoir qu'elles dorment sans jamais trouver le repos.

J'ai soutenu le regard de Georg.

À cet instant, j'ai eu la certitude absolue que ce n'était pas une salope qui se tenait campée à l'avant du bateau, le dos tourné au sens de navigation.

Au mess, c'était l'heure du film. Il y avait du café après le dessert. Après délibérations, le choix s'était porté sur *Out of Africa.* Sur l'étagère, on trouvait aussi *Cliffhanger* avec Silvester Stallone, mais personne ne s'intéressait à un homme qui se gèle les couilles ; ici dans le froid, on savait ce que c'était. Non, on avait plutôt envie de voir la savane, les éléphants, les lions, la bouche sensible de Meryl Streep. Elle a une manière bien à elle de la pincer, et on comprend tous qu'elle va avoir l'Oscar de la meilleure actrice. Et Robert Redford… Avec son visage de petit garçon. De la vieille peau sur un visage jeune. La dessinatrice en moi est fascinée par les marques du temps sur les visages. Certains se transforment complètement et deviennent méconnaissables. D'autres gardent les mêmes traits, même si la peau se fripe de partout. Il suffit alors de plisser les yeux pour les retrouver, juste comme floutés par un voile.

Les Japonais se sont levés pour aller au salon, en assurant à tous qu'ils ne se sentaient nullement ostracisés. C'est alors que j'ai remarqué un grain de beauté près de la narine gauche de Nuno ou de Sao. J'ai donné un coup de coude à Oscar :

– Qui c'est, celui qui est à droite ?

– Nuno, a-t-il chuchoté.

Enfin, j'avais identifié tout le monde.

– Comment vous faites pour voir une différence entre eux ? ai-je demandé, intriguée.

– Nuno a un grain de beauté à côté du nez.

Je suis descendue chercher mon carnet à dessins. J'ai failli boire un petit coup de gin, plus par réflexe que par envie, mais je me suis abstenue. Sigmund allait prendre son quart à minuit. Alors Georg serait libre.

Avant de quitter la cabine, j'ai tracé un quadrillage sur trois feuilles A3. Six carreaux sur chaque page, ça faisait dix-huit en tout.

Et tandis que Meryl Streep, en avion, admirait l'envol de milliers de flamants roses, avec un ravissement qui lui vaudrait l'Oscar, j'ai croqué les spectateurs. D'ailleurs, je n'avais pas besoin de les voir, je connaissais leurs visages par cœur. Avec le grain de beauté, qui plus est. J'ai dessiné Sao sans son éternel sourire, tandis que Nuno se fendait la poire. C'est la seule différence que j'ai réussi à produire, le grain de beauté mis à part. Je n'aurais jamais pu travailler comme caricaturiste au Japon, ça c'est sûr.

Je me suis appliquée pour Samuel. Je l'ai représenté assis derrière un piano au-dessus duquel se penchait naturellement Humphrey Bogart, un verre de whisky et une cigarette à la main, l'air déprimé et nostalgique. Il rêvait de Ilsa Lund, le pauvre. « *The fundamental things apply… as time goes by.* »

Per et Pia chuchotaient entre eux au lieu de regarder le film. Je mourais d'envie de les dessiner comme Max et Moritz, deux adorables chenapans, mais je me suis ravisée. Il ne s'agissait pas de se montrer blessante. Jean s'était endormi. Dana clignait des paupières. La nuit se faisait sentir même sous le soleil de minuit. La carte indiquait que la montagne de Phippsøya faisait quatre cent soixante-cinq mètres de haut. Pas mal comme randonnée et escalade sur glacier pour des gens habitués aux tire-fesses pour accéder aux pistes de ski et aux escalators des aéroports.

Soudain, j'ai feuilleté en arrière mon carnet et noté sur une page sans carreaux : Britta.

Je suis restée à contempler cette page vierge. Jusqu'à ce que j'aie envie d'une bière. Puis j'ai tracé un petit cœur autour de ce nom et j'ai refermé mon carnet. J'ai ouvert si brusquement la porte du frigo que toutes les bouteilles se sont entrechoquées et que Jean s'est réveillé.

– Je ne crois pas que nous allons débarquer à Storøya. Il n'y a qu'une baie où l'on peut jeter l'ancre et elle est couverte de glace quand le vent souffle du nord.

– Est-ce que le vent a tourné ? ai-je demandé.

– Oui, nous avons le front de glace dans le dos maintenant.

– Qu'est-ce qu'il était prévu de faire à Storøya ?

– Voir des morses. C'est là qu'ils dorment. Il peut y en avoir une flopée. Toute une colonie. Qu'est-ce que t'en penses, Sigmund…

Penché au-dessus la carte, Sigmund réfléchissait en se grattant la tête et en bâillant.

– Je pense comme toi, Georg. On passe devant Storøya et on file droit sur la pointe d'Isis. Je prendrai alors les commandes.

Oscar était le seul à ne pas s'être endormi quand nous sommes redescendus au mess. Plongé dans un livre sur le Spitzberg, il fredonnait.

– Écoutez ça, a-t-il dit, c'est extrait d'un vieux récit de chasseur hollandais… « Le Spitzberg est inhabitable parce que le pays se situe dans la zone froide du monde, appelée *Zona frigida*, où le climat est si rude que les animaux sont devenus tout blancs. »

– Ha ha ! s'est écrié Georg. T'as entendu ça, petite chouette ? Si tu restes ici assez longtemps, tu vas finir en blonde !

– Je suis déjà blonde, en fait. Je me suis teint les cheveux.

– Hein ? Dis tout de suite que t'as aussi un dentier, tant que t'y es !

*Zona frigida.*

Une sorte de zone protégée, ai-je pensé, en allant chercher un pull dans ma cabine, tandis que Georg allumait le poêle. Maintenant que tout le monde était parti se coucher, lui aussi voulait sentir la chaleur. Oscar est descendu sur mes talons, un livre à la main.

– Alors, les amours de vacances ? a-t-il lancé.

– Vous pensez à Georg en disant ça ?

– Oui.

J'ai choisi d'en rire.

– L'expression est assez juste !

– Prenez garde, a-t-il ajouté.

– Pourquoi ?
– C'est un malin, Georg.
– Je le sais. Bonne nuit.

Il y avait du monde à la douche. J'ai entendu des voix et la porte de la cabine de Per et Pia était entrouverte. Bon, nos deux garnements se savonnaient à la lumière du soleil de minuit. J'ai attendu qu'Oscar ait refermé sa porte pour jeter un coup d'œil dans leur cabine. Certes, j'ai toujours respecté la vie privée d'autrui, mais je ne peux m'empêcher de fouiner un peu. C'est plus fort que moi. Leur cabine était la même que la mienne et que celle de Georg, aussi petite, mais en miroir. Aucun traitement de faveur ou suite luxueuse pour nos guides. Partout des vêtements, des crèmes et des bouteilles vides.

Ils utilisaient les deux couchettes. Ils devaient donc être amants depuis assez longtemps pour supporter de dormir séparément. J'ai pris une carte étalée sur l'oreiller de la couchette du bas. Meilleure que la mienne, plus détaillée. J'ai toujours eu un faible pour les cartes, pour tous ces moyens qui permettent de rendre les dimensions. Mais aussi pour le changement de couleurs et de typographies. J'aimais la carte maritime sur la passerelle, avec les chiffres indiquant la profondeur des abysses, ainsi que mes cartes d'aviation quand je volais, avec les couloirs aériens et des chiffres pour le moindre relief. Per et Pia avaient écrit au crayon partout des dates et des horaires. On pouvait lire *Ours !* à un endroit, et *Ours !!!* à un autre. Le nombre de points d'exclamation devait correspondre à la proximité, plus ou moins grande, de l'animal. Et si je m'y mettais moi aussi, sur la carte que j'avais empruntée dans l'armoire ?

Soudain j'ai repéré un minuscule $. L'abréviation pour dollar. À l'ouest de la Terre du Nord-Est, à l'intérieur d'un fjord du nom de Murchisonfjord.

– Hé ! Qu'est-ce que vous foutez là ?

Je me suis retournée. Per avait une serviette autour des reins. Pia arrivait derrière lui, la serviette couvrant aussi ses seins. Tous les deux avaient les cheveux mouillés. J'enregistrais tous ces détails tandis que j'échafaudais, dans la panique, une explication plausible... Mais je n'en ai trouvé aucune. Je suis donc restée là comme une idiote. Per a regardé la carte que je tenais.

– Est-ce que Georg..., a-t-il commencé avant que Pia ne lui donne un coup pour le faire taire.

Per est passé devant moi, sa serviette ne fermait pas bien derrière... Joli petit cul, bien ferme.

– C'est une... belle carte, ai-je dit en la redonnant à Pia.

Elle l'a prise et m'a claqué la porte au nez.

« Est-ce que Georg... ? » ai-je répété en moi-même, en allant chercher mon pull.

– Est-ce que tu... ? ai-je demandé.

– Est-ce que je quoi ?

– Je ne sais pas au juste. Per et Pia se sont disputés l'autre jour, mais je ne me rappelle plus exactement ce qu'ils ont dit. C'était comme si c'était il y a une éternité...

– Assieds-toi là.

Il a poussé une chaise devant le poêle.

– D'ailleurs..., ai-je ajouté avant de m'interrompre.

Ce n'était peut-être pas malin de parler de ce signe de dollar. On ne fouille pas dans les cabines des autres, non, ça ne se fait pas.

– D'ailleurs, il devrait faire sombre, ai-je poursuivi. Ça fait bizarre de se retrouver devant un poêle quand le soleil brille.

Il fumait en regardant les portes du poêle.

– Tu causes trop.

J'ai commencé à claquer des dents alors j'ai serré les mâchoires pour bloquer ce mouvement incontrôlé.

– Georg… T'as quel âge ?

– Cinquante-cinq ans.

– Mon Dieu.

On est restés silencieux. J'ai allumé une cigarette. Mon corps mourait d'envie de boire un cognac, de se lever, de marcher un peu. Son bras était tout contre le mien et je sentais sa pression. Les toiles goudronnées entre le bastingage et le toit claquaient au vent, mais elles étaient solidement fixées, à ce que je voyais. Est-ce qu'au moins elles laissaient passer l'air ?

– Bon, alors on va à la pointe d'Isis, ai-je repris. Drôle de nom. Tu sais d'où ça vient ?

– Oui.

Longue pause.

– T'as l'intention de me le dire ou pas ?

– Plus tard.

– Mais merde, quoi, Georg…

– Ne jure pas. Ça salit ta bouche.

– Mon Dieu !

– C'est mieux.

– J'abandonne.

– Faut pas.

– Tu es pire qu'Askeladden, tu sais, le jeune homme qui devait se marier avec la princesse, dans le conte. Tu réponds toujours à côté.

– Non, pas pire. Mieux.

– Arrête !

Je l'ai secoué en riant. Ai essayé de le faire tomber de sa chaise. Il a enfin tourné son visage vers moi. Mais à voir l'expression de ses yeux au milieu de toutes ses rides, mon rire s'est étranglé dans ma gorge. Je me suis mise à pleurer, sans ciller, sans détacher mon regard du sien…

– On dirait que tu t'en veux à mort, Georg, ai-je chuchoté.

– Je m'en veux, oui. J'arrive pas à te cerner…

– C'est vrai que tu ne peux pas me dépecer comme un phoque.

– Je le sais bien. Tu dois le vouloir toi-même.

– Mais je le veux. Je veux arriver à tourner la page. Seule. Je veux dormir sans faire de cauchemars. Si tu savais depuis combien de temps je…

– Tu veux rester seule ?

– Je ne sais pas. J'en ai tellement l'habitude. J'ai vécu avec des hommes dont j'étais amoureuse, et pourtant je me sentais seule.

– Combien de temps t'as été seule alors ?… Toute ta vie ?

– Non, pas toute ma vie.

– Pas avant qu'il y ait cette histoire avec Turid…

Il fallait que je prenne l'air. Que j'ouvre cette foutue fermeture éclair dans la toile et que je sente le vent me fouetter le visage. Ah, si je pouvais voir un ou plusieurs fulmars ! Mais il m'a retenue par le bras.

– Lâche-moi !

Il m'a lâchée. Je suis restée assise.

Et je lui ai raconté ce qui s'était passé. Sans cognac. Sans qu'il me tienne. Je ne voulais surtout pas le toucher pendant que je parlais. Je me suis penchée en arrière et j'aurais pu ensuite reproduire dans les moindres détails le motif dans le métal de la porte du poêle. Un élan dans la forêt. Des buissons. Un soleil à l'horizon avec de larges rayons, bien marqués, comme le dessinent les enfants. Les enfants… qui croient toujours que les adultes ne veulent que leur bien.

Il a pleuré quand j'ai eu terminé. Les larmes s'étaient glissées dans ses rides avant de rouler vers sa moustache.

– C'est bien qu'elle soit déjà morte. Je l'aurais tuée, moi. Avec mon *hakapik*, tu sais, ma gaffe spéciale

– Ç'aurait été de la boucherie.

– Et ce qu'elle t'a fait, à toi, c'était pas une forme de boucherie, Bea ? S'en prendre à une fille aussi jeune… C'était dégueulasse. Même si tu n'as pas détesté tout ce qu'ils t'ont fait subir, c'était mal de leur part… et tu n'y étais pour rien.

Je me suis sentie gagnée par une fatigue irrépressible. Georg l'a vu et m'a entraînée sans un mot dans sa cabine. Il m'a déshabillée en me laissant en slip et en tee-shirt, m'a couchée dans son lit, a remonté la couverture sur moi et s'est accroupi pour me caresser le front.

– La pointe d'Isis, a-t-il chuchoté, c'est le nom que lui ont donné des étudiants d'Oxford qui sont venus là en 1924, je crois. Ils avaient appris comment on disait la glace, *ice*, en norvégien : *is*. Et comme la rivière qui traverse Oxford s'appelle l'Isis, ils ont baptisé ce promontoire « Isis »… Tu dors ?

J'ai hoché la tête.

– Tu ne vas plus faire de mauvais rêves. Georg va veiller sur toi. Je suis là. Je vais m'allonger sur la couchette du haut. Je ne te laisserai pas seule.

Je me suis réveillée plusieurs heures après. J'avais encore rêvé d'elle. Jeune, les mains si chaudes que la vaseline devenait comme de l'huile quand elle m'en enduisait…

Je tremblais. J'ai longtemps écouté la respiration de Georg avant de me lever et de refermer la porte sans bruit.

Dans ma cabine, j'ai ouvert le hublot et allumé une cigarette. Je l'ai posée sur le bord du lavabo pendant que j'ai débouché ma bouteille de champagne sans en perdre une goutte.

– À ta santé, Bea !

J'ai bu directement au goulot. La bouteille étant lourde, avec le centre de gravité dans le culot, ce n'était pas facile de la tenir contre la bouche et j'ai en fait couler un peu sur mon menton. La mer était agitée, mais pas au point de projeter des paquets de mer par le hublot.

Après trois cigarettes et une demi-bouteille de champagne, mes tremblements ont cessé. Je me suis alors mise à chialer.

Elle reposait là-haut sur le pont. Le crâne ouvert, un trou jusque dans la cervelle. Quelqu'un m'avait raconté un jour que si l'on dépliait tous les replis et circonvolutions du cerveau, on obtiendrait la surface d'une taie d'oreiller. D'ailleurs, pourvu qu'ils n'aient pas oublié de glisser un oreiller sous sa tête…

– MERDE ! ai-je crié.

Il y a eu des coups dans le mur.

– Ça va ? a demandé la voix de Per.

– Oui, j'ai… j'ai juste fait tomber quelque chose par terre.

Mon pantalon étant resté dans la cabine de Georg, j'ai trouvé un bas de jogging. Avant de sortir sur le pont, j'ai bien refermé le hublot, puis j'ai grimpé l'escalier, saisi au passage ma doudoune en faisant tomber deux autres vestes et une écharpe que j'ai laissées par terre.

Sigmund était sur la passerelle. Il me verrait si je traversais en ligne droite vers la proue, aussi ai-je longé le mur de métal pour arriver jusqu'à bâbord, où était le coffre-cercueil.

Il était verrouillé. J'avais oublié ce détail.

J'ai commencé à claquer des dents. À remonter ma capuche. J'ai bu une gorgée de champagne sans quitter des yeux le coffre. J'en ai mis partout. La houle m'a fait perdre un instant l'équilibre.

Deux solides cadenas. Et elle était là, juste en dessous.

Je me suis assise, j'ai versé un peu de champagne sur le couvercle et j'ai eu les fesses trempées. J'ai bu, donné des coups sur le couvercle, me suis penchée tout contre la surface blanche et j'ai chuchoté :

– Ça va me manquer de ne plus te haïr, Turid… Oui, ça va me manquer, cette joie que je me faisais à l'idée de me venger. Pauvre Britta… en quelque sorte, tu…

Je me suis redressée, ai regardé l'océan et me suis mise à sangloter tout haut.

– Merde, quoi ! Je ne suis pas à plaindre ! Je ne suis pas la PAUVRE BRITTA !

– Calme-toi… T'as l'intention de réveiller tout le monde ?

– Georg ! Je croyais que tu dormais…

– Plus maintenant. J'ai vu que t'étais partie. Qu'est-ce que tu fous…

Il s'est assis à côté de moi.

– On va la jeter par-dessus bord, ai-je dit.

– Mais t'es folle ! T'as bu ?

– Oui. Je fête ça.

Il m'a prise dans ses bras. Des bras costauds qui sentaient la laine et le vent.

– C'est fini, Bea. C'est fini.

– Je ne sais pas… je ne sais pas si… Elle était incroyablement belle avant, Georg… Et j'ai… encore senti que… malgré son âge… Je voyais bien derrière ses rides qu'elle était la même, à l'intérieur. J'étais presque jalouse de Frikk, tu le sais, ça… ? Je hais ce sentiment de jalousie… je la hais, elle…

– C'est fini maintenant.

– Ça fait bizarre. Personne n'a de chagrin. Comme si tout le monde croyait Frikk quand il l'appelle « la sorcière ». Merde, quoi.

– Qu'est-ce qu'elle t'a dit avant de mourir ?

– « Pauvre Britta ». Mais je NE SUIS PAS…

– Chut ! Tu veux vraiment ameuter tout le quartier ?

– Ça me fait tellement mal, Georg…

J'ai pressé mon visage contre lui.

– Pleure un bon coup, vas-y, faut que ça sorte.

Il m'a caressé les cheveux.

– Je suis fatiguée d'être toute seule… si fatiguée…

– Je suis là maintenant. Je suis auprès de toi.

Je me suis frotté les yeux et j'ai relevé la tête. Le soleil de minuit colorait ses joues, telle une flamme vacillante de bougie par un soir d'hiver. Les oiseaux criaient, les vagues frappaient les flancs du bateau à intervalles réguliers.

– Si tu es là, Georg, ai-je murmuré. Si tu es vraiment là…

– Je suis là.

– Si j'ose le croire, alors… alors c'est fini. C'est vraiment fini… J'ai réussi à être là, moi aussi, pour de vrai, avec toi…

Ses yeux se sont voilés, deux fentes brûlantes qui reflétaient l'horizon.

– Je suis là. Mais bon Dieu, il faut que tu me croies quand je te dis que je suis là pour toi.

– Georg, lui ai-je chuchoté dans l'oreille. C'est quoi le sens de la vie ?

– Le sens ?

– Oui, ce qui fait qu'on a envie de rester en vie. Et d'être heureux.

– C'est de comprendre… de saisir vraiment que…

– Que quoi ?

– … qu'un jour on sera mort.

Philippe était en train de faire du pain en cuisine quand je me suis levée. Il était six heures. Sa Rolex était suspendue à un crochet au mur, avec une spatule à poisson. Quatre moules beurrés attendaient devant le four. Le hublot était ouvert. Le soleil brillait sur les vagues et les oiseaux. Le *Ewa* avançait à un rythme paisible, il n'y avait aucun glaçon sur la mer.

– Bonjour ! a-t-il lancé.

– Bonjour…

– Je n'arrivais pas à dormir, a-t-il expliqué, et comme je sais faire du pain, j'ai pensé que je pourrais en faire pour le petit déjeuner.

– Euh, oui…

– Vous n'êtes pas bien réveillée, on dirait !

Je me suis éclairci la voix.

– Si, ça va, c'est juste que j'ai pas encore pris mon café.

– J'en ai préparé si vous voulez.

– N'oubliez pas votre Rolex, ai-je dit. Vous pourriez acheter tout le bateau avec.

– Ha ha ! Non, pas tout le bateau… mais peut-être le Zodiac ! a-t-il rectifié en riant de bon cœur. Je vois que vous êtes réveillée maintenant !

C'était le cas. Le café avait ce pouvoir de me permettre de fonctionner normalement. J'avais laissé Georg endormi sur la couchette.

En apercevant Samuel sur le pont, j'ai pris mon café et ma doudoune. L'air était si glacial que chaque inspiration me brûlait les sinus. Samuel avait enfilé sa chapka.

– Regardez ! m'a-t-il dit en pointant le doigt.

Nous longions une immense plaque de glace à tribord. Un mur de glace sans aucune terre ferme en vue. J'ai regardé derrière nous : que de la glace. Devant nous : que de la glace. Impossible de voir la hauteur du mur. Les oiseaux dans le sillage du bateau ne pouvaient pas nous renseigner. J'ai essayé de suivre le mouvement des vagues, dans l'espoir de mesurer le moment où elles se briseraient au sommet. Peine perdue.

– Il faut réveiller les autres, a-t-il dit. Il faut que tout le monde voie ça…

– Ça fait quelle hauteur ?

– Trente pieds, j'ai demandé à Sigmund.

Soit dix mètres de haut. Svalbard, le nom norvégien pour le Spitzberg, signifie « le pays des côtes froides ». Mais que la côte soit recouverte de glace à ce point, sans la moindre trace de roche ou de montagne, je n'en revenais pas. Sigmund avait aussi ajouté que le mur que nous voyions ne constituait qu'un dixième de la hauteur totale. La glace se prolongeait sous l'eau, en profondeur. Et tout en bas, il y avait la terre ferme. Des rochers, des sommets arrondis que la pesanteur maintenait au fond. Ce n'était vraiment pas un lieu de villégiature pour ceux qui aimaient s'attarder aux terrasses des restaurants, avec des ombrelles en papier dans leurs cocktails.

– Samuel…

– Sam.

– Sam, vous savez jouer du piano ?

– Oh non, a-t-il répondu en souriant, vous n'allez pas me refaire le coup de *Casablanca* ?

– Mais je suis sérieuse. Vous savez en jouer ou pas ?

Il avait appris le piano. On est redescendus à l'entrepont et, après quelques conciliabules, il a ouvert le couvercle, vissé le siège à la bonne hauteur et a tapé les premières notes de *Morning Has Broken*. Les verres dans les armoires se sont mis à tinter. Je suis vite descendue voir Georg.

– Mais qu'est-ce qui se passe, bordel ? a-t-il marmonné.

– Du calme.

J'ai commencé à tirer la commode.

– Ce n'est pas l'orchestre du *Titanic* ou l'équivalent. On ne coule pas. Mais qu'est-ce qu'elle a, cette commode, merde…

– Ne jure pas. Qu'est-ce que tu veux faire avec cette commode ?

– Fermer la porte, pardi. Ah, bordel de m…

– Mais pourquoi tu ne te sers pas de la clé ?

– La clé ?

Je n'y avais pas fait attention.

– Je me suis procuré une clé sous le manteau, auprès de Sigmund.

J'ai verrouillé la porte, tiré les rideaux devant le hublot pour laisser entrer la lumière du soleil, puis j'ai grimpé dans la couchette supérieure en chuchotant :

– Je procède seulement à une petite vérification des cylindres...

– Une chouette dans mon lit... du soleil et du piano... si c'est pas le bonheur, ça...

– Et ce n'est que le début, ai-je murmuré.

La pointe d'Isis était un cap et une baie de la taille de quatre à cinq terrains de foot, au milieu d'un front de glace qui s'étendait sans interruption sur deux cents kilomètres. Un petit bout de terre marron qui, de manière inexplicable, n'était pas recouvert de glace. Sigmund a envoyé l'ancre, mais a dû la remonter aussitôt. Trop profond. On a donc préféré l'ancre flottante, et le Zodiac a été mis à la mer. Georg et moi, on mordait à pleines dents dans le pain frais en cuisine, les autres avaient fini de manger et étaient déjà habillés pour sortir. Je fredonnais *Morning Has Broken* et me sentais le corps tout léger.

– C'est vraiment Philippe qui a fait ce pain ?

– Hmm. Ça sera bien d'aller sur ce cap.

– Euh... j'ai déjà été à la pointe d'Isis. Pour tout dire, j'ai même pissé dessus. Mais ce soir on atteindra la baie de Vibe. Là, c'est beau. Il y a même des fossiles. J'ai trouvé un œuf de chouette là-bas.

– Un œuf de chouette ?

– Ça ressemble à un œuf de chouette. Mais on avait un géologue avec nous, ce jour-là. Et il nous a expliqué qu'il y avait une sorte de graine au milieu qui s'était développée à l'intérieur. Exactement comme une perle dans une huître. Mais j'ai ma petite idée là-dessus.

– Tu as bien raison, Georg. Ils n'y connaissent rien, ces géologues. C'est certainement un œuf de chouette. Un œuf de chouette polaire.

– Arrête de te moquer de moi !

– Qu'est-ce que tu penses de mes cylindres ?

– Tu dois en avoir au moins six…

Devançant à la fois son avocat et son manager, Izu a enjambé le bastingage et s'est mise à descendre l'échelle. Si seulement Nuno et Sao avaient su la profondeur des eaux par ici ! Nous devions monter à dix dans le Zodiac qui ne ferait qu'un voyage.

– Il n'y a pas grand-chose à voir, avait prévenu Per. C'est plutôt histoire de dire qu'on y a été.

Mais tout dépend de l'œil qui voit. Surveillant chacun un flanc de cette terre nue, Georg et Per ont monté la garde avec une carabine et un Magnum, pour dissuader les ours d'approcher. Nous autres pouvions arpenter le terrain, engoncés dans nos tenues d'astronautes.

Nous avons remarqué une grosse pierre qui se dressait d'une façon inhabituelle et Philippe a commencé à la faire bouger. Elle s'est alors ouverte en deux comme un melon, et à l'intérieur, serrés les uns contre les autres, sont apparus de parfaits cristaux blancs qui pointaient vers le centre, lequel avait un éclat laiteux dans la lumière du soleil.

– Ça alors ! s'est exclamé Jean en tombant à genoux.

On s'est tous mis à taper sur la pierre pour l'ouvrir à d'autres endroits. On a fini par récupérer un morceau chacun. Izu pressait le sien dans sa main en sautillant de joie comme une gamine :

– On l'a trouvée tout seuls ! On ne l'a pas achetée dans une boutique ! C'est nous qui l'avons trouvée !

– Je n'en reviens pas, dit Oscar, que personne ne l'ait vue avant nous.

– Elle a dû apparaître quand la glace a fondu et le gel l'a fendue, je ne vois pas d'autres explications. D'un été à l'autre, les choses doivent beaucoup changer par ici, a commenté Frikk.

– Peut-être qu'on en trouvera d'autres ?

Un oiseau s'est posé devant nous. Il ne faisait plus qu'un avec le paysage, seuls se détachaient ses pieds et son bec rouges.

– Une sterne arctique, a reconnu Frikk à la vue du volatile qui agitait gaiement sa queue en faisant des mouvements rapides de tête.

– Il y en a un là qui est mort ! s'est soudain écriée Dana, en se penchant au-dessus d'un oiseau sur le sol.

Couché sur le dos, les ailes noires repliées, les pattes en l'air, il avait l'air d'un moineau blanc, aux yeux desséchés.

– C'est une sorte de moineau, a déclaré Frikk.

– On va le ramener, a décidé Samuel.

Nous avons écumé le coin à la recherche de diamants, d'opales et de pépites d'or. C'était bien d'avoir avec nous un connaisseur tel que Frikk, du genre à voir des œufs de chouette Harfang dès que des grains de poussière étaient un peu volumineux… Non, c'eût été bien d'avoir un vrai expert qui nous aurait raconté ce que nous étions en droit d'attendre par ici : ce n'était pas dans le coin que nous trouverions de l'or, pas plus que des opales, qui existaient en Australie mais pas à la pointe d'Isis. Quant aux diamants, il aurait fallu un œil autrement plus entraîné que le nôtre pour les repérer. Mais nous connaissions le bonheur des ignorants et sommes restés persuadés que nous ferions d'autres trouvailles extraordinaires jusqu'au dernier moment, lorsqu'il a fallu rentrer. Georg et Per ont abandonné leurs positions et nous avons ramené les pierres et l'oiseau mort. C'est Dana qui l'a montré à Per en demandant :

– C'est quoi comme oiseau ?

Per l'a examiné, dubitatif.

– Un bruant des neiges, a dit Georg. Mort de froid.

– Belle balade ? a lancé Sigmund.

– On a trouvé un bruant des neiges mort de froid, a répondu Oscar. Et de belles pierres aussi. Où est le livre de minéralogie ? Il faut qu'on identifie ce qu'on a trouvé.

Nous nous sommes jetés sur le reste du pain puis avons regardé, tous ensemble, les reproductions en couleurs de tout ce qui constitue l'étrange écorce terrestre. Le quartz était ce qu'il y avait de plus approchant, mais on n'a pas vu d'images de quartz blanc. Peut-être avions-nous découvert une rareté géologique qui ruinerait toutes les théories sur la formation de la terre ? On a réussi à se mettre d'accord sur ce point, en trois langues. C'est à se demander pourquoi les pays ne peuvent pas s'entendre et se font encore la guerre. On devrait envoyer tous les responsables politiques du monde faire un tour de bateau à la Terre du Nord-Est, avec à bord un Français qui fait du pain frais et un pilote des glaces originaire du Finnmark : voilà qui instaurerait une paix durable… Mais il suffit de descendre à une latitude un peu plus au sud pour que les pays se disputent comme des chiffonniers pour la pêche au cabillaud.

Et ces personnes-là devaient connaître la beauté de la nature arctique à toutes les heures du jour et de la nuit…

J'ai soupiré et je suis allée me chercher une bière. Je suis revenue sur le pont et j'ai remonté ma capuche. Le bateau était reparti. Le Zodiac était bien attaché comme une Bible sur le ventre du *Ewa*. Oscar avait suivi mon exemple et il s'est installé à côté de moi avec une bouteille de bière.

– On ne voit plus la pointe, a-t-il fait remarquer. Elle est déjà loin… comme si elle n'avait jamais existé, une légende.

– Vous savez, quand j'étais petite, je croyais que le mot « légende », ça voulait dire « les gens de », et je ne comprenais pas d'où ils venaient, ces gens qui connaissaient toutes ces histoires…

– Oui, quand on est petit… Au fait, comment ça va, maintenant ?

– Ça va bien. Et ne dites pas que Georg est un malin. S'il n'avait pas été là, je ne sais pas ce que j'aurais…

– Je comprends, m'a-t-il interrompue. Je comprends ce que vous ressentez. Mais je pense que vous vous seriez très bien sortie de cette situation toute seule. Ce n'était qu'un accident.

– Oui, je sais.

Georg était sur la passerelle tandis que nous filions le long du front de glace. Le plan du voyage prévoyait de contourner le cap Mohn avant de tourner vers le nord-ouest, direction le détroit d'Hinlopen pour rejoindre la baie de Vibe avec ses morses, où l'on ferait halte. Sigmund nous a aidés à sortir des chaises et des plaids pour qu'on puisse s'installer sur le pont. Sans s'être concertés, on a mis les chaises à tribord, ainsi personne n'aurait le coffre-cercueil dans son champ de vision.

– Quand on contournera la banquise pour entrer dans la baie, vous verrez quelque chose de magnifique, nous a-t-il promis sans vouloir en dire davantage.

– Un ours ? ai-je demandé. Un vrai ours homologué qui peut nous réduire en chair à pâté ?

J'ai traduit pour Jean et Philippe, et ces derniers ont assailli Sigmund de questions. Sigmund s'est laissé facilement convaincre de raconter un peu ce qu'il savait sur les ours. Un jour il en avait vu un tuer un phoque. Pour ce faire, l'animal s'était lentement rapproché à la nage de la plaque où se prélassait un phoque annelé, en clignant des yeux, comme le font tous les phoques. À une trentaine de mètres de la plaque, l'ours avait plongé en laissant juste son museau sortir de l'eau, et il avait presque cessé de bouger les pattes, pataugeant à peine, se laissant tout doucement dériver, tel un morceau de glace sous-marin. Le phoque avait regardé dans la direction de l'ours, sans rien remarquer de louche. Un peu de glace sous la surface de l'eau, rien d'alarmant. Mais à deux mètres de la plaque de glace, l'ours avait émergé grâce à une formidable poussée de ses pattes arrière, et s'était abattu sur le phoque, faisant jaillir l'eau à plusieurs mètres de hauteur et fendant la plaque en deux. Alors, ses quatre pattes maintenant sa proie, ses mâchoires avaient brisé le crâne du phoque.

– Cela a été l'affaire d'une seconde, a précisé Sigmund. En une seconde, il avait bondi hors de l'eau et s'était procuré son repas.

– Si c'est comme ça…, a marmonné Samuel.

Sigmund a continué à parler des trous de respiration dans la banquise que font les phoques annelés et qui sont les entrées de leurs abris. Mais l'ours parvient à les repérer grâce à son odorat remarquable. Il détruit alors ces abris en sautant et en se laissant retomber de tout son poids. Le choc est tel que, le temps pour le phoque de comprendre ce qui lui arrive, et les mâchoires de l'ours se sont déjà refermées sur lui…

– Il a l'air si… pataud, a prévenu Sigmund, quand on le voit marcher comme ça, mais en fait c'est un prédateur redoutable.

– Mais il ne s'attaque pas aux hommes ? a voulu savoir Dana. Il ne mange pas les êtres humains ?

– Jusqu'ici, on a eu de la chance, a répondu Sigmund.

Au soleil, les yeux fermés, bien au chaud sous les couvertures, Per et Pia avaient écouté ces propos. Le bastingage offrait une certaine protection contre le vent cinglant.

– J'ai hâte d'arriver au Murchisonfjord, ai-je dit.

Per a tressailli et m'a regardée fixement :

– Pourquoi ce fjord-là plus particulièrement ?

– Non, je…

– C'est tout simple, a dit Sigmund en me coupant la parole. C'est le plus beau fjord de l'archipel du Svalbard, tout le monde le sait.

– Oui, ai-je renchéri. Vous ne le saviez pas, Per ? C'est pourtant vous, le guide…

Je m'étais toujours représenté un ruisseau de montagne quand je pensais à de l'eau parfaitement pure. Un ruisseau dont l'eau courant sur les cailloux ferait un doux clapotis.

Je m'y serais penchée pour en recueillir dans mes paumes et connaître enfin le goût de la pureté…

J'ai dû revoir ma copie, car en contournant la banquise, j'ai vu ce que nous avait promis Sigmund : des cascades alignées les unes à côté des autres, issues du sommet du glacier et tombant à pic dans la mer. Là où la cascade touchait la surface de l'eau, ça regorgeait d'oiseaux.

Izu a crié quelque chose à son avocat et s'est mise contre le bastingage pour la photo souvenir. Georg a amené le bateau tout contre la première cascade, la coque frottant la glace. Tous regroupés à la proue, juchés sur des caisses et des cordages pour mieux voir, on tendait les mains pour toucher l'eau qui s'écoulait par un canal turquoise, aux parois scintillantes, qu'elle avait fini par creuser à quelques mètres de profondeur. La rivière proprement dite ne faisait que deux mètres de large. Les extrémités de nos doigts ont pu sentir le froid, je les ai léchées et je me suis penchée encore plus pour plonger toute la main à travers ce voile d'eau. Sous moi, j'ai aperçu la proue qui recevait la cascade de plein fouet. Les oiseaux s'envolaient, surpris par cette visite inattendue.

Georg a maintenu le bateau dans la même position jusqu'à ce que chacun puisse sentir ou toucher l'eau. Même Nuno a osé se pencher maladroitement au-dessus du bastingage, tandis que Sao le retenait par sa doudoune. Izu photographiait en riant comme une folle. Je crois que même moi je criais de joie. C'était une réelle surprise, j'ignorais que de telles cascades avaient pu se former dans l'archipel du Svalbard, que l'eau pouvait être d'une telle pureté, aussi turquoise que dans une piscine.

Lena est allée chercher un gobelet, l'a mis sous la chute et nous a tous fait goûter. J'ai bu une minuscule gorgée. Un seul degré en moins et on aurait eu un glaçon à sucer. Ma langue et mes lèvres se sont engourdies. Quant à la main que j'avais mise sous l'eau, elle m'élançait jusqu'au coude, alors j'ai remis mes moufles.

Après ce premier contact rapproché, le bateau a poursuivi sa route en longeant toutes les autres cascades, mais cette fois à une distance de quelques mètres au large. On gelait dans les souffles glacés que nous renvoyaient ces cascades générées par la fonte des neiges, mais pas question de quitter son poste ! Enfin, le *Ewa* a tourné, s'est engagé dans la baie et nous avons aperçu un long rivage de couleur brune. Georg a crié depuis la passerelle :

– Morses en vue, Per ! Toute une bande ! Une bonne quarantaine !

Stian avait préparé le déjeuner au mess. Georg a mis à l'eau l'ancre flottante, puis lui et Bjørn ont installé l'échelle et descendu le Zodiac. Pendant ce temps, nous autres, on emmagasinait toute la chaleur qu'on pouvait et on se remplissait le ventre avec du pain et une soupe de légumes.

– On emporte le livre sur les minéraux, a dit Oscar, comme ça on pourra vérifier sur place ce qu'on aura trouvé de beau et de sensationnel.

Pia observait avec attention le groupe de morses tandis qu'on s'approchait prudemment du rivage. Pas question qu'un seul animal quitte le groupe, disait-elle, sinon on serait dans de beaux draps. Je comprenais ce qu'elle voulait dire : à terre, les morses sont gauches et inoffensifs, mais dans l'eau, s'ils décidaient qu'on était l'ennemi numéro un, on n'avait aucune chance face à ces créatures armées de deux défenses aussi redoutables.

On a débarqué loin de la colonie, et Bjørn est retourné chercher les autres. Tout le monde tenait à voir ces montagnes de graisse de près. Soudain Frikk a regardé par terre et poussé de grands cris, avant de se faire rabrouer par Per.

– Mais regardez ! Vous avez vu ? Des fossiles ! Y en a partout !

Les cailloux, qui au premier regard avaient paru bruns et anodins, étaient en réalité des coquillages. Des coquillages fossilisés. Frikk s'en est rempli aussitôt les poches. Les morceaux de poteries dans le port de Virgo étaient considérés comme faisant partie du « patrimoine culturel » auquel il ne fallait pas toucher, mais puisque l'archipel du Svalbard est le rêve de tout géologue, on est libre de prendre toutes les pierres, les fossiles et les échantillons qu'on veut…

Une fois que tout le monde a été là, Per et Pia nous ont expliqué comme s'approcher des morses sans courir de danger. Georg avait grimpé sur une hauteur pour surveiller qu'aucun ours ne s'approche. Sigmund est resté sur le rivage, dans la direction opposée, la carabine sur l'épaule.

Nous avons suivi scrupuleusement les consignes et avons formé un groupe bien compact pour avancer. S'il y avait le moindre mouvement dans la colonie, il fallait s'arrêter net, ne pas parler, et attendre que les animaux s'habituent à notre présence. Il nous a fallu un quart d'heure pour nous approcher jusqu'à vingt mètres – visiblement la distance de sécurité décrétée par les morses eux-mêmes. On devait mettre les moufles devant la bouche pour s'empêcher de rire.

Car ils étaient tous les uns sur les autres, gras, informes, le cauchemar de tout diététicien. Ils ronflaient et gémissaient dans leur sommeil, tout en se grattant et en se frottant le nez et les parties les plus invraisemblables avec leurs nageoires. Des reniflements, des bruits de mâchoires et de petits cris plaintifs emplissaient l'air et on s'est assis sur les rochers pour admirer ces colosses qui pouvaient, chacun, peser l'équivalent de deux, voire trois ours polaires. Ils ne faisaient plus du tout attention à nous. Un énorme mâle, soudain amoureux, a commencé à se rapprocher d'une femelle à côté de lui, en forme de tonneau, avec de petites dents de trente centimètres environ. Elle a protesté en grognant et a cligné des yeux, avant de secouer son corps pour le chasser. Mais il en fallait plus pour le décourager, et il a continué à lui tourner autour, en la touchant de ses nageoires et en gémissant sourdement. Alors la femelle a poussé un hurlement qui nous a tous fait dresser les cheveux sur la tête. Le mâle a enfin compris qu'elle repoussait ses avances et avait besoin de repos pour être belle. Frustré, il s'est satisfait en se frottant contre le sol.

– Il se gratte ? a chuchoté Sonja.

– En quelque sorte, ai-je répondu d'une voix étouffée derrière mes moufles. Mais quand on se gratte de cette façon, ça peut donner des bébés…

Un autre morse voulait se faufiler à l'intérieur de la colonie. Il devait avoir froid aux nageoires en restant sur les bords. Si la modestie est une vertu, cet individu ne devait pas la posséder. Il s'est jeté en plein dans le tas, sur les autres qui dormaient, et leurs hurlements de protestation ont résonné dans tout le détroit d'Hinlopen, tandis qu'il manœuvrait sa tonne de graisse comme un empoté sur ses copains endormis. J'ai failli m'étouffer tellement je me retenais de rire. Per m'a fait taire. L'un des morses est allé dans l'eau.

– On se retire, a-t-il ordonné. Il ne faut pas qu'ils aillent tous dans l'eau parce que là, on sera mal…

Doucement, on s'est relevés. Les pierres et les fossiles glissaient sous nos pieds.

– Vous avez emporté le livre ? ai-je chuchoté à Oscar.

– Bien sûr.

Le rivage présentait différents niveaux créés par la mer et il y avait une couche clairement marquée par des galets plus sombres. Plus haut, ces pierres s'amoncelaient pour former des buttes. Pia marchait avec Oscar, les Français et moi, en surveillant les alentours.

– Bon, ai-je dit une fois à bonne distance des morses. La chasse aux trésors peut commencer !

J'ai rempli mes poches au fur et à mesure. Oscar feuilletait le livre et mettait des noms rassurants sur ce qu'on lui montrait, en comparant avec le dessin de divers fossiles.

– Celui-ci date du Silurien, a-t-il déclaré. C'est… attendez… une tige de crinoïde, communément appelé « lis de mer ».

– Et celui-là ?

Je lui ai tendu avec fierté ma dernière trouvaille, un motif symétrique qui ressemblait à l'intérieur d'une ruche. Mes « experts » étaient du même avis : c'était du corail d'un nid d'abeilles. Jean a trouvé d'autres coraux fossiles, et Philippe un *Hormotoma*, un gastéropode.

– Ça veut dire qu'on est maintenant dans l'Ordovicien ! s'est exclamé Oscar.

– C'était il y a combien de temps ? a voulu savoir Philippe qui, tout fier de son espèce d'escargot, lui crachait dessus pour mieux faire apparaître la forme.

Oscar a tourné les pages pour chercher les dates :

– Entre quatre et cinq cents millions d'années.

– Whaou ! ai-je lâché. Dire que le Parti travailliste n'existait pas encore à l'époque ! Et les mammouths, Oscar ? Vous croyez que je pourrais en trouver par ici ?

Les poches pleines à craquer, on avançait penchés, comme si on cherchait nos lentilles de contact. J'ai vu Samuel marcher un peu plus loin sur le rivage, tête nue. Sa chapka lui servait de sac à provisions pour des échantillons de produits remontant à cinq cents millions d'années.

– On tombera peut-être sur un petit poisson, a répondu Pia. J'en ai déjà trouvé un. Il était mignon, tout petit. On aurait dit un bébé sardine.

– Alors pas de mammouths ? ai-je dit, déçue.

– Non ! Jamais de la vie.

– On ne sait jamais… Regardez cette pierre ronde, on dirait vraiment un bout de patte de mammouth !

J'ai couru voir. Ça ressemblait au caillou qu'on avait trouvé à la pointe d'Isis, du moins à l'extérieur, et j'ai cherché une autre pierre pour la fracasser. Il y avait peut-être des améthystes à l'intérieur ?

Soudain il a été là, et me regardait droit dans les yeux.

Derrière la butte, à droite. Immobile. Restés en arrière à cinq ou sept mètres de distance, Pia, Oscar et les Français ne l'avaient pas vu.

J'aurais voulu dire quelque chose, ouvrir la bouche. C'est ce qu'on m'avait appris quand j'étais petite. J'avais envie de dire à Pia : « Un ours. » Deux mots brefs, trois fois rien. Mais rien ne sortait. Ma langue était comme pétrifiée dans ma bouche et mes pieds collés au sol avec de la glu extraforte. Ça bourdonnait dans ma tête. Seuls mes yeux semblaient fonctionner normalement, je sentais même la pulsation de mon nerf optique. L'animal avait une patte couverte de boue et une petite blessure sur un côté du museau. Il dilatait ses narines, je voyais le rose sur un fond noir, il a relevé la tête de quelques centimètres, sans détacher son regard de moi. Il avait les yeux vides, étroits et noirs. *Un ours.* Pourquoi était-ce si difficile à dire ? Il y a eu un moment qui m'a paru une éternité, un temps où se sont succédé les élections législatives, les saisons, les déclarations de revenus… J'étais toujours plantée là. Sa tête faisait la largeur de mon évier, ses pattes avaient la taille de mes coussins de canapé. C'était le genre d'ours qui, à deux mètres d'une plaque de glace, jaillit hors de l'eau en l'espace d'une seconde pour se jeter sur un phoque…

Il y a eu une violente détonation. Une mini bombe atomique a explosé devant les pattes de l'animal. Il s'est détourné et a détalé, en dévoilant ses coussinets noirs. Dans sa fuite, il m'a projeté des gravillons au visage. Il était parti. Je me suis laissée tomber par terre et j'ai fermé les yeux. Ils me piquaient. Faut dire que je n'avais pas cillé pendant ce qui avait été une éternité. Mes oreilles bourdonnaient.

– Georg, ai-je gémi.

Les autres ont suivi l'ours des yeux et ne s'inquiétaient pas de mon état. Il a détalé vers le rivage, est passé devant les morses où quarante têtes et quatre-vingts défenses ont remué dans l'air, et a poursuivi son chemin. S'est éloigné. Définitivement. J'étais encore sur le sol, sans forces. L'adrénaline battait dans mes oreilles, j'en avais le goût métallique dans la bouche. Pour la première fois de ma vie, je comprenais ce que voulait dire l'expression « être paralysé par la peur », moi qui avais toujours cru que la paralysie était une simple métaphore pour exprimer l'angoisse de la mort. Mais ce n'étaient pas des mots choisis au hasard. Non, c'était tout ce qu'il y avait de concret. C'est une paralysie qui ne va pas de la nuque aux pieds, mais qui part du cerveau pour aller jusqu'en bas.

Sans doute pour moins souffrir quand on se fait bouffer tout cru.

– Bon boulot ! ai-je entendu Per crier.

J'ai levé les yeux. Pia tenait encore son petit pistolet qui avait envoyé une décharge.

– Voilà qui devrait donner lieu à au moins dix points d'exclamation sur votre carte, ai-je marmonné à Pia, mais elle n'a pas fait attention.

Entre-temps, tout le monde avait entendu la détonation et vu l'ours détaler sans demander son reste. Ils sont tous venus vers moi, leurs poches pleines de fossiles, pour avoir tous les détails. Ils avaient l'air de trouver ça follement excitant et ne semblaient pas se rendre compte qu'on était passés à deux doigts de la catastrophe. Pour me redresser, il a d'abord fallu que je me mette à quatre pattes. Les fossiles me sont tombés des poches, dans un joyeux mélange de Silurien et d'Ordovicien.

Oscar a été pris d'un rire hystérique.

– Je ne vois pas ce qu'il y a de drôle, ai-je dit.

– C'est pas vous qui vouliez trouver un mammouth ? Eh bien, vous êtes tombée sur un ours…

– Un ours, c'est extraordinaire ! a crié Philippe, au comble de l'enthousiasme.

Georg est enfin arrivé, le souffle court, son Magnum 357 à la main.

– Georg, j'ai failli me faire bouffer par un ours, ai-je gémi. Il était là, juste là !

Les traces témoignaient de la proximité de l'animal.

– Quoi, putain, il était à cet endroit, là ?

– Oui…

– Et qu'est-ce que tu lui as dit ?

– Que j'étais dure à l'extérieur et tendre à l'intérieur. Mais enfin, Georg ! Qu'est-ce que tu crois ? J'étais tellement paralysée par la peur que j'ai pas réussi à sortir un seul mot. J'ai failli mourir, t'entends !

– Viens, on descend au rivage, on va fumer une clope.

– Tu te souviens, Georg, que je t'ai demandé ce que tu pensais de la vie ? Et ce qu'était le bonheur ?

– Oui, je m'en souviens.

– Eh bien, maintenant je sais pour de vrai qu'un jour je mourrai, et je suis drôlement contente d'être encore en vie.

– C'est comme ça. Passe-moi ton briquet.

Assis près du Zodiac, on a regardé en direction du bateau. J'avais envie de remonter à bord. De chasser toute l'adrénaline en prenant une bonne douche.

– Est-ce que tu crois que… si Turid…, ai-je bredouillé, si elle avait eu une meilleure vue et si elle avait pu voir comment c'est ici… tu crois que la nature aurait eu un effet sur elle… ?

– Bea, arrête de penser à cette femme.

– Oui, mais tu crois qu'elle aussi… elle aurait pu un peu se rendre compte… ?

– Se rendre compte de quoi ?

– Eh bien, que… ce qu'elle faisait, c'était pas forcément ce qu'elle voulait mais qu'elle flottait un peu comme un bouchon à la surface…

– Je ne sais pas. Peut-être.

On a fumé un moment en silence. J'avais envie de retrouver le bateau et de prendre une douche.

– Il aurait pu me tuer, Georg. Je l'ai regardé droit dans les yeux. Longtemps. Il était splendide. Énorme et tout blanc. Oh, si tu savais…

– Oui, ce sont des animaux superbes. Des animaux vraiment superbes.

Georg m'a ramenée toute seule. La terre ferme ne m'inspirait plus confiance, je préférais être à bord d'un bateau, en eaux profondes. Les autres n'avaient pas eu peur de l'ours et prenaient leur temps. Per leur avait dit que l'ours ne reviendrait pas. C'était un gros mâle bien gras, un bon chasseur, mais pas assez affamé pour braver la mort en se jetant sur des touristes.

Les autres s'étaient regroupés autour du livre de minéralogie pour comparer et, si possible, répertorier leurs trésors, lorsque Georg et moi, on s'est éloignés du rivage.

– Accélère ! ai-je crié.

Georg était aussi à l'aise dans le Zodiac que Bjørn et Ola. Assis à califourchon sur le banc, il tenait le volant entre ses poings, un mégot éteint aux lèvres.

– C'est la vitesse que tu veux ?

– Oui ! ai-je hurlé.

– Alors, cale-toi bien à l'arrière et fais-toi la plus lourde possible. Attention, accroche-toi !

Il y avait peu de glace dans la baie. Georg a dépassé le bateau et mis le cap vers le large, en longeant la côte. Le Zodiac fendait les vagues et me donnait des coups violents chaque fois qu'il heurtait la surface.

– Pas si vite, Georg ! Il se soulève !

Agenouillée dans le fond, je me cramponnais à la corde. Chaque fois que le Zodiac retombait, je me prenais une giclée d'eau glaciale de plein fouet. Mon corps a fini par retrouver l'usage de ses muscles. Une catharsis. Grâce à quatre-vingt-dix chevaux.

Nous étions seuls au monde. Dans un pays étranger. Loin de notre bateau et des autres passagers.

Georg a ralenti l'allure et l'avant s'est enfoncé davantage dans l'eau.

– Mais t'es trempée, ma parole ! Tu as froid ?

– Un peu.

Il a ramené le Zodiac vers le rivage. On se trouvait dans le coin où s'était enfui l'ours.

– J'ai pas envie d'aller à terre, Georg. Vraiment pas.

– Alors, on va se débrouiller comme on peut.

Il a coupé le moteur et s'est approché de moi. Le rebord élevé du pneumatique rendait l'intérieur presque douillet.

– Ta peau a un goût de sel… hmm… c'est bon, a-t-il murmuré.

– Pourquoi on ne s'installerait pas ici… toi et moi… on pourrait hiberner dans un chalet…

– C'est pas une mauvaise idée.

– Tu crois que ce serait possible ? Non, sérieusement. On peut hiberner ici ? Si loin des gens ?

– Tout est possible.

– Alors on va le faire. Je vais d'abord faire plein de dessins pour gagner un maximum de sous, et…

– Chut…

Le Zodiac se balançait au gré du vent, le pilote des glaces s'était frotté aux chouettes depuis l'âge de trente ans et avait acquis une expérience non négligeable. De l'autre côté du détroit d'Hinlopen s'étendaient les immenses montagnes dont j'apercevais à peine, par-dessus le rebord du bateau, les sommets couverts de neige. Une grosse couronne aux reflets diffractés entourait le soleil, renvoyant une lumière blanche dans toutes les directions.

– On va s'installer ici, ai-je chuchoté. Oui, on va faire ça. Je vais tricoter un pull en angora pour mon petit Andersen.

– Qu'est-ce que tu racontes encore ? Ah, les femmes, ce que ça peut papoter…

Il m'a déposée au pied de l'échelle comme un vulgaire colis postal, et j'avais à peine grimpé deux échelons qu'il était déjà reparti. J'ai hurlé. Sous moi m'attendait la mer profonde et noire. Il m'avait lancé un gilet de sauvetage au-dessus du bastingage et je me suis cramponnée à la rampe.

– Mais t'es fou ? ai-je crié sans oser tourner la tête.

J'ai entendu son gros rire qui s'éloignait, tandis que je m'accrochais de mon mieux pour ne pas poser mon pied dans le vide. Une fois arrivée en haut, j'ai réussi à me retourner suffisamment pour l'apercevoir, cet imbécile hilare qui mâchonnait son mégot. Sur terre, les autres me faisaient de grands signes des bras.

– Attendez un peu ! ai-je crié. Vous allez voir !

J'ai pris une douche et enfilé des vêtements propres et secs. Je me suis aussi autorisé un cognac, ai glissé mon carnet à dessins sous le bras et suis montée. Avec un couteau, j'ai détaché tous les cartons nominatifs, puis j'ai cherché les plats, les verres et les couverts pour dresser la table. Lena et Stian avaient préparé le repas à l'avance et l'avaient gardé au chaud dans la cuisine, enveloppé dans des serviettes et des journaux, pour pouvoir aller à terre. Des boulettes de viande, un gratin de chou à la béchamel, des pommes de terre et, pour finir, un gâteau de riz. Après avoir goûté au dessert, j'ai ajouté quelques gouttes d'essence d'amande.

J'ai accroché le croquis de Georg au tableau blanc. J'ai effacé certains traits et en ai fait d'autres, pour que son bonsaï soit en évidence. Et comme je suis une personne modérée et bienveillante, je l'ai dessiné un tout petit peu plus grand qu'en vrai.

Le succès a dépassé mes attentes. Jean et Philippe ont avalé leur bière de travers quand, tournant le dos au réfrigérateur pour boire au goulot, ils ont aperçu mon croquis : un Norvégien avec un fulmar boréal sur l'épaule et un bonsaï en pleine érection. Je m'étais redonné du courage avec un autre cognac. L'un après l'autre, ils sont entrés dans le mess d'un pas lourd, direction les boissons et les cafetières. Le rire s'est alors répandu comme un feu de brousse.

Georg a été le dernier à entrer, une fois le Zodiac hissé à sa place. Il ne pouvait pas voir le tableau blanc depuis le seuil de la porte. Tout ce qu'il a vu, c'étaient des gens hilares. Dana avait apprécié mon coup de crayon et faisait de grands gestes dans l'air pour montrer qu'elle s'identifiait à mon dessin. J'ai failli descendre dans ma cabine chercher le croquis où je l'avais représentée le bras levé avec le tiroir, complètement hystérique, les yeux lançant des éclairs.

Georg est entré et allait demander la raison de ce fou rire, quand il s'est vu lui-même.

– Ah, putain ! C'est la guerre ou quoi ? s'est-il écrié.

– Oh, rien qu'une petite vengeance, ai-je rectifié en vidant mon cognac. Mais, c'est pas très méchant, si ?

– Dites donc, vous êtes bien monté, Georg ! a commenté Oscar en lorgnant le bonsaï.

– C'est vrai, a ricané Georg, non sans une certaine fierté. Vous n'avez qu'à demander à Bea.

J'ai posé les cartons nominatifs sur la table. Samuel a eu les larmes aux yeux en se découvrant assis au piano, sous l'écoute attentive et mélancolique de Bogart.

– Mais c'est moi, c'est mon portrait tout craché ! s'est-il exclamé. Vous êtes vraiment douée, c'est super, vraiment. Merci, merci infiniment.

Dana aussi était contente. Je l'avais représentée en mannequin qui défilait. Mais au lieu de marcher sur le podium, elle s'avançait sur une planche, les yeux bandés et les mains ligotées derrière le dos. Ce dernier détail était un peu limite, je l'avoue, mais elle n'a pas relevé.

J'avais dessiné Philippe en équilibre sur le nid-de-corbeau, essayant d'attraper un fulmar qui lui avait chipé sa Rolex.

– Moi qui croyais que vous aviez seulement la langue bien pendue… Vous avez aussi un joli coup de crayon, bravo.

– Ça revient au même, ai-je dit en me retournant.

Georg s'apprêtait à quitter le mess avec son dessin sous le bras.

– J'effacerai ton bonsaï plus tard, comme ça tu pourras l'accrocher au mur ! lui ai-je crié.

– Pas la peine ! m'a-t-il répondu. Il est super. Bon, je retourne sur la passerelle.

Cap Fanshawe était une corniche rocheuse, découpée dans le basalte, où venaient nicher les pingouins torda. Frikk tournait les pages d'un livre d'ornithologie et contredisait Per pour qui il s'agissait de pingouins torda et non de mergules nains. En se rapprochant, Frikk cessa de contester, car le dessin de leur plumage était suffisamment éloquent pour trancher la discussion.

Des falaises de soixante mètres s'élevaient, avec des avancées rocheuses et des renfoncements étroits où se pressaient au moins un millier de pingouins torda. Cela puait les fientes qui dégoulinaient en traînées blanches le long de la paroi. Les oiseaux étaient juchés partout, criant et battant des ailes. Les adultes poussaient les petits devant eux, du côté du mur, car s'ils tombaient à l'eau, c'en était terminé. Il était minuit et demi et le soleil de minuit caressait le sommet des vagues, en profilant de longues ombres. La mer venait lécher les parois à pic, en érodant et creusant la roche. Étant donné l'extrême verticalité de la falaise, notre bateau pouvait s'approcher au plus près, tout en respectant une certaine distance afin de ne pas effrayer les oiseaux et risquer de faire tomber leurs petits.

– Ils sont bons, ai-je dit à Oscar.

– Bons à quoi ?

– À manger. Mais ici, dans le Nord, on n'apprécie pas trop. Ils prétendent qu'ils ont un goût d'huile de foie de morue. Pourtant il suffit de les faire mariner la veille dans un peu de vinaigre.

– Ah bon ? Et ils ont quel goût alors ?

– Eh bien, c'est difficile à dire… un goût qui rappelle un peu la perdrix des neiges. Oui, c'est ce qui se rapproche le plus.

– Vraiment ?

Oscar a commencé à les regarder d'un autre œil. Un œil d'affamé. Frikk tournait, contrarié, les pages du livre en maugréant :

– C'est marqué nulle part que les pingouins torda nichent au Svalbard, alors que c'est écrit en toutes lettres pour les mergules nains. J'y comprends rien…

– Il ne faut pas croire tout ce que tu lis, ai-je dit. Vaut mieux les observer et se fier à ce qu'on voit. Laisse tomber ce bouquin.

– Et puis, c'est vraiment pas de chance que j'aie perdu mon appareil photo.

Sonja a glissé son bras sous la doudoune du jeune garçon en lui jetant un regard enamouré.

– Vous habitez où ? ai-je demandé.

– À Oslo. Près de Veitvet.

Tiens donc ! Qui sait si la chance n'allait pas sourire à ces deux tourtereaux ? Ils venaient du même milieu et ils avaient le même âge.

– Nous allons à présent remonter vers le nord, a déclaré Per, et jeter l'ancre au Murchisonfjord. On ira à terre après le petit déjeuner.

– On trouvera peut-être de l'or ? ai-je dit. Et on deviendra riches !

– Qu'est-ce que tu entends par là ? a demandé Per.

– Oh, rien, ai-je répondu avant d'aller rejoindre Georg. Il avait posé un bol de gâteau de riz avec un coulis de fruits rouges à moitié mangé sur la table des cartes.

– Ceux que l'on sauve de la noyade, on en a la responsabilité le reste de sa vie, ai-je récité. Proverbe chinois.

– Pourquoi tu me dis ça ?

– Aucune idée ! ai-je ri. C'est vraiment pas drôle que tu doives rester ici. Descends me rejoindre dans ma cabine quand vous aurez jeté l'ancre. Ça sera vers quelle heure ?

– Entre trois et quatre heures. Mais j'aurai pas mal de choses à faire à ce moment-là. De la paperasse, des trucs comme ça. On n'a pas été très sérieux sur ce plan-là. Normalement, il faut tout noter.

– T'as qu'à venir quand t'auras terminé.

– Bonne nuit, ma petite chouette. Tout le monde est couché.

– N'oublie pas que les chouettes, ça voit mieux de nuit que de jour…

Il m'a lancé un regard scrutateur avant d'esquisser un sourire :

– Oui, mais comme il y a le soleil de minuit…

Quand tout va bien, les gens superstitieux paniquent et se disent : ça ne peut pas durer, il va y avoir un problème, forcément. Jusqu'ici, je n'avais jamais été comme ça. Jamais. Quand tout allait bien, je vivais à fond la situation. Et quand ça allait mal, je buvais. C'est pourquoi je ne ressentais aucune angoisse quand j'ai fait un peu de rangement dans ma cabine. Après avoir plié des pulls et m'être brossé les dents, je me suis glissée sous la couette. La bouteille de champagne vide sortait d'un tiroir. La fête était finie. Mais sans mon pilote des glaces, je serais coincée entre deux icebergs à l'heure qu'il était, et incapable de sauver ma vie. Sans Georg, je serais foutue. Vite, que je m'endorme pour qu'il soit là à mon réveil !

Ce n'est pas Georg qui m'a réveillée, mais le bruit de l'ancre flottante et des moteurs qui tournaient au ralenti. Bizarre, ai-je pensé dans mon sommeil, que les moteurs continuent à vrombir.

J'ai commencé à attendre, toute contente, en recroquevillant mes doigts de pieds sous la couette. Il devait encore avoir à remplir le journal de bord, et il viendrait ensuite. J'ai essayé en vain de me rendormir. Il était trois heures et quelques. J'ai continué à attendre mais il ne venait pas. Puis, derrière le bruit des moteurs, j'ai cru percevoir d'autres bruits. J'ai regardé de nouveau ma montre : trois heures et demie. Merde ! Il n'allait quand même pas aller chasser le phoque sans moi, alors qu'on avait encore plein de sacs de graisse de phoque qu'on n'avait pas utilisés ?

Je me suis levée et habillée. En faisant le moins de bruit possible, au cas où une chasse au phoque se préparait réellement, j'ai grimpé l'escalier. Il ne restait plus qu'à pousser la lourde porte du pont. Mais à la seconde même où je rassemblais mes forces, je me suis ravisée. Mieux valait ne pas sortir.

Il se tramait quelque chose. À travers le hublot de la porte, j'ai clairement vu qu'une opération était en cours. Mais laquelle ? Le Zodiac était tout à l'avant du bateau, bas dans l'eau car lourdement chargé. Georg était au volant, Pia à l'arrière, et entre eux, deux énormes paquets enveloppés dans une bâche et solidement ficelés. De gros morceaux de glace pendaient ici et là aux cordages. J'ai fait demi-tour, suis entrée dans le mess pour ressortir à l'arrière, d'où je pouvais suivre ce qui se passait en regardant à travers la bâche en plastique. Le soleil était bas à l'horizon et déformait les contours. Le brouillard nocturne avait beau avoir gagné le fjord, j'ai vu distinctement qu'ils descendaient un filet dans le Zodiac et que Pia mettait les paquets dedans. Elle avait besoin de l'aide de Georg, et pendant ce temps, l'embarcation s'éloigna un peu du flanc du bateau. Georg est aussitôt retourné aux commandes pour ramener le

Zodiac à la bonne position. Pia a attrapé le crochet du winch et y a suspendu le filet. Georg a fait un signe à quelqu'un sur le pont, qui a manœuvré le winch. Le filet a été remonté et le Zodiac est devenu beaucoup plus léger.

Les yeux collés contre la fenêtre, j'ai essayé de voir ce que devenait le filet, et j'ai entrevu une trappe, ouverte, tout à l'avant du bateau. J'avais été là des milliers de fois, sans jamais remarquer cette trappe qui devait donner accès à une sorte de cale. Il y avait toujours eu des coffres devant. Des cordages, tout un bric-à-brac.

Au moment même où les paquets ont pris la voie des airs, Georg a fait pivoter le Zodiac, direction l'échelle de corde. Pia a grimpé et enjambé le bastingage. Tous leurs mouvements étaient rapides et précis. Le winch est redescendu, avec le crochet au bout. Georg a accroché la chaîne qui devait faire remonter le Zodiac et a bondi sur l'échelle. Il a vu passer le bateau pneumatique au-dessus de sa tête avant qu'il ait atteint le pont. Pia a disparu de mon champ de vision pour fixer le Zodiac, tandis que j'ai couru en faisant le chemin inverse : traverser le mess, passer la porte, dévaler l'escalier, retrouver enfin ma cabine. Je me suis déshabillée en enlevant toutes les couches de vêtements et je me suis vite faufilée sous la couette. Soudain, je me suis souvenue de ce que j'avais vu quelques secondes plus tôt, en passant dans le couloir : la porte de la cabine d'Oscar qui se refermait.

Les moteurs se sont arrêtés. Georg viendrait d'une minute à l'autre.

J'avais réussi à reprendre ma respiration quand il est arrivé. J'avais les yeux fermés et je ronflais légèrement. Il a commencé à enlever ses vêtements. J'ai fait celle qui se réveillait et s'apercevait de sa présence :

– Oh, tu as terminé avec tes papiers ?

– Oui, a-t-il répondu en souriant, le front en sueur. Et maintenant je suis là.

– Je suis si fatiguée, Georg, je crois qu'il faut que je dorme un peu. On est un peu à l'étroit à deux dans une couchette…

– Ah, tu trouves ?

– Mmm. Il faut que je dorme. Je crois que cette rencontre avec l'ours m'a fatiguée plus que je ne pensais. La tension nerveuse, sans doute.

– Si tu le dis…

J'ai refermé les yeux, je ne voulais pas qu'il comprenne que j'ignorais sa déception. Il m'a embrassée sur le front et j'ai réussi à retenir mes larmes.

– Bonne nuit, a-t-il chuchoté.

– Mmm… bonne nuit, Georg.

J'ai attendu longtemps. Au moins une demi-heure. À moins que ce fût seulement un quart d'heure ? J'avais perdu la notion du temps. Je me suis habillée sans faire de bruit et je suis sortie dans le couloir. Ai tendu l'oreille. Longtemps. Puis je me suis faufilée jusqu'à l'escalier, ai saisi ma doudoune au portemanteau et suis montée sur le pont.

On avait jeté l'ancre flottante tout au fond du Murchisonfjord et le bateau flottait calmement sur la mer, bordée par un massif montagneux impressionnant, avec des flancs qu'on aurait dits couverts d'herbe tout en bas. C'était la première fois que je voyais de la verdure sous ces latitudes.

Au milieu de ces pans rocheux, une langue glaciaire venait lécher le fjord, déposant ici et là sur l'eau de petites boules de crème glacée. La surface de la mer paraissait noire à cause de ce blanc et de ce vert. Dans le creux de la vallée vers l'est, le ciel avait pris une teinte lilas avec des filaments de nuages pourpres, au fur et à mesure que le brouillard se déplaçait vers l'ouest.

Avec mes Nike, j'ai grimpé pour jeter un coup d'œil dans le Zodiac. Il ne restait que des morceaux de neige sur le fond.

À l'avant du bateau, tout paraissait comme d'habitude, mais j'ai remarqué cette fois la trappe fermée par un mousqueton. Je l'ai ouvert et j'ai tiré, mais c'était trop lourd. Sans compter que des coffres étaient placés juste devant. Il y avait des traces de pas tout autour, des traces de bottes mouillées. Ils avaient été à terre chercher quelque chose. Et l'avaient chargé à bord.

Une pièce sous le pont devait forcément être accessible par un autre côté…

Au bout du couloir entre les cabines se trouvaient les toilettes. Il y avait celles-ci, en bas, et d'autres en haut à côté de la porte qui donnaient sur le pont. Je suis restée immobile pour jeter un coup d'œil dans les toilettes, et j'ai découvert une spatule à moitié dissimulée par le réservoir d'eau. Depuis combien de temps était-elle là ? J'ai vu par le hublot que le brouillard devenait plus épais. J'ai fermé la porte des toilettes. Aucun passage secret à partir d'ici. À côté, il y avait un cagibi. J'ai levé la tête et essayé d'évaluer la largeur du bateau pour savoir où je me trouvais par rapport à l'avant. Le plafond n'avait pas commencé à se rétrécir, il m'aurait fallu avancer plus loin, mais le cagibi ne donnait pas sur d'autres pièces. L'accès à cette cachette devait donc obligatoirement partir d'une cabine. À l'avant, il n'y avait qu'une seule cabine, sans nom marqué sur la porte. Je n'y avais encore jamais fait attention.

J'ai ouvert discrètement la porte. Ce n'était pas une cabine, mais une remise pour tout ce qui était outils, chaînes, matériels divers, caisses de bouteilles de bière vides. Il y avait aussi une armoire. J'ai allumé la lumière et ouvert les portes pour voir ce qu'elle contenait : draps, serviettes, nappes. J'ai regardé en haut : le plafond était plus étroit. Je me trouvais donc presque à l'avant du bateau. Il ne manquait donc plus qu'une pièce, de forme triangulaire, pour correspondre à la pointe avant.

Ce devait être derrière les caisses. J'ai fermé doucement la porte et avec mille précautions, pour éviter que les bouteilles ne s'entrechoquent, j'ai soulevé les caisses une à une pour les poser par terre. Une porte étroite m'est alors apparue. Je l'ai ouverte.

De l'air froid et une odeur de métal m'ont frappé le visage. Il faisait sombre. Mon pied a franchi le seuil de la porte et je suis entrée, sans pour autant lâcher la porte. Les fameux paquets étaient là.

Un outil. Un couteau. Oui, il me fallait un couteau. Parmi tout ce qui traînait dans l'armoire, j'ai fini par en trouver un tout rouillé et je suis retournée dans la pièce à la proue, en prenant soin de bloquer la porte avec deux caisses de bières empilées l'une sur l'autre.

Je me suis agenouillée et ai commencé à couper la corde. La neige et les glaçons témoignaient que les paquets avaient été enterrés un certain temps sous la neige. Les cordes étaient raides, mais j'en suis venue à bout, il fallait en couper quatre avant que le paquet ne s'ouvre. J'ai reculé de quelques pas pour laisser entrer la lumière et la bâche a enfin dévoilé son contenu : de la fourrure blanche s'est répandue sur le sol. J'ai mis ma main devant la bouche et allumé mon briquet.

Il y avait quatre peaux d'ours dans le premier paquet, et cinq dans le deuxième. Deux des cinq étaient des oursons. La peau avait été découpée de telle façon que la tête et les quatre pattes étaient encore pleines de chair. Le reste du corps n'avait pas été gardé. Il y avait peu de sang. Chaque ours était enroulé sur lui-même, la tête à l'intérieur, cela faisait une boule qui se terminait par la queue. J'ai alors remarqué qu'ils avaient une étiquette accrochée aux pattes, avec un prénom pour chaque ours : *Dieter* pour le premier, *Enrique* pour le deuxième, *William* pour le troisième.

Les peaux étaient douces au toucher et pas entièrement gelées, même si elles étaient assez froides pour que le sang ait cessé de couler. Ici, sous ces latitudes, le processus de décomposition est différent. Les animaux morts gèlent et se dessèchent. Ou bien ils sont dévorés par d'autres.

J'ai caressé leurs oreilles, rondes, si agréables à tenir au creux de la main. Plusieurs ours avaient les yeux ouverts. Seul un voile terne s'était posé sur leurs pupilles noires. Leur langue pendante avait des reflets bleutés. Je n'ai pu m'empêcher de sentir une de leurs canines, de la taille de mon pouce. Elle était jaune foncée près de la gencive, avec de fines rayures dans l'émail, comme sous l'effet de la nicotine.

Je me suis levée. J'avais les genoux qui flanchaient. Je les ai serrés dans mes mains pour arrêter leur tremblement. Mon pouls battait au niveau de mon larynx, à chaque fois que l'air entrait ou sortait de mes poumons. Je suis sortie de la pièce sans trop savoir comment, j'ai remis les caisses de bières à leur place et le couteau dans l'armoire, et mes pieds m'ont ramenée dans ma cabine où je me suis déshabillée, tel un automate, recroquevillée en position de fœtus.

– Faut te réveiller, ma petite chouette… c'est l'heure du petit déjeuner et on va débarquer… si tu savais comme c'est beau par ici… faut te réveiller !

Ce n'était qu'un rêve. Oui, ce n'était qu'un rêve… J'ai ouvert les yeux et regardé le visage souriant de Georg. Non, je n'avais pas rêvé.

– Faut te réveiller, a-t-il répété en me touchant un peu maladroitement, puisqu'il se penchait depuis la couchette du haut. À moins que tu ne préfères que je m'allonge à côté de toi, a-t-il ajouté en chuchotant.

– Non, me suis-je hâtée de répondre. Je… je dois aller aux toilettes. Et puis je meurs de faim. Au fait, on est quel jour ?

– Tu ne le sais pas ? Lundi matin, a-t-il annoncé avec une expression de tristesse sur le visage. On sera bientôt de retour à Longyearbyen. Mardi soir. Après le repas.

Je me suis frotté les yeux.

– Tu viens ?

– Oui, je viens.

– Tu n'as pas besoin de t'habiller chaudement. Il fait bon ici dans le fjord. C'est le paradis. Tu verras comme c'est beau !

La première chose que j'ai remarquée, c'est que Per et Pia étaient différents. Ils souriaient davantage, plaisantaient avec tous ceux qui étaient assis devant une tasse de café fumant. Ils devaient être soulagés d'avoir réussi à charger les peaux d'ours à bord. Planifier tout cela, avec un bateau rempli de passagers, ce n'était pas une mince affaire. Pas étonnant qu'ils aient un peu paniqué et se soient disputés. Georg devait donc récupérer la moitié de la somme, d'après ce que j'avais entendu. Tout collait à présent. Les ours étaient des animaux superbes, avait dit Georg sur le rivage de la baie de Vibe. Il avait aussi dit que les phoques étaient splendides. Juste après leur avoir tiré dessus. Alors comment comprendre ce que j'avais vu ? Et ces étiquettes avec des prénoms ?

Plusieurs passagers avaient accroché au tableau blanc le dessin que j'avais fait d'eux pour le montrer aux autres et m'ont interrogée sur mon métier. Je leur ai expliqué deux trois choses, mais j'avais l'esprit ailleurs. Les dessins politiques dans la presse où le trait devait être parfois assez cinglant, les couvertures de livres, les bandes dessinées, les livres d'humour avec des illustrations… Ils m'ont écoutée religieusement et m'ont dit que j'avais du talent. Je ne demandais pas mieux que de les croire. J'aurais bien voulu croire aussi que la vie que je leur décrivais était la mienne. Que je ne l'avais pas définitivement perdue et que je pourrais la reprendre là où je l'avais laissée. Continuer de vivre comme l'ont fait les femmes de tout temps, après la mort ou la disparition de leurs maris.

Per a rassemblé les troupes pour nous faire un exposé sur le Murchisonfjord et la végétation locale. On était déjà tard dans l'année, a-t-il regretté, la meilleure période de floraison était passée, mais nous devrions apercevoir malgré tout des dryades à huit pétales, des saxifrages en touffe et surtout en massifs, à fleurs opposées, d'une belle couleur violette.

On s'est habillés pour sortir sur le pont. Le brouillard s'était levé. De tous côtés, des massifs arrondis se détachaient sur un ciel clair. Les pentes couvertes de végétation semblaient être d'un vert plus cru et les glaciers, marbrés de traits noirs descendant vers la mer, avaient un éclat bleu argenté. Ceux qui avaient un appareil photographiaient tous azimuts. Georg m'a aidée à enfiler mon gilet de sauvetage. Raide comme un piquet, je l'ai laissé fermer la glissière et les sangles.

– T'es malade ? m'a-t-il demandé tout bas.

– Je couve peut-être quelque chose… un rhume ou mes règles… à moins que ce soit le sida ? Ça m'en a tout l'air, à mon avis.

– Tais-toi ! Faut pas plaisanter avec ça.

J'ai failli tomber de l'échelle mais Sigmund m'a rattrapée.

– Tu ferais peut-être mieux de rester ici pour te reposer, a suggéré Georg.

Non, je voulais absolument aller à terre. Pas question de rester seule à bord de ce bateau qui transportait dix cadavres, dont neuf ours.

– Je veux débarquer, ai-je insisté, en me laissant tomber dans le Zodiac entre Samuel et Jean.

Dana avait pris place à l'avant, les pieds posés là où, la veille, Georg et moi, nous avions…

Est-ce qu'un ours avait plus de valeur qu'un phoque parce qu'il était une espèce protégée ? J'ai senti le vent contre mon visage, j'ai regardé la terre ferme dont les coteaux verts se rapprochaient.

Jean m'a aidée à sortir du bateau et a ramassé le briquet que j'avais fait tomber dans le sable.

– Oh, regardez toutes ces fleurs ! Vous avez vu comme elles sont belles…

C'était vrai. Un splendide massif de saxifrages à fleurs opposées. Et même si beaucoup étaient fanées, celles qui restaient avaient un éclat et une couleur incroyables. Je les ai admirées en fumant une cigarette. J'avais soudain pris une décision.

Ola et le Zodiac sont allés chercher les autres passagers. Georg était du voyage. Je lui ai souri et je me suis tournée vers Sigmund et Per :

– Vous êtes assez pour monter la garde contre les ours ? On ne pourrait pas, Georg et moi, partir se balader un peu rien que nous deux ?

– Pas de problème, a répondu Per. On est trois, avec Pia. Vous n'avez qu'à y aller.

Georg était content. Il avait laissé son bonnet dans le bateau et marchait la doudoune ouverte. Il avait enfilé son pull blanc, ce qui faisait ressortir la peau bronzée de son cou. Blanc comme une mouette, blanc comme l'innocence, blanc comme un ours polaire dans l'imagination de ceux qui n'en ont jamais vu en vrai.

– Viens, ai-je dit.

Les plantes rendaient le sol moelleux et absorbaient tous les bruits. Ah, cette mousse ! C'était une sensation si inhabituelle de la sentir sous ses pieds, après tous ces jours où l'on n'avait marché que sur le pont, les rochers ou la glace.

Georg m'a pris la main.

– J'ai réfléchi un peu cette nuit… à nous deux. Chez moi, j'ai une petite barque à moteur qui me sert à pêcher en hiver. Elle n'est pas bien grande… mais si ça te dit de la voir. J'ai comme l'impression que t'aimes bien les bateaux maintenant…

– Oui, c'est vrai.

– Et puis j'ai aussi une petite maison que j'ai héritée de ma mère. Elle est bien et je m'en occupe comme il faut.

– Ah…

– Ta main est gelée.

– Le sida, ai-je répondu. Je n'en ai plus pour longtemps.

Il a vu que je disais ça sérieusement et s'est arrêté pour me dévisager. On était loin des autres à présent.

– Mais qu'est-ce que t'as ?… On ne plaisante pas avec ça, écoute…

– Je ne plaisante pas.

– Qu'est-ce que tu dis ? C'est vrai… ?

– C'est vrai que j'ai comme l'impression qu'il ne me reste plus longtemps à vivre. Je vous ai vus cette nuit.

Son visage a tressailli et son regard est devenu soudain différent, dessillé en quelque sorte. Il a serré ma main très fort. À me faire mal.

– Tu nous as vus charger quelque chose à bord… ?

– Oui. Et après je suis allée dans la soute et j'ai ouvert les paquets pour voir ce que c'était…

Je me suis mise à chialer.

– Mais merde, quoi ! J'aurais jamais cru, Georg, que tu…

Il a passé ses bras autour de moi.

– Enfin, voyons… maintenant que tu sais, je ne vais pas nier, mais c'est pas ce que tu crois. Toi-même, t'as participé à une chasse au phoque, tu te rappelles ? Je ne comprends pas que tu…

– Les ours sont une espèce protégée, Georg… Vous jouez avec le feu… Vous allez vous faire prendre… t'as tout détruit…

– Parce que t'as l'intention de le dire à quelqu'un ? À Sigmund ou… ?

– Il n'est pas au courant ?

– T'es folle ! Il n'y a que Per, Pia et moi dans le coup. Et puis toi… Laisse-moi te serrer un peu…

– Non, ai-je refusé en me dégageant. Raconte-moi comment vous l'avez fait…

Georg s'est laissé tomber sur un talus vert, a sorti son tabac et s'est roulé une cigarette.

– Qu'est-ce que t'entends, Bea, par « T'as tout détruit… » ?

– T'as du tabac dans ta moustache, ai-je dit.

Ses mains tremblaient. Je connaissais à présent la moindre ride de son visage.

– Je vais te dire une chose : je suis prêt à faire une croix sur l'argent si ça doit détruire ce qu'il y a entre nous deux…

– Il est question de quelle somme ? ai-je demandé, les yeux tournés vers le fjord.

De loin, notre bateau paraissait tout petit, amarré à l'ancre. J'ai humé les parfums de la terre humide, fertile et si propre qu'on aurait voulu la manger.

– Deux cent mille couronnes par ours... et ce n'est pas pour la peau. C'est pour la chasse.

– Pas pour les peaux ?

– Non... une peau, ça rapporte seulement trente mille. Et des peaux, on en trouve. Des mâles et des femelles tués en légitime défense, et qu'on remet au préfet. Lui les met aux enchères et l'argent va dans les caisses de l'État. Sans parler des peaux qu'on peut trouver au Canada ou au Groenland. La population indigène a droit à un certain quota. Non, c'est pour la chasse.

– Mais comment...

– Ça fait plusieurs années que Per et Pia sont guides ici, même s'ils sont encore très jeunes... et forcément ils connaissent les gens qui sont sur les bateaux comme le *Ewa*, et les autres. Des gens qui veulent chasser...

– Des espèces protégées ! Des braconniers, quoi.

– Des braconniers ? Si tu le dis...

– Je maintiens le terme. Et Sigmund, dans tout ça ? Comment se fait-il qu'il n'a rien vu ?

– Il faut bien qu'il dorme de temps en temps, lui aussi. Personne ne s'est réveillé quand on a tiré sur le phoque, tu te rappelles ? À chaque expédition, il y a des chasseurs. Mais sur ce voyage-ci, on ne voulait pas qu'il y en ait. Per estime qu'on a déjà assez de travail comme ça pour trouver le gibier...

– Mais comment se déroule la chasse ?

– C'est très simple. On leur prête les carabines de Per et Pia. Puis on va à terre en Zodiac quand le bateau est amarré. Une fois, ça nous est arrivé que le *Ewa* reparte sans nous, mais on a eu tôt fait de le rattraper. Quand on est sur le rivage, on allume un feu, et on accroche des sacs de graisse de phoque à un bâton au-dessus de la fumée. L'ours sent ça à des kilomètres. Alors il rapplique. Il suffit d'attendre.

– Et les gens sont prêts à payer deux cent mille pour ça !

– Ces gens-là ont les moyens. Et pour un vrai chasseur… mettre une balle dans un ours polaire en pleine nature… et récupérer la peau après… On pourrait même leur demander beaucoup plus d'argent.

– Comment vous ferez pour ramener les peaux, à notre retour ?

– Per connaît beaucoup de monde. Des chercheurs, entre autres. C'est notre dernier voyage ici. On a donc récupéré les peaux qu'on avait enterrées autour de la pointe là-bas.

Il a montré du doigt l'endroit.

– Sur le quai de Longyearbyen, il y aura des caisses en métal pour le transport de matériel scientifique. Les peaux seront mises dedans et elles prendront l'avion pour le continent. T'inquiète pas. Ce genre de caisses, il y en a tout le temps. Je dirai à Sigmund d'aller boire une bière au Busen pour se détendre. Et pendant qu'il sera là-bas, Per et moi on sortira les dépouilles en un rien de temps.

Ça paraissait si simple.

Georg s'est levé et a poursuivi :

– C'est bien beau que les ours soient une espèce protégée. Mais du coup, il y en a trop maintenant. Près de trois mille, peut-être plus, je ne sais pas si tu te rends compte ? Alors ils meurent de faim. Il faudrait limiter le contingent, mais ça, personne ne veut le comprendre.

– Celui que j'ai rencontré était gras.

– Ce n'est pas le cas de tous. Et personne ne comprend que ce sont les petits qui meurent les premiers… ceux qui ne peuvent pas tuer de phoques eux-mêmes.

– Mais toi et Per, vous comprenez ça.

– Écoute, c'est pas moi qui en ai eu l'idée. Je donne juste un coup de main.

Il a passé un bras autour de ma taille. J'ai fermé les yeux et j'ai plongé dans le regard de l'ours. Celui de la baie de Vibe. Un ours en vie dans une nature hostile, au milieu de l'océan Arctique, de la zone dite froide, *Zona frigida*, où l'amour n'existe pas, où les animaux deviennent blancs pour se fondre dans le paysage et souffrent pour trouver à manger, sans jamais connaître une seconde de répit ni se reposer sur leurs lauriers. Ils doivent toujours chasser pour survivre, depuis que, petites pelotes de fourrure, ils sont sortis de leur tanière protégée des vents sur le Kong Karls Land pour faire leurs premiers pas dans la neige à côté d'une maman grande et rassurante. C'était une vie rude où seuls les plus forts survivaient. Les autres finissaient par mourir de faim ou d'un accident. Mais tout était mieux que de traîner sur le béton sale du zoo de Londres, par une chaleur étouffante. Ou de servir de carpette devant une cheminée.

– J'ai une cheminée chez moi, ai-je dit. Mais ce n'est pas pour ça que j'ai envie de tirer sur un ours pour mettre sa peau devant. Si c'est un ours blessé qui s'est cassé le dos, c'est différent. Mais tirer sur un bel animal en bonne santé, ça jamais !

– Mais si tu pouvais acheter une peau d'ours… du préfet… pour trente mille couronnes, à supposer que tu aies l'argent… tu l'aurais fait ?

– Oui, peut-être.

– Je m'attendais à cette réponse. Et c'est là où toi et moi, on n'est pas pareils. Car pour moi, ça revient au même.

– Mais pas du tout, Georg ! Ça n'a rien à voir ! Et ces Allemands dont tu m'as parlé…

– Il y avait des Allemands, un Américain, un Grec et encore quelques autres.

– Eh bien, du joli monde ! Ils viennent chez nous pour se servir et tuer nos ours.

– Ils ne sont pas à nous, ces ours. Tu l'as dit toi-même. La Norvège n'a pas l'exclusivité de la pêche ici. Donc on ne l'a pas non plus pour les ours. Cogite un peu là-dessus…

Un million huit. Trois mille ours au Svalbard. Ils en avaient pris neuf. Et en Afrique, des braconniers tuaient les éléphants. En Inde, c'étaient les tigres.

J'ai regardé le sol. Une saxifrage violette, minuscule, avait choisi de fleurir ici, dans cette nature si inhospitalière qui ne lui faisait pourtant aucun cadeau. Elle existait envers et contre tout. Comme moi, à cet instant. L'ours de la baie de Vibe ne m'avait pas mangée. Sur le bateau, il y avait la dépouille de neuf ours. Sans colonne vertébrale, ni chair ni intestins.

– Pourquoi avez-vous laissé la viande à l'intérieur de la tête et dans les pattes ?

– Il faut la faire bouillir avant de commencer à tanner la peau.

– Allez, on va retrouver les autres.

– Mais t'en penses quoi de tout ça ?

– Je ne sais plus. Je t'assure, je ne sais plus quoi penser, Georg.

On a rejoint les autres dans la baie, sur une plage de galets blancs. Ils faisaient cercle autour d'un ancien piège à ours. Un piège de tir automatique. L'ironie du sort. Per a expliqué comment l'ours était attiré par un morceau de viande au fond d'une caisse en bois et déclenchait lui-même le coup qui le tuait en pleine tête. Sa voix portait jusqu'à l'endroit où je m'étais assise pour fumer. Georg a remplacé Sigmund pour monter la garde, et ce dernier s'est mis à discuter avec Oscar. Ils ont arpenté le rivage et j'ai observé leurs visages : graves, concentrés.

Je me suis levée pour les suivre, en faisant semblant de regarder les fleurs par terre, veillant à me pencher parfois pour mieux les voir. Ils ne se sont pas retournés. Oscar gesticulait beaucoup. Sigmund hochait la tête, posait des questions, faisait des commentaires.

J'aurais aimé qu'il y ait un mur pour que je puisse y coller mon oreille, mais j'étais obligée de m'avancer davantage si je voulais espérer entendre des bribes. Arrivée juste derrière eux, j'ai entendu Sigmund dire tout bas :

– Je me demande combien d'animaux en tout ils ont réussi à…

Il s'est interrompu en m'apercevant et a donné un coup de coude à Oscar.

– Est-ce que ça, c'est une saxifrage jaune, Sigmund ? ai-je demandé en lui tendant une fleur que je venais de cueillir.

– Oui, a-t-il confirmé.

– Elle est magnifique. Mais…

– Oui ?

– Je ne me sens pas très bien… Est-ce que vous croyez qu'Ola ou Bjørn pourraient me ramener au bateau ?

– Bien sûr, a répondu Sigmund. Venez. Vous êtes sûre que vous n'avez rien de grave ?

– Non, c'est juste ce que les femmes ont chaque mois…

Il a eu un sourire gêné.

– Ah, je vois…

– Et si on s'amusait un peu ? a proposé Ola.

– Si vous voulez, mais seulement une fois que vous m'aurez déposée au pied de l'échelle.

– Ah bon, un chagrin d'amour ?

– Mais non. J'ai seulement un peu mal au ventre.

J'ai grimpé à l'échelle.

– Tout va bien ? a demandé Nuno, inquiet, en passant la tête par la porte.

– Mais oui. Izu va très bien. C'est juste moi qui ne suis pas trop en forme.

J'ai pris de la glace, nous avions fait le plein au moment d'entrer dans la baie de Vibe. J'ai trouvé trois bouteilles de soda et un verre. Je ne suis même pas donné le mal de noter les traits correspondants sur ma fiche. Puis je suis descendue et j'ai pris le trousseau de clés de Georg en espérant qu'une clé conviendrait à la porte de ma cabine. Une fois à l'intérieur, j'ai fermé à clé et j'ai ouvert le hublot pour respirer, en gardant ma doudoune. J'ai préparé mon gin tonic et j'ai bu. Longtemps. Je me suis resservi un autre verre et j'ai attendu que l'ivresse fasse jaillir les larmes.

Sigmund et Oscar étaient au courant. Quelle peine encourait-on pour avoir tiré sur des ours ? Auprès de qui se renseigner ? Ils allaient se faire prendre… J'ai pleuré, j'ai picolé, je me suis mouchée dans la serviette, j'ai bu encore plus et chialé davantage, jusqu'à ce que j'entende les autres revenir à bord. Combien de temps s'était-il écoulé ? Je n'aurais pas su le dire.

Quelqu'un a essayé d'ouvrir la porte et j'ai reconnu la voix de Georg :

– Tu t'es enfermée ? T'es sûre que ça va ?

J'ai ouvert si vite qu'il a failli trébucher en entrant.

– Alors tu t'es enfermée pour boire. Mais enfin… ma petite chouette…

– J'ai une question à te poser, Georg…

– T'es soûle.

– Et alors ? Dis-moi seulement… Qu'est-ce que vous risquez, si vous vous faites choper ?

– On se fera pas choper, comme tu dis. Chut ! a-t-il murmuré en refermant la porte derrière lui. Si tu parles trop parce que t'as bu, alors…

– Réponds-moi. Qu'est-ce qui vous arrivera ?

Il s'est assis sur la couchette du bas en baissant la nuque. J'espérais que c'était de honte.

– Ah, quand je pense que tu nous as vus cette nuit…

– Réponds à ma question ou je hurle !

Il a soupiré.

– Selon l'ancienne loi, c'est un an, mais on ne se fera pas prendre.

– L'ancienne loi ? Qu'est-ce que tu veux dire ?

– Il y en a une nouvelle. Sigmund leur en a parlé. Frikk lui a posé la question, après avoir vu l'ancien piège à ours... J'étais pas au courant. Frikk m'a rapporté ses propos sur le chemin du retour... je ne savais plus où me mettre. Per était assis à côté, et on ne pouvait pas se regarder.

Il a eu un petit rire.

– Hein, tu trouves ça drôle ? Tu ne comprends pas que...

Il s'est levé et m'a serrée dans ses bras.

– C'est toi qui ne comprends pas... On ne se fera pas prendre. Combien de fois faudra-t-il que je te le répète ?

– Et on écope de combien... d'après la nouvelle loi ?

– C'est une loi sur la criminalité environnementale... à propos des espèces menacées... Jusqu'à six ans.

– Six ans ?

– Chut ! Oui, six ans. C'est encore ces foutus bureaucrates qui ont pondu cette loi. Des gens de Greenpeace... des gens comme cette Dana...

– Georg ! C'est pas aussi simple que ça !

– Mais si ! C'est aussi simple que ça. Et dans deux jours, j'aurai gagné neuf cent mille couronnes. Pour une poignée d'ours qui auraient très bien pu mourir de faim, alors...

– Sors.

– Tu veux rester là toute seule ? Écoute, Bea, tu peux pas continuer comme ça...

Il m'a saisie par les épaules. Ses yeux étaient brillants et un coin de sa bouche tremblait.

– Ne détruis pas ce qu'il y a entre nous..., a-t-il chuchoté. Tu ne comprends pas ? Toi et moi... J'aurais jamais cru que je pouvais rencontrer quelqu'un comme toi...

– Vous allez vous faire prendre, Georg. Six ans ! Mais merde ! Et toi, tu ne…

– Mais non. Tout va bien se passer. Calme-toi. Et tiens ta langue.

– Sors. J'ai besoin d'être seule. Sors, je t'ai dit.

Je l'ai poussé dehors et j'ai fermé la porte. À clé.

Je suis restée dans ma cabine. Personne n'est venu m'embêter. J'ai dormi un peu. J'avais mal au cœur. L'envie de boire m'était passée. Georg n'est pas redescendu, il devait croire que ses arguments logiques avaient porté, si je m'accordais le temps de la réflexion. Lena est venue plus tard me demander si je voulais manger quelque chose. Elle a frappé à la porte mais comme elle n'a pas abaissé la poignée, elle ne s'est pas rendu compte que je m'étais procuré illégalement une clé.

– Non merci, j'ai seulement besoin de repos. J'ai mal à la tête aussi. Mais merci beaucoup.

Le mouvement du *Ewa* me berçait, sans que cela m'aide pour autant. On refaisait le trajet inverse, cap sur les îles du Nord-Ouest. Tard dans la soirée de mardi, on serait de retour à Longyearbyen.

Sigmund et Oscar savaient tout.

Je me suis assise dans ma couchette, me balançant d'avant en arrière, et mes larmes ont coulé de nouveau. Il irait en prison, écoperait d'une peine de six ans. Ce gentil, ce bon Georg avec ses poils gris sur le thorax et sa moustache qui piquait. Lui qui pouvait me serrer sans que je panique. Qui pouvait dormir sur le côté extérieur, me coincer contre le mur et me demander ce qui n'allait pas sans que je fasse une crise de claustrophobie. Georg qui avait été ici, près de moi…

– Merde, merde et merde !

Il fallait tout faire pour empêcher ça. Il ne fallait pas que ça arrive. À aucun prix.

J'ai fini par m'endormir et je me suis réveillée des heures plus tard. Mon cerveau a mis un peu de temps à remplir les cases blanches et mon plexus solaire s'est contracté quand tout m'est revenu.

J'ai rincé mon verre dans le lavabo et je l'ai rempli d'eau. Maintenant plus une goutte, ai-je pensé, t'as un travail à faire.

Stian et Sonja mettaient la table. J'ai donné un coup de main.

– Où sont les autres ?

– Oh, ici et là, a dit Sonja. Dans le salon. Sur le pont. Certains dorment. Comme Georg, par exemple.

Elle avait dit cette dernière phrase en me lançant un regard furtif. On se serait cru dans une bourgade en Norvège, où tout le monde est au courant de tout. J'ai essayé de détourner son attention :

– Vous avez de la chance, Frikk et vous, d'habiter la même ville.

– Oui, ce n'est pas comme vous. Même si Georg…

Elle a marqué un temps d'hésitation.

– N'est pas tout à fait mon type…, ai-je complété à sa place.

Elle a rougi.

– Il est tellement plus âgé que… je veux dire… que… moi.

– Que moi aussi.

J'ai prié Lena de le réveiller. Quant à moi, je suis sortie fumer à la proue, où j'ai marché sur la trappe en pensant à ce qui se trouvait dessous. J'ai aussi regardé le coffre blanc. Il y avait à l'intérieur un corps humain qui supportait une température de 0°C, de même que les neuf ours sous mes pieds. Trois phoques avaient aussi payé de leur vie de nous avoir rencontrés. En tout, treize vies. Si Dana avait appris ce qui était arrivé à ces ours, elle aurait encore piqué une crise. Alors que la mort de Turid, autant que je sache, ne lui avait fait ni chaud ni froid. Moi-même, n'étais-je pas venue ici dans l'intention de tuer, au même titre que ce « Dieter » et ce « William » ?

J'ai jeté mon mégot par-dessus bord, ai fourré mes mains dans les poches. Oscar se tenait avec Sigmund sur le pont, les Japonais photographiaient. Mais quoi ? Eh bien les montagnes, les îles… Je commençais à les connaître. Ils faisaient comme partie du décor. Sans m'en rendre compte, je m'étais habituée à être ici, et j'avais baissé la garde. C'est à ce moment-là qu'il est venu, a bâillé et enfilé sa doudoune. Je savais exactement l'odeur qu'aurait sa nuque si j'y fourrais mon nez. Mais au lieu de le faire, je me suis mise à claquer des dents de manière exagérée, tout en souriant.

– Bien dormi ?

– Oui. Ça va faire du bien de s'en rouler une pour se réveiller. Et toi, ça va ?

Il a scruté mon visage et j'ai soutenu son regard. Tiens, ses iris étaient zébrés de jaune, telles de petites flèches qui perçaient la surface marron. Au sortir du sommeil, sa frange rebiquait. Ses cheveux bruns avaient des fils d'argent.

– Je suis fatiguée, ai-je répondu. Je ne sais pas si j'ai envie de déjeuner.

– Je suis passé voir à ta cabine, puisque c'est pas toi qui m'as réveillé.

– Ah.

– Tu ne vas pas bien du tout.

– Non.

– Malgré tout ce que je t'ai expliqué ! Que c'est pas si grave que ça !

– Ça ne change rien.

– J'aurais volontiers échangé tout cet argent pour te garder, toi.

– Je sais. Mais c'est trop tard.

– Le repas est prêt ! *Dinner is ready !* a crié Stian en ouvrant la porte.

Je me suis assise à côté des autres. Sigmund a eu droit à un plateau-repas sur la passerelle. Il y avait de nouveau de la glace flottante sur la mer et des éclairs à l'avant du bateau. Sonja et Frikk ont fait le service : sauté d'agneau avec du riz.

– Tu veux que j'aille te chercher une bière ? a proposé Georg.

– Non, de l'eau gazeuse.

Lorsque mon tour est arrivé de me servir, j'ai jeté un coup d'œil sur le plat et je l'ai passé à mon voisin. J'ai compté pour vérifier que tout le monde était bien au mess, mis à part Bjørn qui dormait, Ola dans la salle des machines et Sigmund sur la passerelle.

– Non, je crois que je ne vais rien manger, ai-je dit à voix haute. Je descends m'allonger un peu. Je remonterai un peu plus tard, quand je me sentirai mieux, ai-je ajouté en me penchant vers Georg.

Il a hoché la tête et je lui ai pincé l'épaule en passant. Il fallait qu'il me croie.

Pendant quelques minutes, je suis restée au bas de l'escalier à guetter le moindre son : bruits des couverts heurtant les assiettes, conversations. Repas au calme pour eux, travail au calme pour moi. Le bateau gîtait, personne ne se rendrait compte de rien. La brochure de l'agence de voyages indiquait que la tête d'un ours pouvait passer par un hublot : c'était tout ce que j'avais besoin de savoir.

Je suis descendue, j'ai ouvert la porte de la cabine et j'ai inspecté le contenu des étagères : des chaînes, mais aucune hache. Si une des têtes s'avérait trop grosse pour passer, il me faudrait utiliser la scie. Une scie rouillée. J'ai croisé les doigts.

J'ai empilé les caisses les unes sur les autres, sauf deux pour tenir la porte ouverte.

Une fois à l'intérieur, le bruit était assourdissant, car l'étrave fendait la glace flottante dont seuls quelques centimètres de métal me séparaient. Mais l'appel d'air glacial était le même et le spectacle aussi. J'avais encore du mal à croire qu'ils étaient vraiment là. Neuf ours. Des museaux noirs luisaient au milieu de la fourrure blanche. Les langues pendaient toujours, immobiles entre les longues canines. Et les oursons, guère plus grands que des saint-bernard. Ç'avait dû être leur première et dernière sortie. J'ai décidé de commencer par eux.

Je les ai traînés jusqu'à la porte de la cabine, ai jeté un coup d'œil dans le couloir. Personne. J'ai poussé la porte des toilettes, ai réussi à ouvrir le hublot. Un peu d'eau de mer est entrée, malgré la vitesse modérée du *Ewa*.

J'ai jeté les petits par la fenêtre. En glissant ma propre tête, j'ai pu constater que le courant les avait attirés vers le flanc du *Ewa* avant qu'ils ne sombrent dans l'océan. Pas besoin de les lester avec des chaînes. J'ai regardé le sol : quelques traces de sang et des poils. Il faudrait que je nettoie après. J'ai de nouveau tendu l'oreille vers les bruits extérieurs. Aucun changement. Le repas se déroulait normalement.

C'était maintenant que commençaient les choses sérieuses. L'ours que j'ai essayé de bouger m'a paru peser une tonne, même si ce n'était que sa dépouille. J'ai dû m'y prendre à plusieurs reprises, soulevant ses pattes une à une, pour lui faire passer le seuil de la porte. La tête venait en dernier. Et elle s'est alors ouverte, dévoilant des cristaux de glace fixés sur la trachée. Strié comme le ventre d'un rorqual, le palais rose contrastait avec la langue bleu pâle.

À un moment donné, j'ai cessé de penser. La peur de me faire surprendre m'a donné des forces insoupçonnées. J'avais les muscles qui me brûlaient, tout gonflés. J'aurais été incapable de dire combien de temps il m'avait fallu pour traîner neuf ours sur cinq ou six mètres, prendre un virage serré pour les faire entrer par la porte des toilettes et passer par un hublot étroit. Quelques minutes, peut-être.

Un quart d'heure ? Aucune idée. Le tout était de faire passer d'abord la tête de l'animal, puis le reste du corps suivait. Les têtes, c'était ce qui pesait le plus lourd. Les pattes étaient comme des colifichets sur les épaules des vieilles dames, celles qui aiment à porter des pattes de renard. Même si la taille était tout autre.

La sueur ruisselait de mon visage quand je me penchais, piquait mes yeux, me donnait un goût salé dans la bouche et coulait le long de mon tee-shirt, sous mon pull. Je crois même me souvenir d'avoir pleuré durant toute l'opération. Ces ours n'allaient pas servir de carpettes devant les cheminées de ce Dieter et de ce William ! Ils allaient rejoindre le fond de la mer, où les attendait une tombe mouillée, avant de se décomposer en ayant gardé un semblant de dignité.

J'ai balancé le dernier dans les eaux glacées. Les pattes avec leurs larges coussinets et les griffes usées glissaient contre le cadre du hublot. À l'instant même où l'ours a heurté la surface de l'eau, j'ai aperçu un gros phoque. Glissant de sa plaque de glace, il s'est approché avec curiosité de la carcasse qui sombrait, avant de plonger à son tour et de disparaître.

Au tour des bâches… Elles risquaient de flotter. J'avais donc besoin de chaînes. J'ai laissé de côté le filet après l'avoir secoué. Sa présence dans cette pièce n'avait en soi rien d'anormal.

Les bâches étaient pleines de sang gelé et de morceaux de glace. Des cristaux bruns tout brillants dans la lumière qui s'infiltrait par la porte ouverte. Tout devait disparaître. Il ne devait plus y avoir la moindre trace. Dans l'armoire, j'ai trouvé une serviette et j'ai essuyé le sol, tandis que j'entendais toujours le vacarme du bateau qui se frayait un chemin dans la glace. J'ai soigneusement ramassé les poils par terre, trempé la serviette dans la cuvette des toilettes avant de la passer sur le cadre du hublot, puis sur le sol de la pièce du fond et de nouveau dans les toilettes. Avec l'aide du briquet, j'ai essayé de ne pas laisser le moindre poil de fourrure. Faut dire qu'ils étaient faciles à voir : longs et d'un blanc jaunâtre.

J'ai enroulé la serviette et les deux bâches pour en faire un cylindre, l'ai attaché avec une chaîne et l'ai balancé à la mer. J'ai refermé. Ai repris mon souffle, en m'appuyant contre le mur. J'ai alors remarqué la spatule, rouvert le hublot et l'ai jetée aussi. Je me suis assise sur la lunette des W.-C. J'ai poussé un soupir, tendu l'oreille.

Je titubais quand je suis retournée dans ma cabine. Mes bras vibraient tout seuls des épaules jusqu'au bout des doigts. Pareil pour les cuisses et les jambes. J'avais des crampes à l'estomac.

En haut résonnaient les mêmes bruits que tout à l'heure : fourchettes et couteaux contre les assiettes, conversations diffuses, rires.

Dans la douche, j'ai laissé couler l'eau, en la réglant plus chaude que d'habitude. On a frappé à la porte.

– T'es sous la douche ?

– Oui.

– Je peux entrer ?

Je n'ai pas répondu tout de suite.

– Bea, laisse-moi entrer…

À peine entré et une fois la porte refermée à clé, il a pressé mon corps nu et mouillé contre le sien. J'ai caressé ses cheveux. Il tremblait.

– Georg, ai-je chuchoté. Georg…

– Oh, c'est affreux…

– Chut… Tout va bien maintenant.

– Je t'aurais volontiers échangé contre ces peaux-là, tu sais…

– Chut… Tout va bien, je te dis.

– Merde, il faut que je remonte tout de suite. Sigmund m'attend. C'est mon tour de quart.

– Je monterai plus tard.

Georg est ressorti, dans un nuage de vapeur, les cheveux trempés. J'ai verrouillé la porte derrière lui et me suis fait couler de l'eau encore plus chaude sur le ventre et les muscles des cuisses. Je croyais toujours sentir l'odeur âcre de la graisse des fourrures épaisses, du sang, des restes d'intestins plein d'excréments.

Et le souffle chaud, lourd, émanant de la gueule d'un prédateur qui se repaissait de charognes.

On faisait route vers le sud. C'était la nuit. Des traînées de brume nacrée masquaient le soleil, tirant son disque vers une forme d'ellipse. Je suivais sur la carte, qui indiquait : « Les sept montagnes ». J'ai compté et ça correspondait. La plus haute s'élevait à huit cent cinquante-quatre mètres, la plus au sud s'appelait Scoresbyfjell, d'où le Krossfjord et le Kongsfjord partaient pour s'enfoncer à l'intérieur des terres.

– Il y a beaucoup de noms bizarres, ai-je dit. Sans doute pour des raisons historiques.

Il fumait devant la fenêtre à peine entrouverte. L'océan était de nouveau dégagé des glaces, le *Ewa* avait le champ libre et son ombre se profilait à bâbord, tel un vaisseau fantôme.

– C'est dommage qu'on n'ait pas eu à se servir de la graisse de phoque, on ne rencontrera sans doute plus d'ours maintenant… ?

Georg n'a pas répondu.

– Regarde ! me suis-je exclamée, toujours à étudier la carte. Prins Karls Forland ! Tu sais ce que j'ai cru lire ? Prins Karls « forhud », le prépuce du prince Charles !

Georg n'a pas ri.

– Tu causes trop.

Une sterne arctique en chassait une autre et toutes les deux décrivaient des lignes blanches dans l'air, les pattes repliées sous elles, comme des avions qui ont rentré leur train d'atterrissage.

– J'aimerais tellement te croire, Georg, ai-je chuchoté.

Il a croisé mon regard.

– J'aimerais tellement croire que… tu as raison. Peut-être que si tu vivais ici et avais besoin de ces fourrures pour te réchauffer ou…

J'entendais à ma voix que mon discours sonnait bidon.

– Mais ces Dieter et compagnie ! Merde, quoi ! ai-je lâché.

– T'as aussi changé d'avis pour le poisson, tant qu'à faire ?

– Peut-être. Mais ce n'est pas une espèce menacée.

– T'es pas logique, ma petite. Ça tient pas, ton affaire.

– Bon, je descends faire un tour.

– Sigmund viendra me rejoindre quand on passera la pointe de Sarstangen. Dans une petite heure.

– Eh bien, descends me voir quand t'auras terminé.

– Ça sera pas avant huit heures demain matin.

– Au fait, il s'appelle comment ton bateau ? Celui que t'as à la maison ?

– *Stiv kuling.* « Grand Frais ».

– Hein ? T'as un bateau qui s'appelle *Grand Frais* ?

Il a pris un crayon et écrit sur le bord de la carte : *Steve Cooling.*

– J'ai trouvé ce nom dans un magazine.

Je lui ai donné un rapide baiser, ai vite descendu l'escalier, direction les bouteilles au mur. Double dose de cognac et une bière. Dans la cuisine, j'ai déniché un sachet de cacahuètes.

Je suis allée sur le pont arrière et ai allumé le poêle. J'ai attendu qu'il démarre avec un grondement sourd. J'ai été me chercher une chaise et une couverture, puis une autre bière, on ne sait jamais. Tous les autres passagers étaient partis se coucher.

Le plastique et le soleil de minuit coloraient la pièce en jaune. Les fulmars suivaient le bateau, refusaient de décrocher. Voulaient-ils retourner avec nous jusqu'à Longyearbyen où ils trouveraient un autre bateau à suivre ? J'ai posé mes pieds sur une chaise libre et j'ai bu. Tout me brûlait : l'acide carbonique, l'alcool, la nouvelle bûche quand je l'ai fourrée dans le poêle. Les gilets de sauvetage se balançaient au rythme du *Ewa.* Nous n'aurions plus à les enfiler. Le Zodiac avait effectué son dernier voyage. Mes yeux se sont portés vers les montagnes, là où la roche rencontrait l'eau. Les plages. C'est sur ce genre de plage que Georg avait allumé un feu, suspendu des bouts de graisse sur des bâtons au-dessus de la fumée, plaisanté en anglais et en norvégien, tandis que Per et Pia se récitaient des sommes à six chiffres.

Encore toute une journée avant d'arriver et ce serait la fin. Je suis allée chercher une autre bière et un verre de cognac. Ce n'étaient plus mes rêves qui me faisaient peur, mais mes pensées quand j'étais réveillée.

– Voilà, c'est la vie, me suis-je dit à haute voix en trinquant avec l'océan Arctique. *Easy come, easy go.* Bientôt tu seras à la maison. Pense à la joie d'Andersen.

J'ai bu et fredonné l'air du film *Casablanca*, en évitant de chanter les paroles. Je n'en revenais pas que, soudain, tout se soit transformé en souvenirs, alors que j'étais encore physiquement présente sur ce bateau.

Je me suis réveillée avant qu'il n'arrive et je me suis levée. Il était sept heures. J'ai passé ma tête sous le robinet et je me suis fait un rapide shampoing en les rinçant avec un verre posé sur la commode. Je voulais les sécher et les coiffer pour être présentable quand j'affronterais à nouveau la civilisation. Avec la serviette en turban, je suis passée devant les portes des autres cabines pour écouter si d'autres étaient déjà debout et si quelqu'un pouvait me prêter un sèche-cheveux. J'ai reconnu la voix d'Izu et j'ai frappé à la porte :

– Bonjour, excusez-moi, est-ce que vous auriez par hasard un… un…

Merde, ça se disait comment « sèche-cheveux » en anglais ?

J'ai indiqué ma serviette sur la tête, elle a compris ce que je voulais et m'en a tendu un.

– C'est triste, a-t-elle dit avec un large sourire. Que le voyage se termine.

– Oui, c'est triste.

– On n'a été ici qu'une semaine, et pourtant ça m'a paru plus long… il s'est passé tellement de choses.

– Oui. Il s'en est passé des choses. C'est même incroyable.

J'ai emporté le sèche-cheveux et je suis rentrée dans ma cabine pour me faire belle. Georg était assis sur la couchette du bas.

– J'ai pu descendre un peu plus tôt. Sigmund a compris que j'en avais besoin.

Sigmund comprenait beaucoup de choses. Il savait aussi beaucoup de choses. Bien plus que Georg ne pouvait se l'imaginer.

– Je me suis lavé les cheveux. Izu m'a prêté son sèche-cheveux.

– À quelle heure est ton avion ?

– Demain matin, aux aurores. J'ai une chambre de réservée à Funken, mais je ne pourrai y rester que quelques heures, ça ne vaudra pas le coup d'essayer de dormir.

Parler, parler, parler. Mettre des mots les uns à la suite des autres, comme des perles sur un collier. Remplir la cabine de mots.

– Moi, mon avion ne part pas avant vendredi. Direction d'abord Tromsø puis chez moi.

Il y avait une prise électrique près du sol. Elle ne tenait pas bien au mur. J'ai séché mes cheveux en lui tournant le dos. Il a posé ses mains sur mes hanches, sans appuyer, sans m'attirer à lui. Les a laissées là. La chaleur de ses paumes irradiait à travers le tissu en jean, créant deux surfaces brûlantes qui se rencontraient au milieu, dans mon bas-ventre. J'ai débranché l'appareil, ai fait volte-face et suis tombée à genoux en enfouissant ma tête contre son ventre.

– T'as les cheveux tout beaux à présent… je savais pas qu'ils étaient comme ça…

Il a caressé doucement chacune de mes boucles. Les oreilles pressées contre le tissu de son pantalon, les bruits ont comme disparu et j'ai regardé, entre ses cuisses, mes larmes former des petits points sur le linoléum. J'ai remarqué un poil d'ours, un seul, l'ai pris et l'ai poussé sous ma couchette à côté de ma valise. Il m'a soulevée et serrée contre lui. N'a fait aucun commentaire sur mes larmes, les a seulement essuyées et m'a embrassée.

– Maintenant on ne parle plus, ai-je murmuré. On ne parle plus.

La couette était encore chaude. J'ai découvert sur son corps un tatouage, une petite ancre, à un endroit que je n'avais pas encore exploré.

Jean et Philippe ont proposé qu'on s'échange nos adresses.

– Comme ça on pourra s'envoyer des cartes de vœux !

Samuel regrettait qu'il n'y ait pas eu de photocopieuse à bord pour faciliter le travail. Mais Per avait l'habitude, il nous a suggéré de faire une liste commune, avec noms et adresses, qu'il accrocherait ensuite au tableau blanc. Chacun n'aurait plus qu'à recopier, à son aise, les infos qui l'intéressaient.

– Dites donc, un vrai pro ! lui ai-je lancé.

L'alcool agissait déjà et j'étais fermement décidée à être soûle jusqu'à nouvel ordre. Le reste du voyage sur ce bateau et le trajet jusqu'à ma porte, je les ferais avec de l'alcool dans le sang. Et une fois chez moi… eh bien, il y avait de fortes chances pour que je réussisse à maintenir l'alcoolémie à un niveau suffisamment élevé pour bénéficier d'un effet anesthésiant.

Georg avait dormi dans ma couchette, avant que je ne le quitte. J'avais mélangé une bonne dose de gin et le reste du tonic, et j'avais vidé mon verre en lui tournant le dos.

J'ai écrit mon nom, mon adresse et mon mail, quand je me suis souvenue des crampes à la main que me donnait la réalisation des cartes de vœux. Les miennes ont la cote, forcément, parce que pleines d'autodérision. Andersen y tient toujours un rôle central, celui de l'homme de ma vie. L'année dernière, il était un bodybuilder qui faisait un strip-tease dans ma chambre à coucher, tandis que je le regardais de mon lit, enveloppée d'un drap, non sans quelque ressemblance avec une certaine Madonna. En tout bien tout honneur. Il y avait toujours cette frontière, cette petite zone préservée qui empêchait le sordide, le vulgaire, le sérieux, le mal. Bref, tout ce qui m'aurait touchée de trop près et aurait risqué de me dévoiler telle que je suis.

L'ambiance au mess était un peu tristounette, personne n'avait envie que le voyage s'achève. On avait fini par se connaître.

– J'aurais bien aimé que ça dure une semaine de plus, a dit Frikk.

– Mais on court alors le risque d'attraper la « maladie de l'océan Arctique », a expliqué Pia.

Cette maladie, que Samuel appelait *cabin fever*, se traduisait par le fait que les personnes ne se supportaient plus, ne pouvaient plus se voir en peinture… Il arrivait ainsi que des chasseurs qui hivernaient ensemble, isolés dans un climat dément, s'entretuent de sang-froid. À force de vivre les uns sur les autres, on finissait par se haïr, nous a assurés Pia.

J'ai écouté, intéressée, en sirotant une bière, puis je suis allée fumer sur le pont, en emportant une autre bouteille de bière. Il était midi. J'ai regardé vers le sud. Le temps avait commencé à se dérouler plus lentement, à se traîner même. Fumer une cigarette prenait une heure. J'ai pensé en décrivant des arcs de cercle pour éviter le centre, là où se concentraient les problèmes en attente. Le contenu du coffre blanc, des bouts de doigts tailladés qui, autrefois, s'étaient posés sur ma peau, celle à laquelle j'avais laissé Georg goûter. Si, vingt ans durant, j'avais cru que tout mon corps était en vie, il avait fallu que je vienne jusqu'au Svalbard pour qu'il se dégèle… Et tout le monde sait qu'il est dangereux de remettre la nourriture décongelée dans le congélateur, car des bactéries mortelles peuvent alors s'y développer.

J'ai repensé à ma rencontre avec l'ours dans la baie de Vibe. Il paraît que toutes les histoires de votre vie défilent quand on voit la mort en face. N'importe quoi ! Ou alors je m'étais fait avoir. J'avais toujours pensé que ce passage en revue adoucissait le moment crucial où l'on bascule de l'autre côté, et qu'il n'était pas inutile de connaître ça. Toute sa vie en quelques secondes chrono, c'est pas donné à tout le monde ! Eh bien, je n'y avais pas eu droit. Je n'avais vu que la boue sur une des pattes de l'ours et la petite éraflure ensanglantée près de son museau. C'était vraiment pas de chance ! J'ai trinqué avec un fulmar et il m'a fait un clin d'œil.

Oscar se tenait sur le pont aux côtés de Sigmund. Le *Ewa* avançait à grande vitesse, fendant sans difficulté l'océan Arctique. En tenant compte des cartes et de la vitesse, j'avais calculé que nous ne serions pas en pleine mer avant d'avoir fini le repas. Ils avaient donc modifié leurs plans. Per devait s'en rendre compte, non ?

Au mess, j'ai entendu le mensonge qu'ils avaient concocté : Sigmund avait reçu une autre mission pour le bateau. Des scientifiques qui voulaient rejoindre Akseløya. Ils partiraient ce soir. C'était seulement une expédition de trois jours, mais Sigmund aurait besoin de l'équipage à bord. Alors tout le monde s'est mis à changer ses plans, tout en étant dans l'incapacité d'appeler l'agence de voyages ou la compagnie d'aviation pour changer son vol. C'était une parfaite manœuvre de diversion pour garder l'équipage occupé, et cela expliquait le bruit des moteurs qui tournaient à plein régime.

Georg, réveillé, est monté voir ce qui se passait. Per l'a mis au courant.

– Trois jours pour aller à Akseløya. Bon… moi, ça me dérange pas.

Il est sorti sur le pont pour fumer. Je suis restée assise, laissant Per le suivre. Sigmund n'avait pas besoin de Per et de Pia, avait-il dit. Cela ne devait donc pas compliquer les plans mis en place pour le déchargement des paquets. Georg et Per devaient en discuter à mi-voix, en cet instant. Je suis allée à l'arrière du bateau et j'ai fumé moi aussi. Et bu. Puis je suis retournée me chercher une bière et suis ressortie. On pouvait mettre mon stress sur le compte de l'imminence de la séparation.

Georg est venu vers moi.

– Ça y est, c'est arrangé. Sigmund doit aller à l'agence de voyages pour remplir des papiers… le contrat avec les chercheurs… c'est pas la peine de se mettre dans cet état, si c'est ça que tu crains. Et s'il y a trop de monde sur le quai… eh bien, on attendra pour décharger qu'on soit rentré d'Akseløya…

– Akseløya, drôle de nom…

– Per a eu peur que tu te doutes de quelque chose, mais je l'ai rassuré.

– Tant mieux.

– Mais… et nous deux ?

– On pourra s'appeler. Il faut d'abord que je rentre de toute façon. Le travail, enfin, plein de choses…

– Ah.

Il s'est assis sur une chaise blanche en plastique.

– Je ne veux pas te perdre, Bea. Je ne veux pas.

– Tu l'as déjà dit. J'ai compris.

– Tu as peur. Mais une fois que tout sera terminé, tu verras que j'avais raison…

– On verra… si l'un manque à l'autre.

– Tu me manques déjà. Tu es redevenue un peu celle que tu étais quand t'es montée à bord.

Il m'a caressé la joue et a chuchoté :

– T'as froid… ? Tu claques des dents, ma petite chouette…

Je me suis écartée.

– Il faut que j'aille aux toilettes.

Le Super Puma nous attendait à l'entrée du Isfjord, devant la presqu'île de Daudmannsodden. C'est Dana qui l'a aperçu la première. Il y avait d'autres bateaux en mer, plus petits que le nôtre. L'un d'eux fonçait vers nous. Je fumais sur le pont. J'ai dégluti et me suis concentrée sur ma respiration : inspirer, expirer, doucement. Garder la langue loin des mâchoires pour ne pas avoir de sang à cracher.

Oscar n'était pas sorti. Lena et Stian avaient préparé le déjeuner : gratin de macaronis, saucisses et oignons. Je les avais d'ailleurs aidés à émincer l'oignon. Dana et moi étions les seuls passagers sur le pont. Elle m'avait parlé un peu de son agence de mannequins, mais je n'ai pas retenu la moindre phrase.

– Oh, regardez ! Un hélicoptère ! s'est-elle exclamée.

Quelqu'un a crié. C'était Sigmund, de la fenêtre de la passerelle.

– Rentrez au mess !

J'ai saisi Dana par le bras et l'ai entraînée, tandis que nous regardions l'oiseau géant et vrombissant se rapprocher vers nous.

*Flap-flap !* faisaient les pales de l'hélico en découpant l'air. La carlingue était rouge et blanche, et l'appareil volait bas, tel un bourdon aux ailes fixées trop haut sur la nuque.

Pas même un Zodiac lancé à plein moteur dans une baie dégagée des glaces n'aurait pu rivaliser avec le bruit infernal qui petit à petit nous a tous enveloppés. L'hélico a survolé le *Ewa* et nous avons pu lire « Préfet du Svalbard » le long de la carlingue. Le préfet : *Superman.*

*Flap-flap-flap-flap !*

Superman a encore fait un tour au-dessus de nous, avant de s'immobiliser à quelques mètres à côté du *Ewa.* J'ai vu Sigmund parler dans la radio.

Oscar se tenait prêt, il attendait. Il avait refermé la porte derrière Dana et moi en nous poussant dans le mess. Tous mangeaient. Georg était pâle.

– On a droit à la visite de Superman ? a-t-il demandé.

Il s'était copieusement servi du gratin. Per et Pia étaient assis à côté des Japonais. Par le hublot, j'ai vu l'autre bateau se rapprocher.

Oscar a fait un signe de tête et sorti quelque chose de sa poche. Une carte de police.

– Police ! a-t-il déclaré.

Samuel s'est levé. Ils avaient tout planifié. Oscar s'était assuré le soutien de son nouvel ami. Les moteurs du *Ewa* se sont arrêtés. Le regard de Georg a cherché refuge dans le mien. J'ai secoué doucement la tête, mais il a continué à me fixer. Sigmund nous a rejoints. Dana et moi étions restées debout, au bout de la table la plus proche.

– Asseyez-vous, a ordonné Oscar. Asseyez-vous ! Je suis désolé.

– Il ne s'agit pas de… Turid ? a demandé Dana en me serrant le bras.

– Non, a répondu Oscar.

Sigmund a pris la parole :

– J'ai eu l'ordre de rassembler toutes les armes qui sont à bord de ce bateau. Elles vont être confisquées. Sam, vous venez avec moi ?

Ils ont disparu. Georg est resté les bras posés sur la table, la tête penchée au-dessus de son assiette. Immobile. Il n'a fait aucun geste. L'autre bateau s'était rangé à côté du nôtre.

– Ola ! Sors pour les aider. Ils vont monter à bord ! a dit Oscar.

Ola s'est précipité à l'extérieur. Georg a levé la tête et m'a regardée. Dans ses yeux pointaient comme des larmes. J'ai de nouveau secoué la tête, mais il ne voulait toujours pas me croire. Il restait, quelques minutes encore, persuadé que c'était moi qui n'avais pas tenu ma langue. Et ces quelques minutes risquaient de tout détruire.

La peur est-elle plus forte que le chagrin ?

Non. C'est le contraire. J'ai pensé : *Je-m'en-fous-je-m'en-fous-je-m'en-fous.* J'ai remarqué que les mots étaient en rythme avec le bruit des rotors au-dessus de nos têtes. *Flap-flap-flap-flap...*

Une femme et deux hommes en combinaisons sombres de police ont fait irruption dans le mess. C'était si bizarre de voir des étrangers dans ce qui avait été jusqu'ici notre mess à nous. Ils ont décliné leur identité : la préfète Olsen et deux agents. J'ai reconnu Olsen pour avoir vu des photos d'elle dans la presse. Elle était la première femme à être préfet au Svalbard. Elle a pris la parole pour nous expliquer en anglais et en norvégien que l'équipage de ce bateau était impliqué dans un safari aux ours polaires. Dana a commencé à piquer une crise de nerfs. Je lui ai pincé le bras. Très fort. Elle s'est tue.

– Ça ne s'est pas passé lors ce voyage-ci, lui ai-je murmuré.

Oscar me regardait fixement. Olsen a prié Georg, Per et Pia de se lever et de venir avec elle sur le pont. Georg a renversé au passage une bouteille de bière posée sur une table. La bouteille a roulé jusqu'à la porte donnant sur le pont arrière. Ç'a été le seul bruit qui, pendant un long moment, a résonné dans la pièce. Il est passé devant moi, le visage impassible, tandis que tous les autres au mess regardaient son dos, puis mon visage. Je ne crois pas que mes traits trahissaient grand-chose. La solitude, ça me connaît. J'ai un long entraînement.

– Parfait ! a crié Olsen. Les autres restent ici !

Pia sanglotait. Je me suis levée pour les suivre. Oscar a fait signe à Olsen que je pouvais.

– C'est Britta Abner, a dit Oscar.

– On procédera aux interrogatoires plus tard dans la soirée, a commenté la préfète.

– C'est que j'ai un avion à prendre tôt demain matin, ai-je précisé.

– Ça ira, ne vous inquiétez pas, a-t-elle répondu. Oscar sait parfaitement de quoi il retourne.

Sans le savoir, j'avais donc eu quelqu'un de la police comme témoin de la chute de Turid contre le hublot. Sur ce coup-là, du moins, c'était pratique.

– Je viens quand même avec vous sur le pont, ai-je ajouté.

– Les autres restent ici ! a répété Olsen en criant pardessus son épaule.

Le vacarme de l'hélicoptère étendait sur le bateau non pas une chape de plomb mais plutôt une sorte de couette protectrice, inexpugnable. Je suis allée vers Georg. Je me suis rendu compte que je pleurais, malgré moi.

– Ce n'est pas moi, ai-je répété.

Mais le bruit assourdissant a couvert mes paroles.

Son visage paraissait mort. Soudain très vieux.

– Trouvez-les ! a crié Olsen.

– La petite soute à la proue ! a hurlé Oscar.

Olsen gesticulait en direction d'un homme sur l'autre bateau.

– Faites décoller l'hélico ! On n'a plus besoin de lui !

En quelques minutes, l'appareil a viré de bord, accéléré et foncé en vrombissant en direction du Isfjord. Il n'était plus qu'un insecte. Le silence est retombé.

Ils ont déplacé les caisses, donné des coups de pied dans les cordages, soulevé la trappe. Je frissonnais.

L'un des agents a annoncé :

– Il n'y a en bas qu'un filet de chargement.

– Les paquets sont enveloppés dans des bâches et maintenus par des cordes, a déclaré Oscar.

– Rien ici, en tout cas, a répété l'agent.

J'ai croisé le regard de Georg, le temps d'apercevoir les éclats jaunes dans ses iris, avant qu'il ne ferme les yeux.

– Mais c'est pas possible… ! Ils étaient pourtant là !!! a hurlé Oscar, agenouillé près de la trappe, cherchant désespérément des yeux ce qui ne s'y trouvait plus.

Per se taisait. Pia aussi. Le regard fixe.

– Mais ils étaient là, merde ! J'ai vu qu'on les remontait à bord, de mes propres yeux !

– Prouvez-le, a dit Georg.

– Très bien. Fouillez le bateau de fond en comble ! Ils ont dû les déplacer…

Oscar a dirigé les agents, lui-même a ouvert violemment la porte de la remise devant le Zodiac.

– Cherchez partout ! J'ai dit : PARTOUT !

J'ai allumé une cigarette. Le filtre est devenu mouillé… J'en ai glissé une aussi dans la bouche de Georg et l'ai allumée. La main qui l'a saisie tremblait. Il avait des poils marron foncé sur le dessus. Sigmund se tenait à ses côtés, mais les deux hommes n'échangeaient pas un regard.

Oscar est sorti en tenant la tête de l'ours. Il riait.

– Regardez ce que j'ai trouvé ! Bonne pioche !

– Lui, il était déjà mort, a dit Georg en arrachant le filtre de sa cigarette et en le jetant par-dessus bord.

– Il va falloir le prouver, a dit Oscar.

– Elle peut le prouver, elle, a répondu Georg en faisant un signe de tête vers moi.

Ça faisait un moment qu'ils étaient dans le collimateur. Car l'un des chasseurs allemands n'avait pas résisté à la tentation de se vanter et la rumeur avait fini par atteindre les oreilles de la mauvaise personne. L'efficacité du téléphone arabe est toujours proportionnelle à l'importance du message. L'Europe regorge de personnes bien-pensantes qui détestent les Norvégiens pour tout ce qu'ils représentent, c'est-à-dire des tueurs de baleines et de phoques – et maintenant aussi d'ours. Bref, des barbares sans foi ni loi.

Oscar, un visage inconnu par ici. Envoyé pour vérifier si les rumeurs étaient fondées. Un soi-disant psychologue. Au fond, ce n'était pas entièrement faux.

Au bureau du préfet, on m'a donné du café. Mes bagages étaient dans un coin de la pièce. On avait compté le nombre de traits sur ma fiche et j'avais réglé ce que je devais. Le corps de Turid avait été ramené sur la terre ferme et transféré à l'aéroport. Sonja et Frikk ont fait leurs dépositions dans la pièce voisine et il a dû être question de lames de rasoir et de femme sexuellement frustrée.

– Je ne veux pas de ce lit à l'hôtel Funken, ai-je dit. Est-ce que je peux attendre ici jusqu'au départ de mon avion ?

– Pas de problème, a répondu Olsen.

– Je ne crois pas qu'elle soit assez sobre pour faire une déposition, a déclaré Oscar.

– Comment ça ! me suis-je offusquée. Je suis parfaitement en état de répondre à vos questions.

J'ai un long entraînement pour avoir l'air sobre.

– C'est vous qui les avez fait disparaître, n'est-ce pas ? Vous avez tout balancé à la mer…

– Vous savez quoi ? ai-je répondu. Je vous aime bien. On a cherché des fossiles ensemble. C'est quand même trop bête de…

– J'ai failli vous le dire, après l'accident qui est arrivé à Turid, pour que vous puissiez relâcher la pression, mais l'enjeu était trop important, étant donné que vous aviez une liaison avec Georg. Mais comment avez-vous compris que…

– Je n'ai rien compris du tout. Si on commençait plutôt par ce qui est arrivé à Turid ?

– Je sais que c'est vous.

J'ai parlé. Ils ont tout écrit. J'ai signé. Puis on est passé aux ours.

– Nous allons envoyer le Puma pour vérifier l'état de l'ours sur l'île de Phippsøya, a déclaré Olsen.

– Vous le trouverez à l'endroit que je vous ai indiqué. Même Oscar et Samuel l'ont vu quand ils y sont allés.

– Mais on ne pouvait pas voir s'il était mort de faim, à la distance où on était ! a rectifié Oscar.

– C'est pourtant le cas.

– Merde…

Ils ont écrit. J'ai signé. Ils connaissaient même le numéro d'identité nationale de Georg.

– Il est où ? ai-je demandé.

– Au poste de police, a répondu Oscar. Mais nous n'avons pas assez d'éléments pour l'inculper. Cette maudite tête d'ours peut avoir perdu ses poils un peu partout dans le bateau et ceux-ci peuvent se retrouver aussi bien sur vos vêtements que sur les siens. Ah, quel merdier, je vous jure !

– Vous êtes sûrs que je peux attendre ici ?

– Sûre et certaine, a confirmé Olsen.

Frikk et Sonja devaient rentrer par le même avion. Je me suis assise à bonne distance d'eux et j'ai bu pendant tout le trajet. Résultat : cela ne m'a fait ni chaud ni froid que le cadavre de Turid soit dans la soute, sous nos sièges. C'est fou comme on finit par s'habituer à voyager avec un cadavre.

À Tromsø, ma valise a eu droit à une fouille en règle. Je n'ai même pas protesté. De toute façon, j'avais presque vidé toutes mes bouteilles. Ils ont regardé mon diplôme.

– Félicitations, a dit un des douaniers.

Je n'ai pas daigné sourire ni répondre.

Sonja et Frikk attendaient dans le hall de l'aéroport.

– On a encore deux heures à tuer avant la correspondance pour Oslo, a annoncé Frikk.

– Vous voulez bien me réveiller ? leur ai-je demandé.

Mes rêves étaient vides, mais baignés d'une lumière noire et rouge. Des vagues, des secousses sans contenu précis. Le canapé tanguait. J'ai couru à travers le terminal pour atteindre les toilettes, j'ai vomi de la bile, faut dire que je n'avais rien mangé depuis longtemps. Le miroir m'a renvoyé l'image d'un visage mis à nu. J'ai sorti les lunettes de soleil de mon sac.

Dehors, il tombait de la neige fondue : des plumes blanches qui fondaient sur le bitume noir.

Andersen a pépié comme un fou quand je l'ai déposé sur le paillasson, le temps pour moi d'ouvrir la porte. La voix de Sissel résonnait encore dans un coin de ma tête : « Alors, c'était bien ton voyage ? »

Bien sûr, je lui raconterai plus tard. Tout. C'est-à-dire rien.

Un bouquet de fleurs était suspendu à la poignée de la porte. Il ne pesait pas lourd. Ça devait faire un bail qu'il était là, toutes les fleurs avaient séché. Quelqu'un avait aussi glissé une grosse lettre dans l'encadrement de la porte et elle est tombée quand j'ai ouvert. J'ai reconnu l'écriture de Lupes.

Mon répondeur clignotait. Je l'ai éteint sans écouter les messages. La plupart seraient de mon père, je le savais. J'ai laissé mes bagages et la cage d'Andersen dans l'entrée, avant de refermer la porte à clé. J'ai déballé le bouquet de roses fanées et trouvé la carte de Mme Bergesen qui me disait : « Merci infiniment pour les magnifiques cartons de table. » J'ai tout jeté dans le panier à bûches. Ce serait parfait pour allumer le feu.

Je me suis déshabillée. Ai pris une douche et enfilé mon peignoir. Ensuite je suis allée chercher de la fausse glace au congélateur et me suis servi un gin tonic avec surtout du gin.

J'ai pris mon temps pour boire, avant de fouiller dans mon sac pour trouver des cigarettes. Quelque chose s'était réfugié au fond. J'ai sorti une coquille marron foncé, toute fissurée. Des fissures fossilisées qui ne disparaîtraient jamais.

L'œuf de chouette de Georg.

Sa forme ovale et parfaite épousait parfaitement ma main, et il m'a paru aussi beau que ceux réalisés par Fabergé. C'était Georg qui avait trouvé celui-ci et il lui avait donné vie avec sa propre histoire. Je n'avais jamais eu l'occasion de lui parler des luxueux cadeaux que le tsar Alexandre III avait offerts à son épouse pour Pâques. Ou de lui dire que l'œuf était un symbole d'espoir et de nouveau départ.

À moins que Georg l'ait toujours su ?

Avec précaution, j'ai posé l'œuf sur le manteau de la cheminée et j'ai regardé autour de moi. Tout était comme d'habitude, ou plutôt, le redeviendrait, c'était juste une question de temps. Mes yeux sont tombés sur les étagères remplies de livres et de DVD, sur les plantes que j'allais devoir arroser et remettre en place. Oui, il fallait un peu de temps et tout redeviendrait comme avant.

Le foyer de la cheminée était noir et froid.

Je suis allée chercher Andersen dans l'entrée.

Mon Dieu qu'il était petit ! J'avais oublié à quel point il était minuscule. Rien à voir avec une sterne arctique ou même un bruant des neiges.

J'ai ouvert la porte de la cage et soulevé délicatement Andersen. Son cœur battait à tout rompre contre mes doigts. Je l'ai posé sur mon épaule où il s'est accroché, basculant un peu d'avant en arrière avant de trouver son équilibre. Je suis sortie sur la terrasse. Il faisait +15°C. L'été. J'ai cru entendre la voix de Georg : « C'est l'été ici ! Il fait + 1°C »

Le feuillage des arbres bruissait. Des oiseaux s'appelaient d'une branche à l'autre.

– Tu as devant toi le vaste monde, Andersen. Dis bonjour de ma part à tes futurs amis dans les arbres, tu verras, tout va bien se passer…

Il n'a pas bougé. A cligné des yeux.

– Mais qu'est-ce que tu fous ? Allez, envole-toi !

Il a enfoncé ses griffes à travers le tissu de mon peignoir et n'a pas bougé.

Je suis rentrée, en refermant la porte de la terrasse derrière nous.

Dépôt légal : mars 2011

Composition et mise en page

NORD COMPO
multimédia

Achevé d'imprimer sur rotative
par l'Imprimerie Darantiere
à Dijon-Quetigny en
février 2011

Dépôt légal : février 2011
N° d'impression : 11-0189

*Imprimé en France*